문학의 이해

문학의 이해

박배식 편

역락

　이 책은 문학에 대한 일반적 이해를 위한 문학 입문서이다. 문학의 세계에 들어서기 위해서는 문학의 본질과 양식, 문학의 경향 등에 대한 폭넓은 이해를 필요로 한다. 문학은 인간의 인문학적 상상력의 산물이며 언어적 산물이면서, 동시에 시대적 산물이라는 인식에서부터 출발한다. 때문에 문학의 다양한 양식과 특질을 깊이 있게 제시하면서 그 경향과 시대적 양상을 이해할 수 있도록 하는 것이 이 책의 목표이다.

　이 책을 구상하면서 제일 먼저 고민했던 것은 '한국문학을 어떠한 방법으로 쉽게 이해하도록 할 것인가'였다. 한국문학에 관한 기존의 책들이 국문학 전공자들을 위한 것인 반면, 이 책은 일반인들이 한국문학에 대한 기초적 이해를 돕고 상식을 쌓는 데 도움이 되도록 집필하였다. 때문에 창작의 기법이나 전문적인 문학이론은 줄이고 '한국문학'의 본질을 정확하게 이해하는 데 초점을 맞추어 서술하였다.

　각 장에는 문학의 갈래에 대한 중심 이론을 먼저 세우고 뒤에는 실제 작품을 간단하게 감상하도록 배열하였다. 장르별 특성과 시대별로 특수하게 나타나는 특징들과 사조들을 통사적으로 훑어보도록 한 후에 작품 감상을 할 수 있도록 구성한 것이다.

　제1장은 문학의 본질을 이해하는 개론을 담았다. 문학의 기원은 무엇이며 문학작품과 작가, 문학작품과 독자, 문학의 형태 등에 대한 기초 이론이다.

　제2장에서는 한국 현대시의 이해와 감상을 담았다. 특히 '한국 현대시 개관'에서는 개화기 이후에서 최근까지의 문학의 경향을 다루었다. 이전의 책들에서는 대개 1980년대 이전의 작품과 작가들의 소개에 그친 경향들이

많았다. 그러나 현재를 사는 우리들에게 30여 년 전에서 그쳐버린 문학사를 모른 체 할 수는 없는 일이다. 아직 정리된 논저가 많지 않고 평가도 내리기 어려운 것이 사실이지만, 5·18 민주항쟁 이후 격변한 문학풍토와 미래지향적이고 '포스트모던'한 시의 흐름을 이제는 다루어야 할 필요성을 갖게 되었다. 그리하여 오랜 고민 끝에 미비한 부분이 많음을 인지하면서도 소신을 갖고 2010년대 최근까지의 현대시 흐름을 나름대로 정리했기 때문에 추후 이에 대한 이견 발생은 예상된다.

제3장에서는 한국 현대소설의 이해와 감상을 다루었다. 현대 소설의 개관과 문학비평의 이해에 이어, 선별된 한국 단편소설들을 감상할 수 있다.

제4장은 한국 수필문학의 이해와 감상이다. 「수필에 대한 나의 단상」이라는 수필을 읽고 해외 번역 수필과 한국의 수필을 감상할 수 있게 하였다. 특기해 둘 점은, 수필 갈래에 넣기에는 다소 애매하지만 한국 고전에 대한 이해를 돕기 위해서 가사문학 두 편을 감상할 수 있게 편성하였다.

부디 이 책이 문학에 대한 관심과 이해를 넓히는 데 길잡이가 되기를 바라며, 한국문학의 전체 숲을 들여다 볼 수 있는 기회가 되기를 기대한다.

이 책이 나오기까지 책임 감수자의 마음으로 정리를 도와 준 박경자 시인께도 고마운 마음을 전한다. 또한 빠듯한 시일 내에서도 부족함 없이 깔끔하고 단정한 책으로 곱게 엮어주신 넉락출판사에 감사글 표하지 않을 수 없을 것 같다.

2014년 2월 박 배 식

○ 차례

제3장 한국 현대소설의 이해와 감상

제4장 한국 수필문학의 이해와 감상

문학의 본질 제1장

문학이란 무엇인가

김 현

1. 문학의 기원

문학은 인간 정신을 표현하는 한 형태이다. 그런 관점에서 본다면, 문학의 기원을 따진다는 것은 인간이 어떻게 자기를 표현하기에 이르렀는가 하는 것을 따지는 것과 다르지 않다. 그 문제는 진화론적 실증주의의 압도적인 영향 밑에 있었던 19세기의 상당수 학자들을 폭넓게 매혹한다. 신의 섭리에 의해 모든 것이 다 결정되었다는 섭리주의의 입장에서 벗어나자, 모든 것의 원초적인 모습이 학자들의 관심을 끌게 된 것이다. 그렇게 해서 언어의 기원, 문학의 기원, 그리고 더 나아가서 인간의 기원을 찾는 노력이 광범위하게 행해진다. 인간의 기원에 관한 생물학적·물리학적 연구의 성과가 상당량 드러나 있는 것에 비해, 언어나 문학, 혹은 예술의 기원에 관한 논의는 계속 공전을 면치 못하고 있다. 그것은 검증이 거의 불가능한 지역에 대한 연구를 행하기 때문에 생겨난 결과다.

대체적으로, 문학의 기원에 대해서는 아리스토텔레스가 그의 유명한

『시학(詩學)』에서 제시한 모방충동설(模倣衝動說)과 칸트가 제기한 유희본능설(遊戲本能說)이 가장 널리 알려져 있다. 모방설에 의하면, 인간은 어린아이에게서 볼 수 있듯이 모방적인 동물이기 때문에 그의 주위에 있는 것을 모방하려는 충동을 항상 느끼며, 모방된 것에 대해서는 기쁨을 느낀다고 한다. 유희설에 의하면, 인간에게는 종족보존과 생명보존을 위한 정력 외에도 남아돌아가는 정력이 있는데, 그것이 유희본능이라고 한다. 그 유희본능설에 의하면 예술은 생활과 본질적으로 무관하다. 그것은 종족 보존과 생명 보존에 무관한 것이기 때문이다. 그렇기 때문에 칸트의 유희설에 대단한 반발을 보이는 연구가들이 많이 있다. 실제적으로 생활과 무관하게 보이는 예술작품들이 종교적·신비적인 부호나 상징의 역할을 맡고 있다는 것이 그때 지적되고 있다.

문학의 기원에 대해서 논한다는 것, 즉 인간은 어떻게 해서 상징적인 기호를 산출할 수 있는 능력을 얻게 되었는가라는 문제는, 그러나 대부분의 경우 희망과 추측의 심리학에 지나지 않는다. 그것은 거기에 대해 논하는 사람들의 논리다. 그것은 자칫하면, 닭이 먼저인가 달걀이 먼저인가라는 따위의 공허한 싸움을 불러일으킬 가능성을 가진다. 그래서, 언어학자들은 언어의 기원에 관한 논의는 학적인 대상을 이루지 못한다는 명제를 1910년대에 이미 강령으로 채택한 바 있다. 문학의 기원에 관한 논의는 가능한한 없어지는 것이 좋으며, 그것은 문학 자체에 대한 탐구로 바꾸는 것이 훨씬 생산적이다.

2. 문학 작품과 작가

문학 작품과 작가의 관계를 밝힌다는 것은 쉬운 일이 아니다. 문학 작품과 작가의 관계에서 우리가 오늘날 너무 자명한 것으로 치부하고 있는 사실은 문학 작품을 쓴 사람이 작가라는 것이다. 이것은 대체적으로 어느 작품이건, 그것의 제목 밑에 그것을 쓴 개인의 이름을 서명하는 것으로 보아 분명한 일이다. 그러나, 20세기의 사람들에게 놀라운 것은 글을 쓴 사람의 이름을 밝히는 것이 전연 불필요했던 시기가 실제적으로 존재했다는 사실이다. 호오머의 작품이라고 알려져 온 『일리어드』나 『오딧세이』, 그리고 튜롤드의 작품이라고 전해지고 있는 『롤랑의 노래』만 하더라도 그것이 과연 그 두 사람의 작품인가는 계속 의심을 받고 있으며, 중세기의 거의 대부분의 작품은 그것을 쓴 사람들의 이름을 달고 있지 않다. 작품에 개인의 서명이 들어가기 시작한 것은 대체로 17세기 이후이며, 시민사회가 점차로 형성되어 개인주의가 발달하여 가는 과정과 그것은 대응하고 있다.

대체적으로 작품에 서명이 들어가지 아니하는 경우는 보편적 진리가 어느 사회의 구성원 전원에게 깊이 인식되어 있어서, 그 누가 쓰더라도 그렇게 쓸 수밖에 없을 것이라는 확신이 지배적일 때이거나, 권력의 개인에 대한 탄압이 대단했을 때다. 중세기의 경우는 전자였을 것이다. 지금도 전체주의 국가에서는 집단창작이라는 이름 밑에 그러한 작업이 실제로 행해지고 있다. 한 작품 밑에 개인의 서명이 들어간다는 것의 진정한 의미가 밝혀진 것은 대체적으로 프랑스 혁명 이후다. 그때에 이르러 작가들은 그들이 봉사해야 되고 그들의 돈으로 생활을 영위해야 할 파트롱을 잃어버리고, 자기 자신의 이름으로 무엇을 저술하지 않으면 안 될 사태에 이른 것이다. 누구를 위해 써야 할 것이 확실하지 않을 때는 자기 자신을 위해서 쓸 수밖에 없으며, 그랬을 경우에는 그가 어떤 것을 쓰든 그의 것이 아니 될 수 없다. 자기의 것을 쓰라, 혹은 자기의 서명이 없더라도 자기의 것이라고 남들이 인지할 수 있는 것을 쓰라는, 근대 문학인들의 과장된 충고는 거기에서 연유하는 것이다. 현재와 같은 자본주의적·개인주의적·자유주의적 체제가 계속되는 한, 개인의 서명을 작품에서 지울 도리란 없으며, 그럴 수 없는 한, 개인의 개성이 중요시될 수밖에 없다. 개성이라는 것이 어떠한 의미를 가지는 것인가에 대해서는 또 다른 고찰을 필요로 한다.

3. 문학 작품과 독자

문학 작품은 그것을 읽는 독자들에게 정서적 반응을 요구한다. 그 정서적 반응은 즐거움·안도 또는 분노·놀라움·혐오 등의 여러 가지를 다 포괄한다. 대체적으로 작품에서, 그가 인생에 대해서나 현실 세계에 대해서 생각하고 있는 것과 비슷한 것을 발견하였을 때, 독자들은 안도와 기쁨을 느낀다. 그러나, 그와 다른 인생관이나 그가 거부할 수밖에 없는 인생관을 포함하고 있는 작품을 읽을 때 독자들은 분노와 놀라움을 느낀다. 가령, 여학생의 입장에서 본다면, 난잡한 성생활이나 방종한 연애 행각을 그린 작품은 놀라움이나 분노의 대상일 것이다.

작품이 독자들에게 정서적 반응을 요구하며, 결국은 독자를 작품 속에 이끌어 들인다는 사실은 문학 작품과 독자와의 상관관계를 더욱 자세히 분석케 한다. 어떤 작품들은 아무런 준비나 훈련 없이도 독자들을 충분히 즐겁게 할 수가 있다. 가령 민요나 민요에 버금가는 시(詩)들이 그렇다.

　　나 보기가 역겨워
　　가실 때에는
　　말없이 고이 보내드리우리다

　　영변에 약산
　　진달래꽃
　　아름따다 가실 길에 뿌리우리다

　　가시는 걸음걸음
　　놓인 그 꽃을
　　사뿐히 즈려밟고 가시옵소서

　　나 보기가 역겨워
　　가실 때에는
　　죽어도 아니 눈물 흘리우리다.

— 김소월, '진달래꽃'

　영변이 어디인지, 약산이 어디에 있는지를 자세히 모르는 독자들이라 하더라도, 대부분의 독자들은 별다른 당혹감 없이 이 시를 읽고, 시인이 표현하려고 한 이별의 아픔을 느낄 수가 있다. 이 시를 읽고 그것이 이제 새로이 연애를 시작하려는 사람들의 환희를 노래한 것이라든지, 아니면 조국애를 노래한 것이라는 따위의 이상한 느낌을 가지는 독자들이란 극히 드물 것이다. 그러나, 어떤 작품들은 아주 조심스러운 독법(讀法)을 요구한다. 다시 말해서, 훈련된 독자들이 이해하려고 애를 써야 하는 작품들이 있다.

　13인의아해(兒孩)가도로로 질주하오

　(길은막다른골목이적당하오)

　제1의兒孩가무섭다고그리오

　제2의兒孩가무섭다고그리오

　제3의兒孩가무섭다고그리오

　제4의兒孩가무섭다고그리오

　제5의兒孩가무섭다고그리오

　제6의兒孩가무섭다고그리오

　제7의兒孩가무섭다고그리오

　제8의兒孩가무섭다고그리오

　제9의兒孩가무섭다고그리오

　제10의兒孩가무섭다고그리오

　제11의兒孩가무섭다고그리오

　제12의兒孩가무섭다고그리오

　제13의兒孩가무섭다고그리오

　13인의兒孩는무서운兒孩와무서워하는兒孩와그렇게뿐이모였소

　(다른사정은없는것이차라리나았소)

　그중의1인의兒孩가무서운兒孩라도좋소

　그중의2인의兒孩가무서운兒孩라도좋소

　(길이뚫린골목이라도적당하오)

　13인의兒孩가도로를질주하지아니하여도좋소

　　　　　　　　　　　　—이상, '오감도' 시 제일호

‘아해’가 ‘아이’를 뜻하며, ‘오감도(烏瞰圖)’가 ‘오감도(鳥瞰圖)’의 의도적인 오기라는 것을 깨닫는다 하더라도 이 시를 읽는 독자들의 대부분은 당혹감을 느낄 것이다. 실제로 이 시가 발표되었을 때에도 무슨 잠꼬대냐, 무슨 놈의 미친 소리냐 따위의 비난이 비 오듯 쏟아졌음은 물론, 지금까지 ‘13인의 아해’가 무엇을 뜻하느냐에 대해 여러 가지 의견이 제시되었음에도 불구하고 이 시는 아직까지도 어려운 詩로 남아 있다. 그 시의 구조가 단순하기 때문에 그 어려움은 더 강하게 느껴진다.

　위에서 본 바와 마찬가지로 작품은 특별한 훈련을 받은 독자들에게도 어려움을 주는 것과 대중을 상대로 한 것의 둘로 크게 나눌 수가 있다. 그 어느 한 편만이 좋은 것이라고 주장하게 되면 밀교주의, 민중주의에 빠지게 되며, 당위론에 기울어지게 된다. 작품은 개인이 쓰는 것이며, 그의 내적 공간을 표현한 것이기 때문에 아무리 난해해도 상관없다는 태도나, 작품은 대중을 상대로 한 것이기 때문에 쉽게 쓰여 져야 한다는 태도의 그 어느 것도 바람직한 것은 아니다. 문제는 작가가 얼마나 정직하게 부끄럼 없이 자기의 세계를 관찰하고 그것을 표현하고 있는가에 있는 것이기 때문이다.

　어떠한 작품이 어떠한 계층의 독자들을 감동시켰으며, 어떤 계층의 독자들에게 분노·놀라움의 감정을 유발시켰는가를 연구하는 것은 문학사회학의 중요한 부분을 이룬다. 어떠한 류의 작품들도 그것이 공간(公刊)되면 그 나름의 독자를 갖게 마련이다. 무협소설이나 에로소설, 그리고 정비석, 방인근의 소설은 안수길이나 최인훈, 이청준의 그것과 마찬가지로 제 나름의 독자를 갖고 있다. 그것을 부인하려는 용감한 사람이 때때로 있지만, 그것은 돈키호테의 도로(徒勞)에 불과하다. 그러한 독자층의 위상을 측정하는 것은 문학이 당대에 어떻게 이해되고 있었는가를 밝히는 일에 해당한다. 문학 작품은 반드시 독자를 전제로 하고 있으며, 그 독자들은 그 작품이 산출된 사회를 이루는 중요한 구성원이다. 그 구성원의 반응은 문학에 대한 그 사회의 반응과 다른 것이 아니다.

문학작품이 대량 생산되어 상품으로서 독자들에게 주어진 이후 가장 빈번하게 등장한 문학적 논쟁 중의 하나가 문학의 공리성과 오락성에 관한 것이다. 문학 작품이 독자들에게 정서적 반응을 불러일으킨다면, 그것은 어떠한 형태로 그에게 작용하게 될까? 또는 어떻게 그에게 작용시켜야 될 것인가? 어떤 극단론자들은 문학은 독자들에게 올바르고 선한 것만을 보여주어야 한다는 공리주의를 부르짖으며, 어떤 극단론자는 문학은 단순한 오락에 불과하다는 유희·오락주의를 주장한다. 공리주의적인 입장에서는 문학의 교훈성이, 유희주의적 입장에서는 문학의 오락성이 강조되는 셈이다. 사실상 독자들은 작품을 읽을 때에 개인적인 즐거움을 느끼며, 동시에 그 작품이 주는 충격에 의해 자신의 삶을 반성한다. 쾌락과 반성은 좋은 독서의 안과 밖을 이룬다. 그 어느 한편만을 주장한다는 것은 문학 작품을 억지로 토막내는 것에 지나지 않는다.

작품의 공리성과 오락성에 대한 주장은 톨스토이와 오스카 와일드에 의해 대표될 수 있으며, 한국 문학의 고질 중의 하나인 참여문학과 순수문학의 대립에까지 그 여파를 미치고 있다. 고대에 있어서는 소위 참된 것(眞), 착한 것(善), 아름다운 것(美)의 삼위가 하나를 이루는 것이 제일 좋은 것으로 치부되어 왔으나, 에드거 엘런 포우의 아름다움 중시의 시학에 크게 영향을 받은 프랑스 상징주의 이후로 아름다움에 대한 경사(傾斜)가 압도적으로 이루어진다. 그와 거의 동시에 자연주의의 영향으로 참된 것을 찾는 노력이 에밀 졸라를 위시하여 광범위하게 행해진다. 오스카 와일드는 예술이 자연을 모방하는 것이 아니라 자연이 예술을 모방한다는 극단적인 명제까지 내걸고, 자기 자신의 생활을 돌아보지 말고 아름다운 것만을 그리라고 요구하며, 톨스토이는 도덕적으로 타락되어 있는 퇴폐적인 작품을 격렬하게 폄하(貶下)한다. 그러나, 오스카 와일드의 경우, 쾌락을 느끼는 주체자가 그가 속한 사회의 어느 자리에 위치해 있는가에 대한 반성이 없기 때문에 개인의 쾌락이 아름다움이라는 이데아와 혼동되고 있으며, 톨스토이의 경우, 무엇이 정말로 도덕적인 것이냐에 대해, 그가 전래적인 청교도적인 덕목을 제시하고 있어 복고주의적인 태도를 보여 준다는 비판이 가능하다. 아름다움은 현실적으로 추상적 형태로 주어지는 법은 없으며 언제나 아름다운 것을 통해 현현(顯現)된다. 그렇다면 아름다운 것은 어떤 것들인가? 그것은 시대와 사회의 상상적 체계와 밀접하게 관련되어 있다. 19세기에는 추하고 균형 잡히지 아니한 것으로 판단된 것들이 20세기에는 균형 잡힌 것으로 이해되며, 혹은 그 역으로 작용하고 있다. 도덕 역시 그러하다. 그것은 원래 풍속을 뜻하는 단어가 발달된 것이며(morale < moeurs) 그런 의미에서 절대적인 것이 아니다. 중요한 것은 진실함이나 착함이나 아름다움의 어느 한 편을 쥐고 그것만이 올바르다고 주장할 것이 아니라 어떤 것이 진실한 것이며, 착한 것이며 아름다운 것이냐를 그가 속한 시대와 사회의 연관 밑에 명백하게 밝히려고 애를 쓰는 일이다. 어떠한 인간적 노력도 가상의 이론과 가상의 현실에 입각하여 매도(罵倒)되고 거부되어서는 안 된다.

　문학이 아름다운 형식을 필요로 해야 한다는 것은 사실이다. 그러나, 아름다운 형식은 미리 만들어진 상태로 주어지는 법이 없다. 그것은 형식 자체를 부정하려는 강인한 정신과의 부단한 싸움 밑에서 얻어진다. 아름답다는 것은 '상투적인', 그리고 우리 앞에 널려있는 것을 줍는 작업이 아니라, 인간 정신을 좁은 형식 속에 잡아 가두어 두려는 모든 음험하고 악랄한 것과의 싸움에서 얻어지는 보상인 것이다. 또한 문학이 참된 내용을 담고 있어야 한다는 것도 사실이다. 그러나, 참된 것 역시 아름다운 것과 마찬가지로 우리 주위에 그대로 널려있는 것이 아니라, 인간 정신을 억압하고 축소시켜, 이때까지 인간을 인간답게 만들고, 인간을 보다 큰 정신의 지평 속에서 생활하게 만든 공간을 파괴하려는 힘과의 싸움 속에 깃들여 있는 것이다. 어떤 사람의 입장에서는 착하고 아름다운 것이, 어떤 사람의 입장에서는 착하고 아름답지 않을 수도 있다는 사실을 자각하고, 그것이 무슨 의미를 띠는 것인가를 반성하는 작업이야말로 문학 본래의 지평으로 문학인들을 이끄는 유일한 길이다. 문학은 단지 진실하고, 단지 착하고 아름다운 것만이 아니다. 문학은 진실하며 착하며 아름다우며 그리고 그 이상의 것이다.

4. 문학과 역사의 차이점

　아리스토텔레스 이후 문학과 역사의 차이는 많은 문학가들의 좋은 탐구주제를 이룬다. 그에 의하면, 역사는 이미 일어났던 일을 다루며 문학은 일어날지도 모를 일을 그리는 데 있다고 한다. 그렇기 때문에, 문학은 역사보다 훨씬 보편적이라는 것이다. 역사가는 이미 있었던 것들을 가르고 모으고 분석하는 추상적 작업을 행하지만, 문학가는 추상적 관념을 표시하기 위해 구체적인 사물을 뒤진다는 힘든 작업을 행한다. 한 소설가가 들고 있는 예를 따르자면, 가령 역사가가 이순신을 연구하려면, 그의 가문, 당대의 정치적 정황, 전략적 능력 등등을 추출해 내어 그를 추상적으로 조립해야 하지만, 문학가는 그의 신체적 조건, 식성, 콤플렉스, 성격

등등에 더욱 관심을 가져야 그를 그답게 조립할 수 있다는 것이다. 문학가와 역사가는 서로 역의 방향에서 작업한다.

문학은 보편적인 것을 말하기 위해 구체적인 세계를 묘사해야 하며, 그렇게 묘사된 것은 그 나름의 형태적 완결성을 가진다. 문학이 구체적 세계를 묘사해야 한다는 진술은 그것이 사회와 밀접한 관계를 맺고 있다는 의미다. 문학은 그것이 속한 시대와 사회를 벗어날 수 없다. 극단적인 경우 역사 소설이나 미래 소설의 형태로 과거나 미래로 문학가가 빠져나간다 하더라도 그 과거나 미래는 그 사회가 보는 과거나 미래다. 서정시의 경우에도, 그것이 노래하는 슬픔·사랑·분노·증오 등의 감정 역시 당대의 상상력과 밀접하게 연결되어 있는 것이다. 그러나, 문학은 사회에 종속되어 있으면서 그것을 뛰어넘는다. 위대한 문학은 한 시대에만 읽히지 않는다. 그것은 초시대적인 성격을 가진다. 그것이 작가의 초월성이라고 불리는 것이다. 그것은 작품의 완결성에 의해 대대로 전해진다. 그것은 인간 정신의 위대성을 반영한다. 문학과 같은 정신의 소산을 경제 토대의 분석으로 분석하려 한 마르크스가 그리이스의 고전극들이 왜 현재의 독자들에게도 감명을 주는가 하는 문제에 아무런 대답을 할 수 없었던 것도 거기에서 연유한다.

5. 문학과 형태

문학이 감정을 세척하는 한 방법이라는 것은 오래 전부터 알려져 온, 그리고 이론적으로 정립된 생각이다. '처용가'는 아내를 빼앗겼다는 사실을 시가(詩歌)로 처리한 좋은 예를 이룬다. 자신의 슬픔, 분노를 문학 작품 속에 처리한 예들은 그 외에도 수없이 많다. 그러한 작품을 읽고 독자들 역시 자신의 감정을 세척한다. 그런 현상을 아리스토텔레스는 '카타르시스(catharsis)라는 말로 설명하고 있다. 문학 작품은 분노·증오 같은 불쾌한 감정을 세척시키며, 사랑·기쁨 같은 감정을 정화시킨다. 그러나, 문학 작품이 과연 감정을 완전히 세척시키고 작가와 독자를 다같이 지고지선(至高至善)한 상태에 돌입케 하는 것일까? 일정한 훈련을 받은 독자들은 그러면 독서를 통해 그들의 정신적 결함을 완전히 교정할 수 있는 것이며, 작자 역시 그러할까? 일반적으로 나쁜 작품은 작가나 독자들에게 일시적인 쾌락밖에 허용하지 않는다. 그것은 삶에 대한 반성을 불가능하게 하며, 일시적으로 그 자신을 방기(放棄)할 수 있게 한다. 그것은 사고의 정당한 진전을 방해하며, 주어진 조건 속에 독자를 맹목적으로 이끌어 들인다. 그러나 좋은 작품은 그것을 읽는 자들의 감정을 세척시키는 것이 아니라 읽는 자들의 정신이 편안해지려는 것을 오히려 자극하고 고문한다. 좋은 작품은 정신을 해방시켜 주체를 망각케 하는 것이 아니라, 그 주체의 삶에 대한 태도와 세계 인식을 끊임없이 상기시켜 삶을 반성케 한다. 그것은 그의 본래적 자아를 각성시켜 정직하게 세계와 인간을 바라보게 한다. 그래서, 삶과 인간과 세계의 진정한 모습을 다시 생각하도록 하는 것이다.

좋은 작품은 좋은 형태를 가지고 있다. 좋은 형태란 장르의 법칙에 맞추어 쓴 것이라든지 좋은 문장이라고 알려져 온 것을 쓴 것을 지칭하지 않는다. 좋은 형태란 오히려 협소한 장르의 규칙을 벗어나려는 노력 끝에 얻어지는 것이며, 좋은 문장이라고 알려져 있는 미문은 좋은 형태보다는 잘 만들어진 형태에 오히려 알맞은 것이다.

좋은 형태는, 그러므로, 상투화된 질서를 오히려 배격한다. 상투화된 질서는 여러 사람들에게 이미 인지되어 있는 것이기 때문에 전달이 쉽고 이해되기 쉽다. 그것은 잘 만들어진 질서다. 그러나 진정한 의미에서 좋은 형태란 잘 만들어진 것이 아니다. 그것은 이때까지 질서화 되지 아니한 부분을 새롭게 형태화하려는 노력 없이는 얻어지지 아니한다. 잘 만들어진 형태는 기존 질서에 오히려 영합하고 그것을 올바른 것으로 이해시키기 쉽다. 그런 형태는 쓰는 사람이나 읽는 사람을 고문하지 않는다. 그것은 오히려 그들을 편안하게 하고 안이하게 세상을 살게 한다. 그것은 주어진 것을 그대로 수락하는 것을 뜻하기 때문이다. 좋은 형태는 아직까지 드러나지 아니한 것까지를 목표한다. 질서화 되지 못한 것을 질서화하는 어려움을 그것은 동반하고 있는 것이다.

완성되어 있는 형태를 미리 설정하지 아니하고 혼돈의 와중에 많은 것들을 형태 속에 끌어들이려 한다는 점에서 그것은 진실한 삶을 찾으려는 노력에 대응한다. 삶을 쉽게 살게 만드는 모든 허위와 가식을 벗어나서 자기가 새롭게 본 세계와 그것의 의미를 전하려고 한다는 것은 진실한 삶의 어려움을 확인시키는 행동 이외에 다른 아무것도 아니다. 일상적인 삶 속에 감추어져 있는 진실은 그것을 질서화하고 거기에 형태에 대한 집착이 없는 한, 문학은 상투형에 지나지 않게 된다. 상투적인 발상이나 상투적인 형식에의 집착은 작가들의 사고를 지나치게 단순화시키며 지나치게 획일화시킨다. 문학이 자유를 요구하는 것은 그것 때문이다. 좋은 형태는 자유로운 탐구 밑에서 가능한 것이지, 억압 속에서 이루어질 수 있는 것은 아니다. 억압은 곧 획일이기 때문이다.

형태에 대한 혐오는 자유와 질서에 대한 혐오다. 그것은 또한 대상에 대한 무관심을 의미한다. 대상에 대한 사랑은 질서와 형태에 대한 집념에 다름 아니며, 그것은 문학을 비롯한 예술 전반의 전제 조건이다.

6. 문학과 총체적 인간의 파악

　문학하는 사람들에게서 생겨나는 흔한 의문은, 문학을 한다는 것은 무엇을 하자는 것을 의미하는가 하는 문제와, 문학을 이해하려면 어떤 이론 서적을 읽어야 하는가라는 것이다. 문학 작품을 읽기 위해서 이론 서적을 찾으려는 태도는 문학을 체계적으로 이해하겠다는 좋은 의도에도 불구하고 별로 좋은 결과를 얻지 못한다. 이론이란 작품을 이해하려는 가운데서 생겨나는 것이지, 이론 자체가 작품과 동떨어져서 존재하는 것이 아니기 때문이다. 이론에 의거해서 작품을 읽는 습성을 붙이게 되면 두 가지의 위험이 따른다. 하나는 글을 읽는 즐거움을 그 작품이 이론에 맞는가 맞지 않는가를 따지는 호기심과 동일시하게 되는 위험이며, 또 하나는 새로운 이론에 대한 심리적인 경사에서 생기는 비판의식의 결여라는 위험이다. 글을 읽는다는 것은 결국 자신을 읽는다는 것과 마찬가지다. 글 속에서, 읽는 자들은 그들의 삶과 합치되는 혹은 배반되는 삶을 읽는다. 그래서, 자신도 모르는 자신의 삶에 대한 태도, 세계와 현실에 대한 태도를 확인하고 즐거워하고 혹은 분노를 느낀다. 그런 과정을 오래 거침으로써 하나의 세계관이 형성되고 그것을 남에게 납득시킬 수 있게 됨으로써 보편적인 설득력을 획득하게 된다. 그것이 우리가 이론이라고 부르는 것이다. 그러나, 그 이론을 먼저 수용하고 작품을 읽을 경우에는 논리적인 것에 지나치게 집착하여 그 작가의 내밀한 비밀을 보지 못하게 될 가능성이 많게 된다. 동시에 그것은 경직된 사고를 유발시켜 그것 이외의 것에 대한 폭넓은 이해력을 상실케 한다. 그렇게 되면 저명한 이론가의 이론만이 그를 충격할 수 있을 따름이며, 그런 의미에서 그는 추수적(追隨的) 인물에 지나지 않게 된다.

문학을 한다는 것은 무엇을 의미하는 것일까라는 질문은 주위 환경에 대한 자신의 일차적이고 피상적인 무기력감에서 생겨나는 질문이다. 문학을 함으로써 우리는 부의(不義)를 시정할 수 없으며, 하다못해 거지 하나 노동자 하나 구하지 못한다. 그런데도 원고지 앞에 앉아 빈 칸을 메운다는 게 무슨 소용이 있단 말인가? 그것은 글을 쓰는 자의 허영심·이기심 혹은 호사벽(豪奢癖)을 단순히 만족시켜 주는 것이 아닐까? 글을 쓰는 것보다는 괭이를 쥐어야 하며 호미를 쥐어야 하는 게 아닌가? 글을 쓰는 것보다는 차라리 경제학을 전공하여 사람들이 더욱 물질적으로 풍부하게 살도록 하는 것을 연구하든지, 정치학을 전공하여 권력구조와 국가체제를 보다 좋게 고치는 것이 낫지 않을까? 그러한 질문들에는 소박하면서도 진실한 고통이 숨어 있다. 사실 그렇다. 문학을 하는 자는 길거리에 누워있는 거지 하나, 혹사당하는 노동자 하나도 현실적으로 구해낼 수 없으며, 정치학자나 경제학자, 그리고 물리학자들처럼 인간의 복지 향상에 도움을 주고 있는 것 같지도 않다. 그래서, 문학은 왜 하는가라는 어려운 질문이 생겨난다.

　　사실상 모든 예술·학문은 인간을 위해서 봉사한다. 그것은 인간에게만 또한 봉사하고 있다. 인간을 그 대상으로 다루고 있는 인문과학은 그러나 인간의 어느 한 면을 연구하고 관찰한다. 사회학은 인간의 사회와의 관계를, 심리학은 인간의 심리를 분석하고 종합한다. 그러나, 문학을 비롯한 모든 예술은 인간을 총체적으로 다룬다. 문학은 어떤 개인이 인간의 한 측면만을 붙잡고 씨름함으로써 인간을 피상적으로, 그리고 단편적으로 파악할지도 모를 단점을 막고 인간을 총체적으로 보게 한다. 인간이 단편적으로 파악될 때 억지가 생겨나고 불건강한 관계가 형성된다. 그러나, 문학은 그러한 불균형을, 인간을 총체적으로 제시함으로써 교정시킨다. 문학이 삶에 대한 태도를 교정한다는 진술은 문학이 인간을 총체적으로 제시하여 자신의 편협한 인간관을 수정케 하는 것에 다름 아니다. 문학이 인간을 고무하고 자극하는 것 역시 문학만이 좁고 편협한 인간관에서 벗어나게 하기 때문이다.

7. 문학과 윤리성

어떤 사회이든지, 그것이 그것답게 존속하기 위해서는 자기 나름의 금기체계를 갖지 않을 수 없다. 금기란 원칙적으로 인간의 쾌락 본능을 억압하는 수단이며 그런 의미에서 금기가 적은 사회일수록 억압된 무의식이 더 많이 승화되었다고 생각할 수 있다. 대체적으로 본다면 인간 사회의 금기체계는 성(性)과 양식(糧食)의 적절한 분배라는 원칙 위에 세워져 있다. 여자를 어떻게 분배하며 양식을 어떻게 분배하는가 하는 것은 풍속의 최저층을 이루는 문제들이다. 그렇게 형성된 풍속은 그것을 야기 시킨 사회의 상징적 구조이며, 그 사회 구성원을 억압하는 규범적 구조다. 풍속은 그것을 산출시킨 사회를 보여주는 전범(典範)이면서 동시에 그것을 억제하는 관습법인 것이다. 그 풍속은 인구의 증가와 생산량의 증가에 의해 점차로 수정을 강요받는다. 제도화된 윤리로서의 풍속은 그것을 지탱시킬 수 있는 이념을 요구한다. 이념은 성과 양식의 분배라는 습속적(習俗的) 문제를 해결하려는 노력 끝에 세워진 관념 체계다. 풍속과 이념이 행복하게 결부되어 있는 사회는 그 사회 속에 속해 있는 구성원들에게 행복감을 주며 만족하게 살고 있다는 느낌을 준다. 그러나, 그 사회의 배분 원칙이 문란해지거나 그 힘을 제대로 발휘하지 못할 때 풍속은 혼란에 빠진다.

　문학 비평가나 문학사가들이 현대 문학이라고 부르고 있는 프랑스 혁명 이후의 문학은 그런 윤리감의 혼란을 깨달은 문학이다. 혁명 이후의 문학에서 항상 윤리 의식이 문제되고 있음은 그것이 그 어느 때보다도 심한 이념과 풍속의 괴리를 체험하고 있기 때문이다. 혁명 이전의 고전주의 문학은 보편적인 윤리 기준을 아직까지 지킬 수 있었던 문학이다. 그것은 기독교 윤리를 신봉하는 부르주아지와 귀족 세력을 위한 문학이며, 그런 의미에서 보편적 인간에 대한 환상을 짙게 가지고 있다. 셰익스피어의 여러 작품들은 그런 보편적 인간의 연애·질투·명예심·우유부단함을 묘사하며, 몰리에르·코르네이유·라신느 등은 인간 감정의 드라마를 엄격한 고전주의 작시법에 의해 표현한다. 그 보편성에 대한 환상은 혁명 이후의 낭만주의자들에 의해 회의되기 시작한다. 소위 제3세력이라 부르는 시민 세력의 확대는 기독교 윤리 자체를 의심하게 만든다. 샤토브리앙의 『아딸라』와 『르네』에 아름답게 표현된 당대의 연애는 엄격한 기독교 윤리에 희생된 청년들의 그것이다. 보편적 진리의 동요는 작가들에게는 이중의 부담을 지운다. 그 동요의 원인을 규명하고 새로운 방향을 제시하는 것이 그것이다 그러나, 그것은 간단한 작업이 아니다. 과거에 침잠해 버리는 보수주의자들은 윤리의 동요를 배분 원칙의 동요에서 찾지 아니하고 인간성의 타락에서 찾는다. 과거의 윤리는 절대적인 것이며, 그것은 변모될 수 없는 것이다. 그것이 흔들리고 있는 당대인들의 도덕심의 해이, 결국 인간성의 타락 때문이다. 그러나, 새로운 윤리를 탐구하려는 자들은 절대적 진리를 믿지 않는다. 진리는 원칙에 봉사하는 도구이지, 그것 자체로 자족적인 것은 아니기 때문이다. 그 진보주의자들에게는 보수주의자들의 과거 집착보다 더 큰 위험이 주어진다. 그가 선택한 윤리가 하나의 허황한 가설에 빠져버릴 때는 현실 편에서, 그가 제시한 원리가 논리성을 띠지 못할 때는 문학편에서 그에게 잔인한 복수를 한다. 1,2차 세계대전 이후의 유럽 대륙 문학의 혼란은 그 두 편의 위협을 진보주의자들이 극복하지 못했음을 드러내는 것이다.

윤리나 도덕은 절대적인 가치가 아니다. 그것은 항상 교정될 수 있다. 그 주장은 그러나 인간성 개조론을 답습하는 것이 아니다. 인간성 개조론의 뒤에는 과거의 윤리에 대한 강한 동경이 숨어 있다. 인간성을 절대적인 자족체로 보고 그 최고의 상태를 미리 설정해 놓은 다음, 그것을 향하는 것이 가장 좋다는 주장은 논리가 아니라 신앙이며, 그런 의미에서 오히려 비윤리적이다 배분 원칙에 대한 반성 없는 윤리란 완고한 독선이며, 오히려 무서워해야 할 윤리의 적이다. 윤리의 최고 상태를 미리 설정하여 어떤 시대나 어떤 사회에도 그것이 유용하다고 주장하는 것은 인간의 정신 활동의 한 극점(極點)인 반성을 불가능케 한다.

그것은 그러나 문학 이론에도 많은 영향을 미쳐 문학의 예술성과 윤리성을 별개의 것으로 보게 만든다. 내용은 좋은데 표현이 나쁘다든지 표현은 좋은데 내용이 나쁘다는 그 흔한 문학 비평은 예술성의 최고 상태와 윤리성의 최고 상태를 관념적으로 설정하여 그것에 가까운 것을 지고지순한 것으로 보려는 경향의 소산이다. 그것은 반성을 불가능하게 하며, 즉각적인 판단만을 강요한다. 그러나 완성된 윤리가 불가능하듯이 완성된 예술도 불가능하다. 예술이나 윤리성은 작품 밖에 객관적으로 존재하는 어떤 것이 아니다. 그것은 작가가 그가 속한 사회의 배분 원칙을 자세히 관찰하고 자기가 관찰한 것을 반성하여 그것을 논리적으로 표현하는 가운데서 얻어지는 어떤 것이다. 어떤 작가에게 있어서의 윤리성이나 예술성이란 그가 얼마나 정직하게 그가 속한 사회와 그 사회가 그에게 요구하는 금제(禁制)들을 관찰하고 반성하고 있는가와 동의어다. 그를 읽는 독자들은 그를 통해서 그가 살고 있는 사회의 진실한 구조를 알아낼 수 있다. 그 도중에 안도라든지 경악이라든지 분노라든지 증오 같은 감동이 존재하는 것이다. 윤리성이나 예술성이 문제된다면 그것은 그것을 문제시하고 있는 사회 자체가 문제되고 있다는 진술이다. 이 사회는 어떤 배분 원칙에 의해 지배되고 있으며, 그것은 무슨 도덕을 낳고 있는가, 그것은 과연 이 사회를 유지하기 위해서 유용하고도 필요 불가결한 것인가라는 따위의 문제를 제기하는 것은 예술가의 윤리 의식 혹은 예술 의식의 자연적인 발로다. 인간은 행복하게, 그리고 인간답게 살 수 있어야 한다는 전제를 그 문제 제기는 포함하고 있다.

문학의 본질

이상섭

1. 언어의 특수한 사용

　문학은 시, 소설, 희곡 따위의 글이라고 할 수 있다. 이는 무척 막연한 정의에 불과하다. 무릇 정의에는 본질에 대한 언급이 반드시 포함되어야 한다.

　시, 소설, 희곡의 본질을 이루고 있는 것은 무엇일까? 우리는 잠정적으로 그것을 '잘 씌어 진 글'이라고 하자. 즉 문학은 그냥 쓴 글이 아니라 의도적으로 잘 쓰려고 한 글이다. 그러므로 잘 쓰고 못 쓰고의 기준은 무엇이냐가 문제가 되고, 무슨 글이냐, 그 의미가 무엇이며 얼마나 중요하냐가 또한 문제될 것은 정한 이치이다. 이 양면을 우리는 혼동하든가, 그 중 하나를 무시하든가, 그렇다고 그 둘을 전혀 별개의 것인 양 철저히 구별하든가 해서는 안 된다. 이 점은 아래에서 간간이 거론될 것이다.

　문학의 그러한 양면성을 무시하고 글로 씌어진 것은 모두 문학이라는 생각이 있긴 했다. 우리가 쓰는 문학이라는 말은 본래의 '글공부'를 뜻했다. 즉 문학은 '글로 씌어진 모든 것을 공부하는 것'을 뜻했다. 서양 말의 literature도 본래 '글로 씌어진 것'이라는 뜻인 것을 보면 글로 씌어진 모든 것을 가리켜 문학이라고 총칭하였던 것을 알 수 있으나 현대에는 소위 '잘 쓴 글'이 그대로 다 문학이 되는 것은 물론 아니다.

법률 조항도, 광고문도, 정치 연설도, 과학적 설명도 다 그들대로 잘 쓴 글이라고 할 수 있다. 법률적으로 잘 쓴 글, 즉 법조문은 명확하고도 단순하며 만인의 의견이 일치하는 해석을 낳는 것이어야 하듯이 문학적으로 잘 쓴 글은 문학 특유의 어떤 기준(법조문과는 다른)에 의해 잘 쓰고 못쓴 것이 판별되어야 할 것이다. 즉 잘 쓴 법조문과 잘 쓴 문학은 서로 다른 세계에 속하는 글들이다. 법조문이나 과학 논문이나 문학에서 사용하는 말 자체는 말이란 면에서는 같은 것이지만―법조문에서도 사람, 과학 논문에서도 사람, 문학에서도 사람이라는 낱말을 다 사용한다―말의 사용방법은 각기 특수하다. 일반적으로 사람의 말은 일상적 사용, 과학적 사용, 문학적 사용으로 나누어 생각할 수 있다.

우선 말의 과학적 사용과 문학적 사용을 구별해 보자. 물론 칼로 벤 듯이 확연히 구별하기를 기대하기는 어려우나 두 가지 사용법의 근본 취지는 쉽사리 구별할 수 있다. 과학적 언어는 어떤 사실에 대한 순전한 기호가 됨을 바람직한 목표로 한다. 어떤 사물을 가리키는 말은 그 사물 하나 이외에는 더 다른 것을 부가적으로 뜻하지 않는다. 따라서 그 말은 그 사물에 대한 단순, 명백한 기호 표시이다. 그러니까 사물과 기호(말) 사이에는 1대 1의 정확한 대응 관계가 성립한다. 일반적으로 기호 또는 표시는 그 자체에 어떤 성질이나 의미나 매력이 있어서는 안 된다. 예를 들면 '위험'이란 표시는 그 표시 자체가 위험하다는 의미도 아니고 위험이란 낱말을 음미하란 말도 아니고 간판장이의 붉은 글씨를 감상하라는 말은 더더구나 아니다(그렇다면 정말 위험에 빠진다). 그것은 순전히 위험한 상태라는 사실이 있음을 가리키는 표시다. '위험' 대신에 빨간 불빛, 또는 영어로 'Danger', 해골표를 해 놓아도 결과는 꼭 마찬가지일 수가 있다. 위험, 해골표, 빨간 불빛 등 전혀 다른 기호들이 동일한 사물을 가리키기 위한 단순한 수단일 뿐이다. 기호나 표시는 사회의 약속하에 정해지는 실로 우연한 것이다. 그런데 우리가 가끔 잊고 있지만 잘 생각해 보면 우리가 쓰는 말 자체도 실은 기호의 연속이 아닌가? '위험'이란 낱말도 그 글자나 소리가 위험한 상태와 필연적 관계가 있는 것이 아니라 우연히 그런 사실을 표시하기로 약속한 기호인 것이다.

그러나 우리의 일상 언어는 그런 기호적 성질 외에도 또 다른 성질을 띨 수도 있으므로 순수한 기호 노릇을 하기에는 좀 미흡한 데가 있다. 더구나 한국 바깥에 나가면 쓸모가 없어지는 기호다. 영미에서는 'Danger'란 표시를 쓴다. 즉 지역적으로 제한되어 있다. 자연과학, 그리고 되도록 자연과학을 닮으려고 많은 학문에서는 가능하면 그런 국어의 제한성을 벗어나 명실공히 보편적 기호, 세계의 누구에게나 동일하도고 유일한 사실을 가리키는 기호들을 사용하려고 노력한다. 수학은 그중 제일 성공적일 것이다. '하나 더하기 하나는 둘'이라는 말은 진리이나, 한국어를 아는 사람에게만 통하는 기호로 표시된 진리라 전달에 애로가 있지만 '1+1=2'는 세계 공통이다. 숫자는 인간이 만들어서 쓰기로 약속한 가장 편리한 기호 체계다. 어쨌든 숫자를 안 쓴다고 해도 말 자체를 숫자 쓰듯이 단순 명백하게 누구에게나 같은 뜻이 전달되도록 하는 말의 사용법을 철학자들은 외연(Denotation)이라는 힘든 명칭으로 부른다. 우리는 쉽게 '말의 표시적 사용'이라고 하자. 과학 논문, 논리학, 법조문, 역사적 서술, 국어사전, 심지어는 일부 문학 연구 논문까지도 정도의 차이는 있으나 되도록 말을 표시적으로, 외연적으로 사용하는 것을 이상으로 삼는다.

다음 예를 보자.

국화 명[식] 국화과에 딸린 관상용으로 심는 다년생의 풀, 줄기는
목질성을 띠었고 보통 총 높이는 1m 쯤 됨. 잎은 어긋배겨 붙었고 난
형(卵形)이며 결각(缺刻) 또는 톱니가 있음. 꽃은 두장화로 테두리는 설
장화관, 가운데는 관상화관으로 대개 가을철에 핌. 원예품종은 수백
종이나 되는데 꽃 빛이나 꽃 모양이 여러 가지임. 관상용 외에 잎이
나 꽃을 먹는 종류도 있음.

이것은 어느 국어사전에 나오는 국화의 정의이다. 이 글은 우리로 하여
금 국화에 대한 객관적 지식을 그대로 전달하려고 애쓰고 있으며, 순전히
정보 전달을 목적으로 하고 있다. 따라서 이 글에 쓰인 낱말이나 문장은
하나같이 무미건조하다. 기호 자체는 무미건조할수록 본래 사명을 다하
는 법이다. 국화에 대한 과학적 진술은 대개 위의 글과 비슷할 것이다.
국화에 대해서는 위와 비슷한 말만 할 수 있을 뿐인가? 물론 안 그렇다.
우리가 애송해마지 않는 서정주의 '국화 옆에서'도 틀림없이 국화에 대한
글이다.

그립고 아쉬움에 가슴 조이던
머언 먼 젊음의 뒤안길에서
인제는 돌아와 거울 앞에 선
내 누님같이 생긴 꽃이여

국어사전에서 정의한 '국화과에 딸린 다년생 풀'에 이런 의미가 주어질

수 있으리라고 서정주 이전에 누가 꿈이라도 꾸었을 것인가? 그런데도 얼마간의 정신적 성숙도를 가진 사람이면 이 전혀 새롭게 첨가된 의미를 옳다고, 아주 멋있게 옳다고 시인하게 되는 것이다. 그 새로운 의미가 옳다고 시인한다는 것은 그것이 그냥 첨가된 것이 아니라 본래부터 숨어있던 것을 발견해 낸 것이라는 뜻처럼 된다. 그러나 국화에 그런 의미가 정말로 숨겨져 있었다면, 그래서 서정주의 발견 이후론 그것이 국화의 일반적 의미의 일부가 되었다면, 국어사전과 식물학 책은 다시 '고쳐 써야 할 것이나 그렇게 할 수는 없다. 그것은 어디까지나 서정주 시의 특수한 의미이고, 보편적, 과학적 의미는 아니다.

이처럼 말을 문학에서 사용할 때 어느 경우나, 어느 낱말이나 다 그렇게 될 수는 없어도, 상당한 분량의 말은 본래 사전에 정의되어 있는 의미뿐 아니라 그 의미에다 전혀 뜻밖의 특수한 의미, 또는 보통 느끼긴 하면서도 꼭 집어서 말할 수 없던 의미, 사전적 의미에 충돌하는 의미, 합리성을 구하는 실생활에서 멀리 하려고 하는 마술적, 미신적 의미 등등이 어울려서 단지 그 한 번, 그 글 속에서만 통하는 의미를 형성하는 것이 문학적 언어 사용의 큰 특징이다. 물론 문학적 언어가 모두 그렇게 새로운 의미들의 연속은 아니다. 상당한 양의 말의 표시적 사용도 없어서는 안된다. 그러나 과학적, 학술적 서술에서 되도록 피하려고 하는 특수하고도 개별적인 의미를 한꺼번에 포함시키려는 이러한 말의 사용법을 철학적으론 내연(connotation)이라 하지만 우리는 쉽게 '말의 함축적 사용'이라 해도 무방하다.

말의 표시적 사용에서는 기호 구실을 하는 말과 가리키는 대상과는 '기호=대상'의 관계가 성립되나, 함축적 사용에서는 말에 기호 구실을 일부러 되도록 안 시키려고 한다. 따라서 문학적으로 쓰인 말은 객관적 대상(과학이나 논리가 규정하는 대상)에 대한 표시의 면은 축소되고 그 자체의 특수한, 유일한 의미의 덩어리가 된다. 즉 '말 >= 대상'의 관계가 성립할 것이다. 예를 들면, '서정주의 국화 > 국어사전의 국화' 또는 '서정주의 국화 >= 국어사전의 국화'란 말이다. 따라서 함축적으로 사용한 말의 의미는 객관성이 축소되어 파악하기가 모호하고 걷잡을 수 없을 때가 많다. 서정주가 말하는 국화도 어떤 의미의 국화인지 생각하면 생각할수록 모호해진다. 대체로 표시적 사용은 우리의 감정적 태도에 자극을 주는 편이 많은 것도 사실이다. 이 문제는 아래에서 다시 거론하겠다.

다음은 말의 문학적 사용과 일상적 사용의 차이를 살펴보자. 물론 이 둘도 대번에 알아볼 만큼 확실히 구별할 수 있는 것은 아니다. 일상적 사용에서는 표시적 사용은 물론 함축적 사용도 이용한다. 무서운 시아버지를 며느리가 '호랑이'라 불렀다면 그건 특별히 독창적인 것은 아니나, 호랑이란 말의 과학적(생물학적) 의미의 확대 및 첨가인 것만은 틀림없다. 즉 함축적 사용이다. 그러나 일상생활에서는 의식적으로 함축적 언어만을 사용한다든가 또는 함축성을 배제한 표시적 언어만을 사용하는 일이 별로 없다(만일 그렇다면 그런 사람은 다분히 문학적이어서 남이 알아듣지 못하든가, 정신이 돌았다고 할 것이고, 또는 학자처럼 유식하게 군다고 건방지다고 할지도 모른다). 일상 언어는 과학이나 문학처럼 일관성이 없어 한 언어사회에서 무자각하게 혼합하여 사용한다. 따라서 일상 언어는 일관성 있게 높은 정도로 과학적이든가 문학적일 수 없다. "국화는 거름을 잘 주어야 가을에 꽃이 잘 핀다."는 정도의 과학적 진술, "국화꽃은 교만하지 않은 아름다운 아가씨 같다."는 정도의 문학적 발언은 일상생활에서 허용되나, 위에 인용한 국어사전처럼, 서정주처럼 말하다가는 사회에서 따돌림을 받는다.

2. 문학의 테두리

위에서 문학이라는 글(말)의 특징을 과학의 말과 일상생활의 말에 비추어 대략 알아보았다. 그러나 문학이라는 글의 특징이 그런 면에만 있는 것은 아니다. 이미 잠깐 언급했듯이 한 편의 글을 누가, 무엇에 대하여, 누구에게 쓴 것인가를 알아보기 전에는, 그 의미가 완전히 살아나지 않을 때가 많다.

우선 누가 썼느냐는 문제, 즉 작자의 문제는 문학 말고 다른 글에서도 중요할 수 있다. 과학적 진리를 전달하고자 하는 사람이 그것을 틀리게 전달했을 때 저자로서 책임을 벗어날 수 없는 것이다. 일반적 저술 또는 발언의 경우 저자 또는 발언자는 그 글(말)의 내용의 진위에 대한 학술적, 법률적, 도덕적 책임을 지게 마련이다. 문학의 작자도 그 같은 학술적, 법률적, 도덕적 책임을 전혀 지지 않는 것은 아니지만, 그것은 지엽적인 문제이다. 서정주도 '국화 옆에서' 때문에 학술적으로 틀린 말을 하고 있다든지, 무슨 보안법에 저촉된 말을 했다든지, 도덕적으로 나쁜 영향을 주는 말을 했다든지 하는 이유로 문책을 당하지 않았다. 근본적으로 문학에서 저자는 원고료나 인세를 받는 법률적 공민으로서보다는 문학이라는 특수한 글을 만들어낸 창조의 주체로서 의미가 있다. '국화 옆에서'에는 분명히 어느 한 사람의 특유한 '입김'이 서려 있고, 이 '입김'이 그 시 작품의 전체적 의미에 의식, 무의식적으로 참가하고 있다. 우리는 '문학은 개인의 사상과 감정의 표현' 이라는 정의를 흔히 듣는 바, 이 비슷한 정의는 모두 작가가 작품 속에서 갖는 의미를 강조하는 문학관에서 나온 것이다. 작가가 그의 작품의 의미 속에 참여하는 방식은 매우 간단할 수도 있지만—"나는 민주주의를 신봉한다. 만인은 평등이다."라고 작품 속에서 소신을 밝히기 위해 외치는 경우 그렇다―더욱 공들인 작품일수록 그것은 매우 복잡 미묘하다. 위에서 입김이란 말을 했지만 기실 작가의 사상과 감정이 작품 속에서 잠입하는 과정의 입김처럼 종잡기 힘들다. 명백한 선언을 피하고 특수한 어조(tone), 음색, 특징적 낱말 선택과 배열 등에 의해 자신의 모습을 모호하게 만드는 것이 보통이다.

작가에 대해선 우선 예비적으로 이만큼만 생각해 두자. 문학은 과학처럼 그 진술의 대상이 단순 명백한 것은 아니나(예컨대 한용운의 '님의 침묵'은 무엇에 대한 것인가, 쉽게 답할 수 없다), 그렇다고 어떤 대상이 없는 것은 아니다. '국화 옆에서'는 분명히 우리가 화분에 심어 가을에 즐기는 국화, '큰사전'에서 설명하고 있는 바로 그 국화와 전혀 엉뚱하게 다른 것은 아니다. 물론 위에서 말했듯이 그보다 훨씬 많은 다른 뜻을 포함하고 있지만.

문학이 아무리 과학하고 다르다 해도 문학에서 언급하는 대상들을 근본적으로는 다 이 우주 속에 존재하는, 또는 존재하는 것으로 믿는 온갖 사물이다. 하늘, 땅, 사람, 짐승, 초목 등 눈에 보이는 것은 물론 학문, 군사, 가정, 사회, 행복, 사랑, 미움 등 심리적, 정신적 현상과 이념도 다 문학의 대상이 될 수 있다. 따라서 문학 작품의 의미에는 자연 만상과 인간 만사의 의미도 포함된다고 할 수 있다.

'국화 옆에서'는 가을철 국화꽃의 의미가 어떻게, 얼마 만큼인지 확언할 수는 없으나 포함되어 있는 것은 사실이다. 이 사실을 도외시한 문학의 정의는 결함이 있을 수밖에 없다. 문제는 하늘이 천문학에서처럼, 사회가 사회학에서처럼 단순, 명백한 대상이 되어 있지 않다는 것이다. 그렇다고 해서 문학에서 대상을 되는 대로 흐리터분하게 취급하지는 않는다. 우리는 실사회의 정확한 묘사니, 인간사에 박진하는 서술이니 하는 말을 문학론에서 자주 듣는데 이 말들은 문학에서는 그 특유한 방법으로 대상에 대한 정확한 취급이 대단히 중요하다는 것을 잘 알려 주고 있다. 과학에서만큼 문학에서도 대상은 중요하다. 그러나 대상이 문학적으로 취급될 때의 변형, 변질의 과정과 정도는 측정하기 힘들다. "즐거움과 교훈을 동시에 주는 것이 문학이다."라는 정의도 우리는 가끔 듣고 그 타당성을 대체로 인정한다. 이 정의는 문학을 그 언어나 작가나 취급 대상의 편에서 본 것이 아니고 독자의 편에서 본 정의다. 즉 문학은 누구를 상대로 하여 무슨 목적으로 썼는가하는 문제에 주안하여 생긴 정의인 것이다. 문학 작품은 그 의미가 간혹 모호하고 까다롭고 기분이 썩 상쾌하지 않는 것일지라도 제 삼자에게 전달됨으로써 비로소 그 의미의 실현이 실질적으로 가능해진다. 다시 말하면 독자가 읽어주니까 의미가 햇빛을 보는 셈이다. 그래서 어떤 사람들은 독자의 독서 경험이 곧 문학이라고 정의하기까지 했다. 일반적으로 의미가 어떻게 타인에게 전달되느냐 하는 문제는 의미론 내지 인식론이라는 까다로운 철학 문제가 되지만 문학연구에서는 특별히 문학 작품의 의미가 독자에게 어떻게 파악되어 어떤 영향을 미치는가에서 시작하여 문학의 사회적 역할이나 효용 가치까지 생각하게 된다. 이 문제 역시 쉽사리 해결되지 않는다.

작품의 그 복합적 의미가 어떻게 한꺼번에 전달되며 전달을 받은 독자의 태도는 어떻게 변모되는지, 더욱이 같은 작품을 읽고 난 독자들의 반응이 왜 그리도 다양하고 상충하는지, 문제는 자연히 생기게 마련이다. 그렇지만 문학이 독자에게 가지는 의미의 그러한 특수한 성질도 문학의 본질에서 연유하는 것인 이상 중요하게 다루지 않을 수 없다.

3. 문학과 현실 : 모방성

　　문학은 삼라만상과 인생 만사와 관계가 있다. 앞에서 예를 든 '국화 옆에서'는 삼라만상의 하나인 국화꽃이 가장 중요한 대상으로 등장한다. 이광수의 '흙'에는 농촌 사회라는 인생 만사 중의 하나가 전개된다. 이처럼 문학을 문학 밖의 세계와 관련에서 규정하고 있는 데에 소위 문학 모방설이 등장하는 것이다.

　　모방설에 의하면 문학은 언어를 수단으로 하여 우주의 모습과 인간의 경험을 재현한 것이다. 이런 견지에서 보면 문학은 외부의 사물을 선과 색채로 평면상에 흉내 내는 그림과도 같다. 자연의 모습, 이를테면 봄날에 핀 빨간 꽃의 자태 또는 봄날에 밭을 갈며 가을의 수확을 꿈꾸는 농부를 묘사하는 것은 그림으로도 할 수 있는 모방행위인데 단지 모방의 수단들만이 다를 뿐이다. 그러나 물론 문학에는 그림이 미치지 못하는 모방의 영역이 있다. 셰익스피어의 '햄릿'은 한 개인의 행위를 모방, 즉 재현할 뿐 아니라 한 특수한 사정에 처한 개인의 내면적 투쟁도 재현하고 있다. 이러한 내면성이야말로 그림이 따라오지 못할 영역인 외적 및 내적 경험을 모방하고 있다고 할 수 있는 것이다. 이 관점은 적어도 서양에서는 가장 오래된 것으로서 기원전 4세기의 플라톤과 아리스토텔레스의 문학론의 근간이 되어 있다.

　　실재 또는 진리는 눈에 보이지 않는 것이라고 믿은 플라톤은 오직 순수한 이성의 작용으로만 실재를 파악할 수 있다고 했다. 문학은 눈에 보이는 세상을 모방, 즉 흉내낸 것이니까 실재와 진리에서 너무나도 멀다고 비난하였다. 그래서 그는 순수 이성을 구사하여 실재와 진리를 파악한 철학자가 지배자 노릇을 하는 '이상국(理想國)'이 이룩되면 문인이나 화가는 쓸데없는 존재니까 추방하겠다고 했다. 그런데 그의 제자인 아리스토텔레스는 그와는 철학 사상이 좀 달라서 많고도 많은 사물이 잡다하게 존재하는 이 세상에서 보편적인 또는 거의 보편적 의미를 모방하는데, 단지 일반적으로 인생의 아주 특수한 한 면만을 모방 재현하는 것이 아니라 인생의 이러이러한 것이라 하는 보편타당성 있는 면을 모방하는 것이므로 진리를 제시한다 하였다. 그는 철학적 보편성과 문학적 보편성을 구별하여 후자를 개연성(蓋然性, probability)이라 하였는데 이 말은 모방설의 근본 개념이 되었을 뿐 아니라 일반적으로 문학론의 근본 개념의 하나가 되었다.

우리는 이광수의 '흙'이 허숭이라는 특수한 개인의 생활사를 있는 그대로 기록한 것만이 아니라(그럴 경우 그것은 모방이 아니라 베끼기이다) 한마디로 규정짓기는 힘들지만 인생은 대체로 그럴거라는 것임을 또한 제시하고 있다. 모방이라는 낱말은 우리 귀에는 약간 낯설게 들린다. 고대 그리스 사람들을 제외한 서양 사람들도 그 말이 아주 썩 마음에는 안 들었던지 재현(representation), 재생(recreation), 복사(reproduction)라든가 또는 간혹 제시(presentation) 등등의 낱말을 사용하였다. 이렇게 외부의 사물을 되받아서 나타내 보이는 것이 문학이라는 관점에서 문학을 즐겨 거울에다 비유하기도 했다. 문학은 삼라만상, 인생 만사를 반영하는 '거울'이라는 말은 우리가 많이 듣고 또한 상당히 수긍할 만한 일이다. '홍길동전'에는 야반, 상민, 적자(嫡子), 서자(庶子)를 엄격히 구별하던 조선조시대의 불합리한 사회상이 잘 '반영'되어 있다. 옛날 어떤 사람은 문학을 '말하는 그림'이라고 정의하였는바 그 역시 모방론의 일단이다. '관동별곡'을 읽으면 관동의 명승지가 그림 보듯 환히 전개된다고 우리는 무리를 느끼지 않고 말한다. 재현, 재생, 제시, 거울, 반영, 그림 등등은 그러므로 모두 모방론에 속한 개념들인 것이다. 그러나 모방이라는 개념에는 '진짜가 아닌 것'이라는 관념이 스며드는 것은 어쩔 수가 없다. 진짜가 아니니까 가짜다. 그런 의미에서 플라톤은 문학을 공격했던 것이지만, 오늘날의 우리도 소설을 가리켜 '꾸며낸 얘기', '허황된 얘기', '거짓말'이라고 약간 경멸하는 경우도 없잖아 있다. 모방설에서 문학과 외부 세계의 관계는 그리 쉽게 해결될 수 없는 문제로 남는다. 아리스토텔레스가 특수한 사실의 기록으로 끝나는 역사와 특수한 사실을 통하여 개연적 진실(probability)에 도달하는 문학을 구별한 것은 탁견(卓見)이 아닐 수 없다. 엄격히 말하면 역사적 기록도 일종의 언어에 의한 모방임에 틀림없다. "세종대왕이 훈민정음을 반포하셨다."는 내용의 '이조실록'의 기록은 세종대왕의 행위를 정확히 말로 재생(즉 모방)한 것이다.

모든 인간의 행위는 단 한 번밖에 발생하지 않는다. 이것이 소위 역사적 일회성이라는 것이다. 그 단 한 번의 사실은 절대적이다. 그것에 대한 기록(또는 문자적 모방)은 그 사실에서 떠날 수가 없다. 문학 역시 어떤 특수한 사실을 기록, 즉 모방하고 있다. 세종대왕이 한글을 반포하던 당시까지도 문학에서(역사 소설에서) 모방할 수 있다.

일반적으로 문학은 한 특정한 배경과 시대와 사회와 인물을 등장시키는 점에서 역사를 많이 닮았다. 그러나 문학은 그러한 특정한 사실을 이야기 거리를 위해 꾸며낸다는 것이 역사와 제일차적으로 구별되는 점이다. 역사는 꾸며낼 수 없다. 문학은 주로 꾸며낸다. 이것이 '진짜가 아니고 꾸며낸 것'이라는 또 다른 의미의 모방이다. "세종대왕이 그 28년에 한글을 반포하셨다."는 후세 역사가의 진술은 그것이 실제로 있었다는 확언이다. 확언은 누구나 납득할 증거(이를테면 '이조실록')가 있다. "세종대왕은 한글을 반포하기 전날 밤 좋은 꿈을 꾸고 기분이 좋아서 한참이나 혼자 웃으셨다."는 글이 있다면 이것은 세종대왕의 한글 반포만이 역사적 근거가 있을 뿐 나머지는 모두 꾸며낸 것이다. 만일 이 글이 아무개가 쓴 역사 연구서에 들어 있다면 학계에서는 큰일이 날 것이고, 아무도 그것을 역사적 지식으로 취급하지 않을 것이다. 그러나 그런 글도 있을 법하다. 세종대왕이니, 아니 누구든지, 민족 대대손손에게 더없이 큰일을 시행하려는 순간 좋은 꿈을 꾸고 기분이 좋아 웃을 수 있다는 것은 누구나 납득할 수 있다. 즉 꾸며낸 이야기는 역사적으로는 거짓이고 무가치하지만 또 다른 면으로 보면 진실 된 것이다. 쉽게 말해서 이것이 문학이 목적하는 개연성이라는 것이다. 이처럼 모방설에서 개연성을 내포한 꾸며냄, 즉 허구(fiction)는 중요한 개념인 것이다. 문학의 세계는 모방의 세계, 즉 허구의 세계다.

4. 허구(虛構)로서의 문학

문학은 특수한 사실을 모방 또는 묘사하는 역사와는 달리 개연성을 모방한다고 말한 아리스토텔레스는 바로 그 개연성이 문학의 허구성을 정당화한다고 하였다. 작가도 특수한 사실(그 자체를 역사에서 빌어 왔거나 꾸며냈거나 간에)을 취급하면서 보편타당성, 즉 개연성을 부각시켜야 한다. 아무리 허구라 할지라도 그 조건은 충족시켜야 한다. 바꾸어 말하면 그러한 조건을 충족시키는 한도 내에서 어떠한 허구라도 가능하다. 그래서 실재와 전혀 닮지 않은 허구('금오신화', '구운몽', '손오공', '서동지전' 등)에 이르기까지 허구성의 전도는 다양하다. 문학의 진실은 역사나 과학처럼 실제 사실과 합치함을 뜻하지는 않는다. 우리는 '손오공' 이야기를 확인하기 위해 역사책을 뒤지지 않는다. '손오공'은 그 이야기 스스로가 그럴 듯하다. 손오공은 그 이야기 밖에서는 존재가 없다. '흙'의 허숭은 손오공보다도 훨씬 사실을 닮았지만 역시 '흙'이라는 꾸며낸 소설의 세계 속에서만 존재할 뿐이다.

우리는 소설 밖의 허숭을 생각할 수가 없다. 허숭이 늙도록 살다가 6·25 사변 때에는 어디로 피난 갔을까를 생각해 본다는 것은 쓸데없을 뿐 아니라 간혹 위험한 공상일 뿐이다(허구와 실재를 혼동하는 것이 정신병의 특징이니까). 아름다운 산을 그린 풍경화를 보면서 산 뒤에는 무엇이 있을까 하고 상상해 보는 것이 그 그림 자체와는 무관한 행위인 것과 같이 한 문학 작품은 현실과 아무런 단절 또는 단락이 없이 그냥 현실에 계속되는 것은 아니다.

이와 같이 작가는 지금까지 존재하기 않았던 세계를 창조한다. 그러나 그의 세계는 전혀 엉뚱한 창조물이 아니라 실제 사실과 닮은 바가 있다. 즉 그의 모델은 현실 세계다. 손오공은 실제로는 존재할 수 없는 원숭이지만, 그는 우선 사람을 모델로 하고 있다. 물론 그가 모델로 하는 사람은 우리가 간혹 꿈꾸어 보는 초인(superman)의 하나다. 우리는 마음대로 커졌다 작아졌다 하는 몽둥이를 갖기를 원하기도 한다. 우리는 우리 인간의 제한성을 넘고자 하는 꿈을 가끔 가지는 것이 현실이다. 손오공은 바로 이러한 꿈의 실현이고 그러한 공상적 능력 이외에는 희로애락의 감정과 행동양식에서 완전히 평범한 인간을 닮았다. 이처럼 문학의 허구는 현실의 직접적 반영은 아니나 현실에서 완전히 담을 쌓는 전혀 새로운 것도 아닌 것이다. 허숭은 대한민국 호적부에 기재되어 있는 인물의 기록은 아니나 여하튼 한 사람의 '모방'임에 틀림없다. 손오공의 여의봉은 실제 몽둥이의 모방은 아니나, 하여튼 아주 특수한 종류의 몽둥이의 모방인 것은 사실이다.

작가가 꾸며내는 일은 창조인 동시에 모방이라는 양면성을 갖는다. 그의 창조라는 것은 사실과의 관련에서 이루어지며, 이 관련이란 유추(類推, anology)를 토대로 해서 이루어진 것이며, 그 결과 개연성을 드러내도록 되어 있다. 이런 의미에서 문학은 무책임하고 무의미한 허구가 아니라 의미 있는 허구이다.

문학과 현실은 단절된 것이 아니라 유추적 관계를 가지고 있다는 말을 좀 더 생각해 보자. 소위 유추적 관계라는 것이 문학적 모방(또는 허구)으로 하여금 어떤 성격을 띠게 하는가? 물론 개연성을 띠게 한다. 그러나 개연성이란 구체적으로 어떻게 나타나는가? 이것은 무척 까다로운 문제로 남아 있지만, 많은 사람들은 그것을 전형(type)적인 것으로 규정짓는다. 허숭이라는 인물은 실제로 존재하지 않았지만 그러그러한 인물의 전형이다. 또 그 인물이 처한 정황(situation)도 전형적이다. 전형적 인물과 전형적 정황은 개인과 개별적 정황만이 존재하는 현실 세계에서는 직접 찾아볼 수 없는 것이고 단 막연히 경험의 귀납으로 의식하고 있을 뿐이다. 문학적 허구의 이러한 전형적 특질이 문학의 보편성을 지탱한다. 개별적 특수 사실은 국외자(局外者)가 그 의미를 이해할 수 없으나, 전형적 사실은 모든 사람이 이해할 가능성이 크다. 한국 사람인 우리가 '햄릿'을 읽고 햄릿 개인의 특수한 이야기가 아니라 그것을 통하여 사람의 어떤 전형적인 면모를 보게 되는 것이다.

앞에서 우리는 문학적 허구가 만인이 공감할 전형적 성질을 가진 것임을 강조하였다. 그러나 또 한편 문학은 허구인 만큼, 즉 꾸며낸 것이니만큼, 작가의 창작이니만큼, 전혀 새로운 창조물이라고 볼 수 있는 면도 무시할 수 없다.

5. 표현으로서 문학

우리가 상식적으로 알기에는 전형이라는 것은 많은 개체들의 대표이고, 또 대표이니만큼 개체들보다 그 수량이 훨씬 적을 수밖에 없다. 그러나 전형을 취급하는 문학이 작품마다 취급하는 전형이 다르다는 사실은 일견 수수께끼이다. 세상에 개체가 있는 만큼 문학적 전형도 그만큼 있을 수 있다. 문학적 전형은 확실히 평범한 경험의 귀납에 주어진 것이 아니고 작가의 개별적 특수한 발명이기도 하다. 하나의 문학적 허구에서 제시된 전형은 분명히 그 작가가 제시하기 전에는 실제로 세상에 존재하지도 않았거니와 아무도 바로 그렇게는 파악하지 못한 것이었다. '허숭'이란 인물과 그가 처했던 정황은 이광수 전에는 바로 그런 형태로는 아무도 알지 못했다. "젊음의 뒤안길에서 돌아와 거울 앞에 선 누님을 닮은 국화"는 확실히 서정주의 특유한 발견이다. 이러한 관점에서 보면 문학은 작가의 내부 정신에서 응어리져서 나오는 현상이다. 문학 작품은 모두 독특한 개성과 감정과 사상을 가진 작가의 특수한 유출물이다. 문학은 작가의 사상과 감정의 표현이라고도 할 수 있는 소이를 알겠다.

영국 시인 워즈워스의 말을 빌리면 "시는 거센 감정의 자연적 범람"이다. 풍부한 감정, 풍부한 사상이 넘쳐 흘러나옴이 문학이라는 주장은 적어도 낭만주의시대 이후에 널리 알려진 생각이다. 그런데 이처럼 풍부한 사상과 감정이 아무에게나, 어느 때나 주어지는 것은 아니다. 그것은 문학적 천재에게만 주어지는 특전이다. 문학적 천재도 아무 때나, 어디서나 그것이 가능한 것은 아니라고, 자기가 원한다고 해서 쓰고 싶을 때 쓰면 작품이 되는 것은 아니라고 많은 작가들 자신이 이야기한다. 워즈워스가 말한 것처럼 감정의 '자연적 범람', 즉 감정 자체가 그 스스로의 의지에 따라 (시인 자신의 의지가 아니라) 유로(流露)한다는 것이다. 이와 같이 문학의 자발적 유로는 특히 시의 경우 현저하며, 그 밖의 문학 장르에서도 그런 특성이 보인다.

옛날 사람들은 자신도 모르는 사이에 창작 의욕의 자극을 느끼는 것을 영감(靈感, inspiration)이라 했다. 우리는 시상(詩想)이란 말이 더 자연스럽다. 같은 말이다. 또는 시적 비전(poetic vision)이라는 말도 쓸 수 있다. 인스피레이션이란 말은 '보이지 않는 바람이 불어온다'는 뜻이다. 문인의 정신 속으로 신성한 힘(서양서는 그것을 신화(神話), 뮤즈(Muse)의 혼이라 했다)이 들어와 그의 입을 통하여 언어로써 외부에 표현되는 것이 시라는 것이었다. 시인은 시신에게 점령된 영혼이다. 따라서 문학적 창작은 어딘가 초자연적인 데가 있으며, 그것은 일종의 예언, 주문(呪文)이다. 현대의 그 누구는 시를 기도(祈禱)라고 했는바 역시 비슷한 생각이다. 물론 오늘날 문인이 초자연적 세력을 힘입어 창작을 한다고 곧이곧대로 믿는 사람은 무척 드물 것이다. 그러나 19세기에서 현대에 이르기까지 사람들은 창작행위가 독특한 문인의 정신 작용에 의한다고 믿는다. 그것을 '상상력' 또는 '조형생리' 등으로 부르는바, 상상력이란 일상생활의 온갖 경험을 토대로 하여 새롭고 의미 깊은 형상을 창조하는 능력이라고 본다. 시인 셸리는 '시는 상상의 표현'이라고까지 했다. 확실히 문학은 인간이 그렇게도 다양하게 세상 만물을 경험하면서도 만나지 못한 새롭고 의미 있는(그런 의미에서 진리를 담은) 형상—인간상, 감정 조직, 행동 규범, 세계상 등—을 나타내 보인다.

문학은 작가의 내부에서 나온다. 서양에서는 표현을 expression이라 하거니와 이 말은 밖으로 몰아낸다는 뜻이다. 몰아낸 물건, 즉 문학 작품은 그 작가의 내적 모습을 어떤 형태로든지 닮을 수 있을 것이다. 구체적으로 말하면 독특한 글버릇, 남달리 좋아하는 주제, 감정의 발상법을 우리는 감지할 수 있다. 좀 더 힘든 개념으로서 체질, 색조, 어조 등도 모두 작품이 반영하는 한 작가의 독특성의 면모들이다. 이광수의 소설을 여럿 읽으면 그의 '목소리'를 알아들을 수 있다. 이런 종류의 독특성이 잘 파악되지 않는 위대한 작가도 있을 수 있으나 일반적으로 작품은 작가의 개성을 반영한다고 믿는다.

"문체는 바로 그 사람이다"라는 프랑스 사상가 뷔퐁의 수수께끼 같은 말의 진의를 알 수 있다. 결국 문학 표현론의 귀결점은 문학 작품을 통해 문학적 창조의 천재인 작가의 내면을 안다는 것이다. 누군가가 '이광수론'을 그런 견지에서 썼다면 그것은 바로 이광수의 많은 작품을 세밀히, 다각적으로 읽고 이광수의 독특한 사상과 감정과 개성을 생생히 재구성해 놓은 것일 것이다.

한국 현대시의 이해와 감상 제 2 장

현대 시문학 개관
박경자

개화기에서 현대시의 형성기

갑오개혁 이후에 밀려 든 개화 물결은 국문학사에도 내면적 특질은 물론 형식의 변모를 촉진하게 되었다. 이 시기의 문학은 외세의 도전에 맞서고, 서양 문학의 자극에 대응하면서 근대 문학을 이룩하기 위해 애쓴 까닭에 두 가지 경향을 보였다. 하나는 당면한 현실을 우리 민족의 위기라 인식하고, 민족정신의 각성을 통한 애국 계몽 운동의 일환으로 문학을 인식하는 태도이다. 우국 가사와 한시, 역사적 전기 소설 등에서 두드러지게 나타났고, 다른 하나는 문학을 개화·계몽의 선전 도구로 여기는 태도였는데, 개화가사와 창가, 신소설에서 이런 모습이 두드러졌다.

1910년대는 낭만주의, 사실주의, 자연주의, 상징주의 등의 서구 문예 사조가 혼입(混入)되어서 우리 문학의 서구화·현대화를 촉진한 시기이자 현대 문학의 나양한 경향을 실험하고 새로운 기법을 시도했던 현대 문학의 모색기였다.

1920년대 초기에는 병적·퇴폐적 낭만주의에 빠진 우울한 정서를 지닌 작품들이 중심을 이루었으나, 1920년대 중반 이후에 '신경향파' 문학이 대두되고, 카프(KAPF)의 결성을 계기로 하여 조직적인 계급 문학 운동이 전개되기도 하였고, 카프 경향에 반발하여 민족주의 진영에서는 민족주의를 고취하기 위한 일환으로서 '시조 부흥 운동'을 전개하였다. 1920년대 후반에는 이러한 경향이 극복되어 건강하고 밝은 정서를 회복한 서정시들이 중심을 이루어 시적 경향의 변모가 시작되면서 병적·퇴폐적 낭만주의에 빠진 우울한 정서를 회복한 서정시들이 나오기 시작한다.

현대시의 발현기

1930년대는 현실에 대한 지적 인식을 바탕으로 한 주지적 경향이 나타나기 시작한다. 그 결과 인간의 문제, 삶과 죽음의 문제, 농촌과 도시의 삶의 문제 등을 다룬 작품들이 다수 발표되었는데, 이것은 보다 심화된 예술적 형상화를 지향한 결과의 산물이라 할 수 있다. 시 분야에서는 문학 활동의 기반이 확충되고 예술적 기교가 발달하여 본격적인 현대시로 전환되고, 시의 표현과 주제도 다양화되었다.

프로문학과 민족주의 문학의 대립으로 인한 이념적 문학풍토에 반발하여 목적의식을 배격하고 순수한 서정성과 '시는 언어 예술'임을 의식하여 언어의 조탁과 시어의 음악성을 중시하는 순수문학이 등장한다. 또 다른 한편에서는 주지주의(主知主義) 문학 이론이 도입되고, 내면세계를 지향하는 초현실주의 문학이 이루어졌으며, 한국 시사상(詩史上) 2대 산맥이라고 할 수 있는 '생명파(生命派)'와 '청록파(靑鹿派)'가 등장하기도 한다.

이 시기에는 서정시의 자율성(순수성)과 정치성, 전통 지향성과 근대 지향성과 같이 서로 다른 시 정신이 견주고 버티면서 다양한 시사적 쟁점이 형성되었다. 동시대 서구 현대 예술의 여러 사조와 문학적 기법의 영향을 받아 '충격'의 미학을 통해 근대 문명을 비판하려는 양식적 실험이 시도된 것도 이 시기의 일이다. 이런 시적 변화는 근대 서정시 양식을 수립하고 현대적 언어 감각과 기법을 모색하려 했던 1920년대의 시사적 과제를 발전적으로 계승하는 가운데 이루어졌다.

1930년대 시인들은 서정시의 현대성에 한껏 다가설 수 있었다. 성숙된 언어 의식과 세련된 언어 감각을 보여 주었을 뿐만 아니라 도시적 감수성과 문명 비판 의식을 바탕으로 새로운 시대의 현실을 포착하였다. 또한 일제 말의 사회적·정치적 상황에 능동적으로 반응하면서 이를 미학적으로 전유(專有)하기 위해 다양한 시적 실천을 모색하기도 하였다. 근대의 위기에 관한 인식이 확산되면서 다양한 차원의 동양 담론이 펼쳐지고 이에 따라 동양의 전통시학을 현대적으로 계승하려는 움직임도 나타났다. 이와 함께 정치적 암흑기를 거치는 동안 모럴의 위기를 의식하면서 한층 강화된 내면성을 시에 도입한 것도 이 시기의 일이다.

이 시기에는 무엇보다 문학의 창작과 향유를 담당할 교양인과 지식층이 확대되었다. 일제가 시행한 식민지 교육의 영향도 있었겠지만 조선 민중의 점증하는 교육 요구로 인해 학교 교육이 급속도로 팽창하였다. 이에 따라 문학 창작과 향유에 참여할 수 있는 교양인과 독서 대중이 광범위하게 형성될 수 있었다. 한편 외국(특히 일본) 유학을 통해 근대적 문학 이론과 문학 조류에 영향을 받은 지식인 출신 문인들이 속속 문학 창작 활동에 참여하게 되었다. 또한 서구 문예 이론으로 무장한 전문적 시 비평가들이 대거 등장하여 단순한 인상 비평의 수준을 뛰어넘는 심도 깊은 시 비평과 문학 담론을 전개하면서 수준 높은 작품 생산을 이끌어냈던 점도 간과할 수 없을 것이다.

문학의 표현 매체인 언어, 특히 민족어에 대한 재발견과 자각 역시 1930년 시단의 변화를 이끌어낸 중요한 요인이다. 일제의 식민 지배 기간이 길어짐에 따라 민족어의 위기는 더욱 고조되었다. 그런 가운데 우리 민족 고유의 전통과 문화유산 그리고 민족어와 그 표기 매체로서의 한글에 대한 관심이 고조되었다. 조선어학회의 왕성한 활동이 결실을 맺어 한글 맞춤법 통일안이 확정, 발표(1933)되었고, 전 문단적으로 한글 맞춤법 통일안에 대한 관심과 열기가 높아지는 가운데 그것에 의거해 작품을 창작해야 한다는 의식이 확립되기도 하였다.

1930년대의 시단에서는 극단적인 이념 지향성 대신에 문학의 자율성을 옹호하고 시적 기법의 쇄신을 추구하는 다양한 경향과 사조가 등장하였다. 우선 서구의 현대 모더니즘 및 아방가르드 사조의 세례를 입은 시인과 비평가들이 등장하였다. 이들은 도시적 감수성과 문명 비판 의식에 바탕을 두고 시적 기법의 현대화를 추구하는 새로운 경향을 선보였다. 모더니즘 및 아방가르드 시 창작은 1920년 후반에 모습을 드러내기 시작하였지만 1930년대에 이르러서는 시단의 중심적 위치로 부상하게 되었다.

프로시의 과도한 정치성이나 모더니즘 및 아방가르드 시의 과격한 언어·행태 실험과 달리, 1930년대의 시문학에서는 순수 서정성을 중시하는 일련의 시인들이 등장하여 한국 시의 리리시즘적 전통을 일구어 낸다. 이들은 정치적 이념의 문학적 표출을 거부하였을 뿐만 아니라 형태 파괴적이고 해체적인 실험을 추구한 서구 현대 문예 사조와도 거리를 두었다.

그 대신 1930년대 서정 시인들은 자연의 아름다움을 노래하거나 한국적·동양적 정서를 표출하고자 했으며, 언어 조탁이나 토속어 수용을 통해 조선어의 아름다운 숨결을 시에 담아내려 하였다. 또한 이들은 서정적 주체의 순정하고 내밀한 감정 세계를 자유롭게 표출하는 리리시즘에 충실한 현대적 서정시를 수립하려 했다.

현실주의 계열의 시인들은 식민지 근대화 과정에서 빚어진 억압과 수탈의 현실을 재현하거나, 그러한 현실 속에서 주체 재건을 위한 자기반성의 언어로 시를 써 나갔다. 현실주의 시인들에게 시와 언어는 부조리한 현실을 고발하고 미래에 대한 전망을 노래하기 위한 수단이었다. 이와 달리 1930년에 들어와 본격적으로 등장한 모더니즘 및 아방가르드 계열의 시인들은 시에 대한 장르적 관념과 언어 의식의 혁신을 도모하였다. 이러한 시적 실천은 물론 식민지 근대화에 대한 미학적 반응이라고 말할 수 있다.

1930년대의 모더니스트들과 아방가르드주의자들은 눈앞에 펼쳐지는 매혹적인 근대 풍경에 열광하였고 그것이 가져온 감수성의 변화에 환호하면서도, 다른 한편으로는 근대적 질서의 이면에 숨어 있는 위기의 징후를 감지하고 근대 문명에 대한 피로감과 권태를 드러내면서 탈근대의 시적 상상력을 펼쳐 내기 시작하였다.

또한 탈근대적인 시적 상상력과 문명 비판 의식은 새로운 시적 실험을 통해 구체화되었다. 그들은 새로운 시 형태와 혁신적 언어 실험을 감행하였는데, 이는 근대 문명이 만들어 낸 시각적 충격들을 새롭게 재구축하거나 해체하려는 움직임, 이성중심주의적·남성중심주의적 언어 형식과 사유 방식을 해체하려는 욕망으로 이어지기도 하였다. 그 시적 실천은 영미계의 모더니즘과 대륙계의 아방가르드라는 상이한 방식으로 이루어졌다.

해빙기 시대 상황과 시단의 경향

1945년 8 · 15광복에서 1950년 6 · 25전쟁이 터지기까지의 5년간은 우리 현대사에서 가장 들끓는 기간이었다. 타 민족의 압제에서 벗어나 새로운 나라를 다시 건설하는 일은 가슴 벅찬 일이지만 그 임무는 그렇게 쉽게 달성될 수 있는 일이 아니다. 수많은 난관을 헤치며 정치, 경제, 사회, 문화 등 모든 분야에 걸쳐 새로운 제도와 법률을 제정해야 하고, 나라와 민족의 올바른 앞길에 대한 희망과 이상을 제시해야 하는 것이다. 냉정한 이성과 치밀한 지성, 깊은 인내와 남다른 지혜가 절실히 요구되던 시기가 바로 해방 정국이었던 것이다.

해방 직후의 들끓는 정서와 폭발적인 에너지가 정치의 영역에선 경직된 이념이 과잉으로 소모적으로 흐른 반면, 출판의 영역에선 빛나는 성과를 거두었다. 8 · 15해방이 말뜻 그대로 광복을 찾게 된 영역은 다름 아닌 출판 분야였다. 우리말과 글을 마음껏 구사하며 출판의 자유가 크게 열린 해방 직후에 우리 문학사는 일제 말의 어두운 터널을 벗어나 출판의 르네상스를 맞게 되었다. 우리말과 글은 물론 발표 매체인 잡지까지 빼앗겼던 일제 말의 어두운 시기에 출판이 금지되거나 주저되었던 작품들이 해방 이후에 발표된 작품들과 모아져 작품집의 분량을 이루면서 출판의 자유 속에 봇물 터지듯 시집 발간이 이루어졌다. 광복의 폭발적 에너지는 바로 출판 분야에서 커다란 효력을 발휘한 것이다.

시집과 잡지의 출간과 더불어 창작 활동 또한 이 시기에 활발하게 이루어졌다고 할 수 있다. 이념 과잉의 시대에 강력한 현실주의 시가 목소리를 높였지만, 그 못지않게 전통적인 서정시가 깊이를 더해 갔고, 새로운 모더니티를 추구하는 일군의 시인들이 등장하여 우리 시의 새로운 길을 열어 보이기도 했다. 하지만 이념의 갈등은 점점 깊어만 갔고 마침내 전쟁을 겪으면서 분단의 길로 들어서게 되었다. 이념 갈등과 전쟁, 분단 으로 이어지는 일련의 아픔을 겪는다. 이 점에서 우리 역사상 가장 가슴 벅찬 환희의 공간이었던 해방기는 시사적으로 가장 비극적인 연대이기도 한 것이다.

전쟁기와 전후 시단의 주요 경향

광복과 함께 국토가 분단되고, 좌·우익의 이념적 대립이 심화되어, 사회주의 문학과 민족주의 문학 사이의 이념적 대립을 피할 수 없었다. 우리 시사에서 1950년대는 전쟁으로 시작된 정치·사회적 혼돈의 현실로 인해 시인들이 급격한 의식의 단절과 굴절을 경험한 시기이다. 이 시기의 전반기는 전쟁으로 인한 민족의 생존 자체가 문제되었던 시기이며, 후반기는 전후(戰後) 복구와 앞으로의 민족적 지향성을 확보하는 일이 관건이 되는 시기이다.

전쟁의 폭발력은 세계와 자아를 동시에 무화시키는 재난의 체험으로 시인들에게 각인되었다. 현실의 모든 가치와 신념의 체계가 붕괴된 전후의 시적 상황은 이 시기를 지배하는 실존적 위기의식과 깊숙이 연관된다. 그리하여 전쟁이라는 외상을 각각의 시인들이 어떻게 인식하고 형상화하였는가에 대한 물음은 1950년대의 시사를 관통하는 근본적 문제로 떠오른다.

6·25 전쟁의 체험과 전후의 사회 현실에 대한 인식은 패배 의식과 허무주의를 심화하여 전쟁으로 인한 물질적 피해와 정신적 피폐, 인간성 상

실의 문제, 분단 현실의 아픔, 절망적인 시대 상황 등을 형상화한 작품이 많이 등장하였다.

전쟁의 극한 상황 속에서 인간의 실존에 대한 관심이 고조되어, 서구의 실존주의 문학을 수용하면서 인간의 본질, 실존의 탐구 등을 다룬 작품들이 발표되었다. 전쟁의 체험을 바탕으로 한 현실 참여의 주지주의 문학과 전통 지향적인 순수 문학이라는 두 개의 커다란 흐름을 형성하였던 것이다.

전후의 문학이 보여 주고 있던 피해 의식과 정신적 위축은 4·19 혁명을 통해 현실적으로 극복되기 시작하고, 문학은 새로운 감수성의 변화를 보여 주기 시작하였다.

분단과 문단의 재편성, 그리고 이념적 폐쇄성이 강화되는 이 시기에 시인들은 전쟁의 공포와 위기의식을 경험한다. 전쟁의 불안과 공포 그리고 자기 해체의 위기를 경험한 시인들에게 현실은 죽음을 생산하는 공포의 세계이며, 이러한 인식은 자기 소외와 환멸을 동반한 균열된 자의식으로 표출된다. 삶을 파괴하고, 개인의 실존을 균열시키는 현실의 폭력을 생생하게 경험하는 가운데, 시인들은 세계에 대한 깊은 성찰과 반성의 시선을 견지하면서 언어의 새로운 미학을 탐구하게 된다. 특히 전쟁이라는 대재난과 직접 대면하는 가운데서 쓰인 시편들은, 시인의 충격과 공포, 죽음의 의식이 강하게 분출된다. 50년대의 시적 인식의 지형도는 이러한 폐허의 정조를 밑그림으로 하여, 주목할 만한 다양한 시적 모색을 보여준다.

1950년대 모더니스트들은 근대의 부정성을 실존적 문제로 심화시키는 가운데 새로운 시 쓰기를 추구해 나간다. 이 시기의 모더니즘 시인들은 1930년대 모더니즘의 언어 중심, 기교적 측면, 근대성에 대한 감각적 수용의 문제를 비판하는 가운데, 전대의 모더니즘과 스스로를 차별 짓는다. 1950년대 모더니즘 시는 근대를 실존적 조건으로 인식하고 적극적으로 시적 사유의 대상으로 삼음으로써 근대적 세계에 대한 심도 있는 반성과 성찰의 과정을 보여 준다는 점에서 의미가 있다.

전통 서정시와 모더니즘으로 나뉘는 1950년대의 시적 경향은, 전쟁을 경험한 세대의 불행한 자의식과 세계 상실의 체험에 뿌리를 내리고 있다. 언어와 세계에 대한 인식의 차별성에도 불구하고, 이들은 세계와 존재에 대한 탐색과 성찰의 시선을 통해서, 폐허의 현실에 대응하는 미학을 구축하고자 했으며, 이러한 노력은 절망과 환멸로 가득 찬 전후의 시대를 관통해 가면서 1960년대의 새로운 시 흐름으로 이어진다. 다시 말해 1950년대 시에서 서정시와 모더니즘의 두 흐름은 대립되는 미학적 입장으로 충돌하기보다는, 파탄된 현실에서 시의 자기 정체성을 확보하기 위해 고투를 벌였던 개별 시인들의 치열한 시적 의식의 산물이라는 점에서 내적 연관성을 이루고 있다.

1980년대, 상상력을 압도한 현실의 시대

1980년대는 현실이 상상력을 압도하던 시대였다. 1980년대를 말할 때 가장 먼저 언급해야 할 것이 80년 5월에 있었던 광주 민중 항쟁이다. 70년대가 유신이라는 폭압과 독재 속에서 유지된 시대였고, 그 억압성은 80년 5월의 광주 항쟁을 낳게 되었으며, 광주 민중 항쟁은 새로운 시대로의 진입을 예고하였기 때문이다. 이 비극적 체험은 이후의 문학적 상상력이나 정신에 엄청난 영향력을 행사하여, 80년대의 문학은 광주를 떠나서는 설명할 수 없을 만큼 긴 파장을 드리웠다.

한편, 80년대는 70년대부터 가속화되기 시작한 산업화의 흐름이 더욱 급격하게 되고 이에 따라 노동자를 양산하면서 그들의 생존권 투쟁은 전국적 규모로 이어졌다. 어쨌든, 80년대는 유례없이 어두운 갈등의 시대였으며, 이에 대한 반작용 및 돌파구로 진보적인 역사관이 강한 목청을 돋운 시기였다고 할 수 있다.

1970년대의 정치적 상황 변화와 산업화 경향에 따라, 민족 문학론이 재론되면서 리얼리즘의 정신을 문제 삼게 되고, 뒤이어 민중 문학론이 대두되어 분단 논리에 대한 도전이 시작되었다. 산업화의 부산물로서 문학의 대중화 현상이 나타나게 되고, 계층의 빈부 격차와 그 갈등이 문학적 관심사로 등장하였다.

현실주의 계열과 함께 논의되는 또 다른 축이 해체주의(모더니즘 포함)이다. 1980년대의 해체주의는 왜곡된 현실에 대한 그로테스크한 반응이다. 실험주의는 대부분 형식적 실험에 치중하지만 그 형식의 자유로움으로 인하여 현실 비판과 만나기고 쉽다. 아방가르드 시를 현실비판 의식과 연계시킨 시인이 많은 것은 실험주의와 현실주의의 교집합이 생각보다 넓다는 것을 보여 주는 예가 된다. 상상력을 압도할 정도로 현실이 전면적으로 옥죄어 올 때 상상력을 상대적으로 덜 필요로 하는 현실주의 계열의 시가 비교 우위에 놓일 수밖에 없다. 해체주의는 왜곡된 현실을 직시하기 보다는 형식적 비틀기를 통하여 수용하였는데 이 역시 현실적 응전력이 있는 것으로 받아들여졌다.

이 시기의 해체주의는 실험 의식이 다소 약한 모더니즘 경향과 실험 의식이 과격한 아방가르드 경향으로 나눌 수 있다. 모더니즘 경향의 시들은 형식상의 과격한 실험을 자제하며, 실험주의를 내면화한 방식으로 시를 구성한다. 건축술적인 언어 구도, 참신하고 감각적인 이미지의 제시, 사회적인 현실보다는 그것이 투사된 내면 풍경의 기술 등이 주요 특성이다. 이들 시에서 시적 대상은 지성을 투과하면서 미적 거리를 유지한 채 하나의 객체로서 존재한다. 그것은 미적 왜곡을 거친 주관화된 객체이다.

근대 이후의 우리 문학은 굴곡 많고 고생스러운 현대사의 흐름과 매우 친숙한 관계를 이어가면서 전개되었다. 우리가 읽어 온 시의 독법(讀法)은 이른바 '사회 역사적 상상력'에 빚진 바 크다. 이러한 현실 지향의 시적 언어들은 우리 문학사에서 구체적인 형상을 통해 현실을 반추하며 성찰케 하는 매우 생산적인 역할과 기능을 떠맡아 왔다고 할 수 있다.

하지만 최근 인간의 모든 의식과 제도가 자본주의적 체계로 일원화되자, 시적 주체들에게 몰아닥친 현실에 대한 환멸과 심리적 공항은 매우 심각한 '시의 위기'를 불러오기에 이르렀다. 더구나 상품 미학의 압도적 지배 앞에 '사회 역사적 상상력'은 커다란 굴절을 겪게 되었다.

현실주의 시의 전개

1990년대의 시는 이른바 서정성의 강화, 일상적 삶에 대한 관심의 증폭, 시적 형상성의 확보를 위한 노력 등으로 그 모습을 나타냈고, 정교하고 치밀한 이념적·방법적 기율을 벗어나 다양한 내용적, 형식적 변모를 꾀하게 되었다. 자연스럽게 시의 경향은 전대(前代)와는 주제나 대상이 판이해지게 되어, '우리'보다 '나'의 절실한 문제로 시선을 옮겨 갔고, 그동안 불변의 가치로 인식되어 왔던 이념적 구심력에 대한 반성적 사유를 스스로 요청하게 된 것이다.

서정시는 이 세계의 존재들을 진지하게 이해하고 포용하는 세계관을 갖고 있다. 시장 가치에 조종당하는 것이 아니라 성숙한 인간 정신으로 주체성을 지향한다. 이는 대상과 타협하는 것이 아니라 주체적으로 합일을 추구하고, 또 대상을 배척하는 것이 아니라 함께하는 것이다. 부정적인 자세로는 이 세계와 동일화를 이룰 수 없음을 인식하고 긍정적으로 연대를 지향하는 것이다. 1990년대의 현실주의 시는 인간과 사회의 위엄과 자존을 회복하면서, 자본주의의 횡포와 그 전일성에 대항하면서 문학적 진정성을 꾸준히 넓혀 갔다.

자본주의의 심화로 인해 공동체적 의식이 소멸하고 인간 소외가 심해지고 있는 21세기의 상황에서 서정시의 가치는 크다고 볼 수 있다. 인정, 의리, 이해, 희생 등의 인간 가치가 지극히 왜곡되거나 함몰되고 있으므로 이 세계와 동일화를 지향하는 서정시의 정신이 극복의 대안이 될 수 있는 것이다. 이러할 때에 한 편에서는 서구 페미니즘의 영향을 받은 일련의 작가들이 여성적 감수성에 뿌리를 둔 시 쓰기 방식이 대두 된 것도 1990년대의 커다란 현상 중 하나이다. 이때 '여성적 시 쓰기'란 다수의 여성이 시 쓰기의 주체로 나섰다는 신원적 의미에 그 뜻이 한정되지 않는다. 그것은 그동안 이성, 권력, 남성 중심적이었던 우리의 근대적 사유 체계를 감성, 다양성, 생명 중심적으로 탈바꿈시키려는 인식의 전환이 이들에게서 나타나고 있다는 것을 두루 포괄한다.

포스트모더니즘과 실험시의 등장

2000년대의 한국 시단은 참여문학과 순수문학이라는 기존의 이분법적 구분이 상당히 와해된 상황이다. 자본주의의 심화로 인해 문화영역 전체가 산업기치로 전환되었듯이 문학 역시 예외 없이 가치의 변화를 겪었다.

2000년대 이전까지의 서정시는 참여시 및 실험시와 대립적인 위치에 있었다. 전통적인 서정시의 입장에서 보면 참여시는 구호만을 내세우는 선동적인 제스처에 불과한 것이었고, 실험시는 주관적이고 난해한 상징의 나열에 불과한 것이었다. 그러므로 모순되고 폭력이 난무하는 이 세계를 극복하는 데에는 서정시의 가치가 적격이라고 보았다. 그렇지만 서정시는 다양화되고 급변하는 시대를 적극적으로 반영하거나 전위적인 위치에서 이끌지 못했다.

그러나 2000년대에 들어 서정시의 성격은 상당히 변모한다. 유구한 전통을 계승해 영역을 넓혔고, 보수적인 성격을 상당히 극복했다. 과거로의 회귀만을 추구하지 않고 혼란스러운 시대를 열린 세계 인식으로 품은 것이다. 아울러 인습적인 규범에 의지하지 않는 창의력을 발휘하여 시 형식도 다양성을 획득했다.

역사나 국가, 민족, 민중, 계급, 해방 등과 같은 거시 담론의 가치들은 축소 내지 폐기되었고, 대신 일상, 개인, 욕망, 몸, 탈중심, 등과 같은 미시 담론의 가치들이 대두되었다. 그동안 문학이 고유하게 견지해 온 정신 가치는 더 이상 지배적인 요소가 되지 못하고, 오히려 새로운 감각과 시각적인 효과가 중요하게 인식된 것이다.

세계적 보편성과 동시성을 근간으로 하는 예술적 조류인 포스트모더니즘은 일부에서는 이 시대를 해명하고 구성할 수 있는 가장 적극적인 대안으로 평가되기도 했고, 한국적 특수성을 의도적으로 매몰시키고 우리의 주체적 시각 자체를 몰락시키려는 수상쩍은 박래품, 즉 서양에서 배에 실려 온 신식 물품 정도로 인식되기도 하였다. 그러나 그 와중에도 이 같은 시 쓰기의 경향은 1990년대의 경박함과 상업주의를 바로 그것의 방법으로 풍자, 비판했다는 반미학(反美學)의 가능성을 보이기도 하였다.

서정시는 이 세계의 존재들을 진지하게 이해하고 포용하는 세계관을 갖고 있다. 시장 가치에 조종당하는 것이 아니라 성숙한 인간 정신으로 주체성을 지향한다. 이는 대상과 타협하는 것이 아니라 주체적으로 합일을 추구하고, 또 대상을 배척하는 것이 아니라 함께하는 것이다. 부정적인 자세로는 이 세계와 동일화를 이룰 수 없음을 인식하고 긍정적으로 연대를 지향하는 것이다.

2000년대에는 새로운 시인들이 대거 시단에 등장해 활동했다. 이들은 대중문화의 과감한 차용, 상상력 발휘, 시어 활용의 다양화 등으로 문학의 사회성이며 공리성을 추구하던 기성세대 시인들과는 상당히 다른 시의 미학을 지향했다. 기성세대 시인들은 시의 의미를 중요하게 여겼지만 이들은 시의 형식을 중요하게 여겼고, 기성세대 시인들은 시의 문법을 유지하였지만 이들은 오히려 문법을 파괴했다. 그리고 기성시인들은 독자들과의 소통을 중시했지만 이들은 자기 인식에 보다 중점을 두었다. 그렇지만 2000년대의 한국 시단은 어느 한 가지의 특성만으로는 집약할 수 없을 정도로 다양해졌다고 볼 수 있다.

2000년대에 들어서 형식의 해체화, 산문화, 요설화 등이 급격히 증가했다. '미래파'라고 지칭되는 일군의 시인들이 등장해 실험시의 영역을 확산시킨 것이다. 어느 시대에나 기존의 주류를 거부하고 새로운 시를 추구하는 경향이 등장하기 마련이지만, 2000년대에는 보다 운동적이었고 집단적이었다. 기성세대에 대한 강한 부정과 대중문화의 수용, 새로운 스타일의 추구 등으로 시단에 환기력을 준 것이다.

그렇지만 2000년대의 실험시는 대부분의 연구자들이 호의적으로 평가

하지 않는데서 볼 수 있듯이, 긍정적인 결과만을 갖는 것은 아니다. 시형식의 획일성 및 상투성, 과도한 장광설, 체험의 진정성 부족, 사유의 깊이 부족, 폐쇄적 세계관, 무의미한 유희성, 서술구조의 단절 등으로 시가 궁극적으로 추구해야 할 미학을 담보하지 못했다. 그리하여 실험시들은 혼란스러운 사회의 거울이 되지 못하고 오히려 혼란을 낳고 있다거나, 다양한 사회문제를 개선하기는커녕 방관과 무관심을 조장한다는 비난을 피하기 어려운 사실이다. 그럼에도 불구하고 실험시들은 기존의 시단을 상당히 허물고 새로운 담론을 주도해 나갔는데, 그만큼 새 천년의 한국시단은 새로운 시를 기대하고 있는 것이다.

2000년대의 실험시는 1980년대 중반 이후의 해체시 경향을 계승했다고 볼 수 있다. 키치적인 소재, 탈장르적 속성, 낯선 이미지의 조합, 대중문화의 활용, 반권위주의 성향 등의 성격에서 그 유사성을 찾아 볼 수 있다, 그러면서도 해체시와는 다소 차이를 보이는데, 현실에 대한 인식태도에서 그러하다. 1980년대의 해체시는 시 형식의 실험을 행하면서도 현실을 반영하려는 목표를 가지고 있었던 것에 비해, 2000년대의 실험시는 현실을 반영하기보다 개인의 의식을 강조한다. 때문에 신세대 시인들의 도전은 1980년대 해체시 시인들만큼 시단의 영향을 주지 못했는데, 그만큼 독자와의 소통을 원활하게 이루지 못한 것이다.

2000년대의 실험시는 창조성과 공유성, 개인성과 보편성 간에 유기적인 관계를 획득해야 하는 과제를 안고 있다. 그들은 좋은 시의 기준으로 전통적인 시로부터 어느 정도 벗어났는가를 삼고 있지만, 이것만으로는 한계가 있다. 고도의 자본과 기술이 주도하고 있는 이 시대에 시의 전통성을 비판하는 것만으로는 창조적 가치를 획득하기가 어려운 것이다. 시 문학도 역사와 사회를 통찰해야 할 책무가 있음을 알아야 할 것이다.

아직 촛불을 켤 때가 아닙니다

신석정

저 재를 넘어가는 저녁 해의 엷은 광선들이 섭섭해 합니다
어머니 아직 촛불을 켜지 말으세요
그리고 나의 작은 명상의 새 새끼들이
지금도 저 푸른 하늘에서 날고 있지 않습니까?
이윽고 하늘이 능금처럼 붉어질 때
그 새 새끼들은 어둠과 함께 돌아온다 합니다

언덕에서는 우리의 어린 양들이 낡은 녹색 침대에 누워서
남은 햇볕을 즐기느라고 돌아오지 않고
조용한 호수 우에는 인제야 저녁 안개가 자욱이 나려오기 시작 하였습
니다
그러나 어머니 아직 촛불을 켤 때가 아닙니다
늙은 산의 고요히 명상하는 얼굴이 멀어 가지 않고
머언 숲에서는 밤이 끌고 오는 그 검은 치맛자락이
발길에 스치는 발자국 소리도 들려오지 않습니다

멀리 있는 기인 둑을 거쳐서 들려오던 물결 소리도 차츰차츰 멀어

갑니다

　그것은 늦은 가을부터 우리 전원을 방문하는 까마귀들이

　바람을 데리고 멀리 가 버린 까닭이겠습니다

　시방 어머니의 등에서는 어머니의 콧노래 섞인 자장가를 듣고 싶어 하

는 애기의 잠덧이 있습니다

　어머니 아직 촛불을 켜지 말으셔요

　인제야 저 숲 너머 하늘에 작은 별이 하나 나오지 않았습니까?

나와 나타샤와 흰 당나귀

백 석

가난한 내가
아름다운 나타샤를 사랑해서
오늘밤은 쭉쭉 눈이 나린다

나타샤를 사랑은 하고
눈은 푹푹 나리고
나는 혼자 쓸쓸히 앉아 소주를 마신다
소주를 마시며 생각한다
나타샤와 나는
눈이 푹푹 쌓이는 밤 흰 당나귀 타고
산골로 가자
출출이 우는 깊은 산골로 가
마가리에 살자

눈은 푹푹 나리고
나는 나타샤를 생각하고
나타샤가 아니 올 리 없다

언제 벌써 내속에 고조곤히 와 이야기 한다
세상 같은 건 더러워 버리는 것이다

눈은 푹푹 나리고
아름다운 나타샤는 나를 사랑하고
어데서 흰 당나귀도 오늘밤이 좋아서
응앙응앙 울을 것이다

전라도 가시내

이용악

알룩조개에 입 맞추며 자랐나
눈이 바다처럼 푸를 뿐더러 까무스레한 네 얼굴
가시내야
나는 발을 얼구며
무쇠 다리를 건너온 함경도 사내

바람 소리도 호개도 인전 무섭지 않다만
어두운 등불 밑 안개처럼 자욱한 시름을 달게 마시런다만
어디서 흉참한 기별이 뛰어들 것만 같애
두터운 벽도 이웃도 못 미더운 북간도 술막

온갖 방자의 말을 품고 왔다
눈포래를 뚫고 왔다
가시내야
너의 가슴 그늘진 숲 속을 기어간 오솔길을 나는 헤매이자
술을 부어 남실남실 술을 따라
가난한 이야기에 고이 잠거다오

네 두만강을 건너왔다는 석 달 전이면
단풍이 물들어 천 리 천 리 또 천 리 산마다 불탔을 겐데
그래도 외로워서 슬퍼서 치마폭으로 얼굴을 가렸더냐
두 낮 두 밤을 두루미처럼 울어 울어
불술기 구름 속을 달리는 양 유리창이 흐리더냐

차알싹 부서지는 파도 소리에 취한 듯
때로 싸늘한 웃음이 소리 없이 새기는 보조개
가시내야
울 듯 울 듯 울지않는 전라도 가시내야
두어 마디 너의 사투리로 때 아닌 봄을 불러 줄게
손때 수줍은 분홍 댕기 휘휘 날리며
잠깐 너의 나라로 돌아가거라

이윽고 얼음길이 밝으면
나는 눈포래 휘감아치는 벌판에 우줄우줄 나설 게다
노래도 없이 사라질 게다
자욱도 없이 사라질 게다

향수

정지용

넓은 벌 동쪽 끝으로
옛이야기 지줄대는 실개천이 회돌아나가고
얼룩백이 황소가
해설피 금빛 게으른 울음을 우는 곳,
그 곳이 참하 꿈엔들 잊힐리야.

넓은 벌 동쪽 끝으로
옛이야기 지줄대는 실개천이 회돌아나가고
얼룩백이 황소가
해설피 금빛 게으른 울음을 우는 곳,
그 곳이 참하 꿈엔들 잊힐리야.

질화로에 재가 식어지면
뷔인 밭에 밤바람 소리 말을 달리고,
엷은 조름에 겨운 늙으신 아버지가
짚벼개를 돋아 고이시는곳,
그 곳이 참하 꿈엔들 잊힐리야.

흙에서 자란 내마음
파아란 하늘 빛이 그립어
함부로 쏜 화살 찾으려
풀섶 이슬에 함추름 취적시든 곳,
그 곳이 참하 꿈엔들 잊힐리야.

전설 바다에 춤추는 밤물결 같은
검은 귀밑머리 날리는 어린 누의와
아무러치도 않고 여쁠것도 없는
사철 발 벗은 안해가
따가운 햇살을 등에 지고 이삭 줏던 곳,
그 곳이 참하 꿈엔들 잊힐리야.

하늘에는 석근별
알 수도 없는 모래성으로 발을 옮기고,
서리 까마귀 우지짖고 지나가는 초라한 집웅
흐릿한 불빛에 돌아 앉어 도란도란거리는 곳,
그 곳이 참하 꿈엔들 잊힐리야.

보리피리

한하운

보리 피리 불며
봄 언덕
고향 그리워
피 – 르 닐니리.

보리 피리 불며
꽃, 청산
어린 때 그리워
피 – 르 닐니리.

보리 피리 불며
인환(人寰)의 거리
인간사(人間事) 그리워
피 – 르 닐니리.

보리 피리 불며
방랑의 기산하(幾山河)

눈물의 언덕을 지나
피 - 르 닐니리.

껍데기는 가라

신동엽

껍데기는 가라.
사월도 알맹이만 남고
껍데기는 가라.

껍데기는 가라.
동학 년 곰나루의, 그 아우성만 살고
껍데기는 가라.

그리하여, 다시
껍데기는 가라.
이곳에선, 두 가슴과 그곳까지 내 논
아사달과 아사녀가
중립의 초례청 앞에 서서
부끄럼 빛내며
맞절할지니.

껍데기는 가라.

한라에서 백두까지
향그러운 흙가슴만 남고
그, 모오든 쇠붙이는 가라.

눈물

김현승

더러는
옥토(沃土)에 떨어지는 작은 생명이고저……
흠도 티도

금가지 않은
나의 전체는 오직 이뿐!
더욱 값진 것으로
드리라 하올 제,
나의 가장 나아종 지닌 것도 오직 이뿐,

아름다운 꽃의 시듦을 보시고
열매를 맺게 하신 당신은
나의 웃음을 만드신 후에
새로이 나의 눈물을 새로이 지어 주시다

무등을 보며

서정주

가난이야 한낱 남루(襤褸)에 지나지 않는다.
저 눈부신 햇빛 속에 갈매빛의 등성이를 드러내고 서 있는
여름 산(山) 같은
우리들의 타고난 살결, 타고난 마음씨까지야 다 가릴 수 있으랴.

청산(靑山)이 그 무릎 아래 지란(芝蘭)을 기르듯
우리는 우리 새끼들을 기를 수밖에 없다.

목숨이 가다가다 농울쳐 휘어드는
오후(午後)의 때가 오거든,
내외(內外)들이여, 그대들도
더러는 앉고
더러는 차라리 그 곁에 누워라.

지어미는 지애비를 물끄러미 우러러보고,
지애비는 지어미의 이마라도 짚어라.

어느 가시덤불 쑥구렁에 놓일지라도

우리는 늘 옥돌같이 호젓이 묻혔다고 생각할 일이요,

청태(靑苔)라도 자욱이 끼일 일인 것이다.

타는 목마름으로

김지하

신 새벽 뒷골목에
네 이름을 쓴다 민주주의여
내 머리는 너를 잊은 지 오래
내 발길은 너를 잊은 지 너무도 너무도 오래
오직 한 가닥 있어
타는 가슴 속 목마름의 기억이
네 이름을 남 몰래 쓴다 민주주의여

아직 동 트지 않은 뒷골목의 어딘가
발자욱 소리 호르락 소리 문 두드리는 소리
외마디 길고 긴 누군가의 비명 소리
신음 소리 통곡 소리 탄식 소리 그 속에 내 가슴팍 속에
깊이깊이 새겨지는 내 이름 위에
네 이름의 외로운 눈부심 위에
살아오는 삶의 아픔
살아오는 저 푸르른 자유의 추억
되살아오는 끌려가던 벗들의 피 묻은 얼굴

떨리는 손 떨리는 가슴
떨리는 치 떨리는 노여움으로 나무판자에
백묵으로 서툰 솜씨로
쓴다.

숨죽여 흐느끼며
네 이름을 남 몰래 쓴다.
타는 목마름으로
타는 목마름으로
민주주의여 만세.

아침이슬

고 은

온 세상 바람 부여안은 듯 넘치나니 임이여

아침이슬 한 방울 이내 멸한들

어찌타 만 가지 헛되다 하오리오

모두 제각각 엄연하매

생명 엄연하매

새는 새가 되어 날고

짐승의 씨짐승으로 태어나 아우러집니다

산에 산울림영감 메아리지건대

산이 있고 먼데 바다마저 다가와

가까이서 파도소리 쉬지 않음이여

온 세상 이토록 넘치나니

이윽고 체머리 흔든 하루 날 저물어

저녁 안개 땅을 어루만집니다

그 가운데 누가 누구인 줄 모르는 순결이여

바로 거기 살고지고 거기서 죽어가고자 합니다

온 몸뚱어리 젖어 울음조차도 저버리고

밤새도록 이룩한 이슬 한 방울 한 방울마다

아침 햇빛 받아 가장 작은 빛으로 빛나는 임이여

꽃씨

소강석

언제부턴가
꽃씨가 사랑스럽습니다
그래서
마음의 뜨락에 꽃씨를 심습니다
세상 가득 향기로 덮고 싶기에

이젠 꽃을 꺾어
선물하지 않으렵니다
그 보다
꽃씨를 나누어 주고
그 마음에 뿌려주기로 했습니다

더딜지라도
코끝에 물씬 풍기는 향기 없을지라도
한 아름 안겨주는 화사함 덜할지라도

오늘도 꽃씨를 뿌립니다

마음의 밭을 일구어
열심히 꽃씨를 뿌립니다

그날
사랑하는 사람들 안에서
향내 가득하고
이 세상 꽃들로 가득하게 될 때를
기다리며

그리고
이 세상을 떠나는 날
나는 이 꽃씨들을 천국에 가져가렵니다.

참깨를 털면서

김준태

산그늘 내린 밭 귀퉁이에서 할머니와 참깨를 턴다.
보아하니 할머니는 슬슬 막대기질을 하지만
어두워지기 전에 집으로 돌아가고 싶은 젊은 나는
한번을 내리치는 데도 힘을 더한다.
世上事에는 흔히 맛보기가 어려운 쾌감이
참깨를 털어대는 일엔 희한하게 있는 것 같다.
한번을 내리쳐도 셀 수 없어
솨아솨아 쏟아지는 무수한 흰 알맹이들
都市에서 십년을 가차이 살아본 나로선
기가 막히게 신나는 일인지라
휘파람을 불어가며 몇 다발이고 연이어 털어댄다.
사람도 아무 곳에나 한번만 기분 좋게 내리치면
참깨처럼 솨아솨아 쏟아지는 것들이
얼마든지 있을 거라고 생각하며 정신없이 털다가
<아가, 모가지까지 털어져선 안되느니라>
할머니의 가엾어 하는 꾸중을 듣기도 했다.

겨울 들판을 거닐며

허형만

가까이 다가서기 전에는

아무것도 가진 것 없어 보이는

아무것도 피울 수 없는 것처럼 보이는

겨울 들판을 거닐며

매운바람 끝자락도 맞을 만치 맞으면

오히려 더욱 따사로움을 알았다.

듬성듬성 아직은 덜 녹은 눈발이

땅의 품안으로 녹아들기를 꿈꾸며 뒤척이고

논두렁 밭두렁 사이사이

초록빛 싱싱한 키 작은 들풀 또한 고만고만 모여 앉아

저만치 밀려오는 햇살을 기다리고 있었다.

신발 아래 질척거리며 달라붙는

흙의 무게가 삶의 무게만큼 힘겨웠지만

여기서만은 우리가 알고 있는

아픔이란 아픔은 모두 편히 쉬고 있음도 알았다.

겨울 들판을 거닐며

겨울 들판이나 사람이나
가까이 다가서지도 않으면서
아무것도 가진 것 없을 거라고
아무것도 키울 수 없을 거라고
함부로 말하지 않기로 했다.

세한도 가는 길

유안진

서리 덮인 기러기 죽지로

그믐밤을 떠돌던 방황도

오십령(五十嶺) 고개부터는

추사체로 뻗친 길이다

천명(天命)이 일러주는 세한행(歲寒行) 그 길이다

누구의 눈물도로도 녹지 않는 얼음장 길을

닳고 터진 알발로

뜨겁게 녹여 가라신다

매웁고도 아린 향기 자오록한 꽃진 흘려서

자욱자욱 붉게붉게 뒤따르게 하라신다

비누

정진규

비누가

나를 씻어 준다고 믿었는데

그렇게 믿고서 살아왔는데

나도 비누를 씻어 주고 있다는 걸!

알게 되었다

몸 다 닳아져야 가서 닿을 수 있는 곳,

그 아름다운 소모(消耗)를 위해

내가 복무하고 있다는 걸

알게 되었다

비누도 그걸 하고 있다는 걸

그리고 가고 있다는 걸

알게 되었다

마침내 당도코자 하는 비누의 고향!

그 곳이 어디인지는 알 바 아니며

다만

아무도 혼자서는 씻을 수 없다는

돌아갈 수 없다는

나도 누구를 씻어 주고 있다는
돌아가게 하고 있다는
이 발견이 이 복무가
이렇게 기쁠 따름이다 눈물이 날 따름이다

한국 현대소설의 이해와 감상　제3장

한국 현대소설 개관

전광용

1

시대적 개념을 지닌 소설 양식의 분류에서 20세기의 한국소설은 일반적으로 현대소설이라고 지칭되어 오고 있다.

그러나 논자(論者)에 따라서는 이 시기의 소설을 의식적인 구분을 지어 근대소설과 현대소설로 나누어 논하는 사례도 없지 않다. 근대나 현대라는 개념은 우리 문학의 전통의식의 흐름 속에서 추출될 수도 있는 것이지만, 그 용어 자체는 서구 사조(思潮)의 도입과정에서 고정화된 술어(術語)이며, 일반사에 준하여 문학사에서도 이 어휘가 그대로 적용된 경우에 속하는 것이다.

우리 문학사에서 근대의 시발점에 대하여는 여러 가지 논의가 있다. 즉 19세기 영·정조의 실학에 거점을 둔 근대의 시발설(始發說)이 그 하나이다. 그런데 그 사상성(思想性)의 연원 자체에 대하여는 수긍할 수 있지만, 그것이 한 시대의 섬광적인 현상으로 후대로 계승 지속하지 못하였고, 또

한 그 주동(主動)이 주로 양반 지배층 학자에 머물렀을 뿐 시민계층의 토대 위에 선 대중화로 연결되지 못했다는 점에서 근대적인 싹을 보였다는 의의에 멈추고 마는 것 같다. 이와는 달리 전통성의 발전과정에 서구 사조의 영향이 가미된 19세기 후반 이후의 근대화의 움직임은, 어느 정도의 피동성은 부인할 수 없지만, 근대자본주의의 접촉과 자아각성에 의한 일반 민중의 참여를 얻어 지속적으로 발전 성장해 오고 있기 때문에, 이 시기를 좀 더 본격적인 근대화의 시발점으로 보려는 관점은 많은 학자들의 호응이나 동조를 얻고 있다.

한국의 20세기 소설은 이러한 시대적인 배경을 바탕으로 전통적인 소설양식과 서구소설의 영향이 교차되는 시점에서 발아(發芽)하게 되었으며, 새로운 교육제도 실시, 기독교에 의한 성경 찬송가의 보급, 신문 잡지 등 저널리즘의 발전, 문법의 체계화를 비롯한 어문연구 및 자국어에 대한 자각 등은 새로운 문학작품의 창작과 광범위한 새로운 독자 층 확대에 직접 간접으로 촉진제의 구실을 했던 것이다.

2

개화기에 나온 신소설은 서구소설의 영향을 받아 쓰여 진 근대소설의 첫 시도라 하겠다.

19세기 말엽부터 20세기 초에 걸쳐 나타난 새로운 문물 또는 현상에 대해서는 '신(新)' 자가 붙게 마련이어서, 신교육, 신학문, 신문학, 신여성 등이 그런 예에 속하며, 문학예술양식에서도, 신시, 신연극 그리고 신소설 따위 명칭이 나온 것이다. 이것은 당시의 시대적 흐름이 기성의 것,

전래적인 것은 모두 낡은 '구(舊)'에 속하고, 새로운 것 특히 서양식 색채를 띤 것은 모두 참신하고 혁신적이라는 신구의 대립개념, 이를테면 기존 문화에 대한 거부반응이나 새로운 것에 대한 경이(驚異)가 호기(好奇)를 곁들인 시대적 상황의 발로(發露)라고 할 수 있는 것이었다.

이리하여 신소설이라는 명칭이 나오고, 그것은 또한 반세기여의 시간이 흘러가는 사이에, 소설양식에서 개화기소설을 표징(表徵)하는 명칭으로 굳어져, 문학사적인 술어로 정착되었으므로, '이야기책'으로 불려 지던 고대소설과 서구적인 소설의 체제를 거의 갖춰가는 현대소설의 중간 단계에 놓이는 소설양식이 된 것이다.

신소설 작품은 순수한 창작물, 외국작품의 번안물(飜案物), 고대소설을 개작한 것 등 수 백 종을 헤아릴 수 있으며, 그 작가 또한 유명 무명의 허다한 이름을 발견할 수 있다. 그러나 순수한 창작이라고 추정되어 온 작품 속에도 전혀 번안이 없다고 단정하기 어렵고, 실지의 작자가 있음에도 불구하고 판권란(版權欄)에도 출판사주가 저자 겸 발행자로 기록된 것이 있는가 하면, 작자인지 출판사주인지 미상(未詳)한 것이 있을 뿐더러, 개중에는 초판에는 실지의 작자 이름이 명기되어 있으나 재판 또는 타사가 새로 그 작품을 출판할 때는 출판사주가 임의로 저작자가 되어 있는 것도 있어 그 정확한 판별에 적지 않은 혼란을 준다. 따라서 순수한 창작 작품으로 그 가치가 어느 수준에 달한다고 인정되는 작품은 그리 많지 않으며, 이에 따라 논의 대상이 될 만한 작가도 그렇게 많은 수에 달하는 것은 아니다.

현재 그 작품이 평가에 내상에 오르고 있는 작가로는 이인직(李人稙)을 비롯하여 이해조(李海朝), 최찬식(崔瓚植), 안국선(安國善), 김교제(金敎濟) 등이며 주로 번안에 종사한 사람으로 구연학(具然學), 조일재(趙一齋), 이상협(李相

協), 민태원(閔泰瑗) 등을 들 수 있다.

이인직은 『혈의 누』를 비롯하여 『목단봉』(『혈의 누』의 하편), 『귀(鬼)의 성(聲)』, 『치악산』(상권), 『은세계』 등을 쓴 신소설의 대표적 작가이며 이해조는 『고목화(枯木花)』, 『자유종』, 『화의 혈』 등 20여 편을 낸 가장 다작의 작가인 동시에 소설에 대한 단편적인 이론을 제시한 작가이기도 하다.

최찬식은 『추월색』, 『안(雁)의 성(聲)』, 『춘몽』 등 주로 애정소설을 썼으며, 김교제는 『치악산』(하권)을 비롯하여 『현미경』, 『비행선』 등을 썼고, 안국선은 사회비판의식을 담은 우화소설 『금수회의록』과 단편집 『공진회』(단편 삼편 수록)를 내놓았다.

신소설은 대체로 개화기에 계몽성을 띠고, 자주독립, 신교육, 민중계발, 자유결혼, 계급타파 등 근대적인 의식을 다루려고 애쓴 흔적 및 언문일치의 문장에 접근하려는 시도 등을 보여 문학사적인 주요한 의의를 지니고 있으나, 작가의식의 미확립, 작품에 대한 예술성의 무자각 등 미흡한 점이 적지 않아, 고대소설에서는 진일보하였다고는 하나 근대소설로서 면모를 완전히 갖추지는 못했다.

3

1910년 한일합방으로 국권이 상실되고 일본 식민지하에 놓이게 되자, 언론, 출판, 집회, 결사(結社)의 자유는 규제되고 우리말로 된 모든 신문은 강제 폐간되어, 유일하게 남은 일간지는 총독부 기관지로 바뀐 매일신보뿐이었다. 그리고 주로 문학작품의 발표지로서 구실을 한 잡지는 국내에서는 『청춘』, 『태서문예신보』 등과 해외에서는 일본 유학생들이 발간한

『학지광』이었다.

이러한 여건 속에서 1910년대에 활약한 작가는 춘원 이광수(李光洙)이다. 그는 습작이나 다름없는 초기의 소품 시기를 거쳐, 1917년부터 기미 이전까지에 육친간(六親間)의 이성애를 그린『소년의 비애』, 동성연애를 다룬『윤광활(尹光活)』, 자유결혼과 민족계몽을 부르짖은『어린 벗에게』등의 단편 및『무정(無情)』,『개척자』등의 초기 장편을 발표하였다.

『무정』은 민족의식과 삼각애정을 다룬 것으로 여러 면에서 그의 대표작의 하나로 꼽히는 동시에 한국문학사 내지 소설사에도 하나의 문제작으로 거론되어 오는 작품이며,『개척자』는 과학도를 주인공으로 한 작품이나 후반의 내용이 애정문제로 흐려져 일관성을 잃었다.

춘원은 기미 이후 1930년대까지『유정(有情)』,『혁명가의 아내』, 그 여자의 일생』,『흙』,『사랑』등 장편 및 역사적 소재를 다룬『이순신』,『마의태자』,『단종애사』,『원효대사』그리고 단편『무명(無明)』등 수십 편에 달하는 장·단편을 발표하였으며, 가장 다작의 작가로서 당대에 군림한 대표적 작가이며, 가장 많은 독자를 가진 작가이기도 하다.

그는 소설 외에 시, 시조, 희곡, 수필, 기행문, 문학평론, 문화비평 등 문학의 각 분야에 걸쳐 집필하여 가장 폭넓은 작품 활동을 하였으며, 민족주의와 인도주의에 입각한 계몽성을 작가의식의 주축으로 하였다.

그의 작품에 대한 평가는 시간의 흐름에 따라 찬반양론이 거듭되어 오고 있는데, 특히 일제치하에서 말년의 민족적 훼절(毁節)은 그의 작품의 가치평가에 적지 않은 영향을 주고 있어, 작품만의 객관적 평가와 작품에 삭자의 행위를 결무시키는 목합적인 평가의 타당성 여부가 논의의 대상이 되기도 하였다.

4

3 · 1 운동은 우리 문학사에서 하나의 분계선을 이룬다.

거족적인 의거의 실패는 좌절과 실망을 안겨다 주었지만, 이에 따른 일제의 회유책은 언론 출판에 대한 약간의 완화로 신문 잡지의 출간이 허용되어 조선일보, 동아일보, 중외일보(후의 조선중앙일보) 등의 발행, 『창조』, 『폐허』, 『백조』, 『조선문단』 등 문예지 및 『개벽』을 비롯한 많은 종합지의 발간은 침체되었던 문화면에 얼마간의 활기를 불어넣었고, 많은 문인들이 등장하여 비로소 문단의 형성을 보게 되었다.

따라서 소설에서도 유능한 소설가가 배출되어 문학사적인 문제작이 속속 창작 발표되었다.

서구문학에서 통용되는 근대문학의 개념을 우리는 문학사적인 현실을 감안한 전제 위에서 준용한다면, 본격적인 근대소설의 정립은 김동인(金東仁)에 의해서 이루었다고 해도 과언은 아닐 것이다. 『창조』 창립 동인(同人)의 한 사람인 김동인은 처녀작 『약한 자의 슬픔』을 비롯하여 『배따라기』, 『감자』, 『광화사(狂畵師)』, 『광염(狂炎) 쏘나타』, 『발가락이 닮았다』, 『김연실전』 등의 가편(佳篇)을 남겼다. 그는 소설의 문장에 유독히 관심을 가져, 삼인칭 단수인 '그'의 의식적인 사용 제창, 문장 어미(語尾)의 시제 문제, 즉 '하노라' '하도다' 등 시제의 막연한 표현을 지양하여 '한다' '하였다' '하겠다' 등 확연한 시제에 의한 문장표현을 주장하고, 그것을 스스로 실천에 옮겼다. 그는 이와 같이 문장의 정확하고 참신한 표현과 아울러 현대적 감수성에 의한 작품의 심리적인 표현을 내세워 문학의 예술성에 중점을 둔 작가이다. 그리고 문학비평에도 힘을 기울여 『조선근대소설고』, 『춘원연구』 등 무게 있는 업적을 남기기도 했다.

김동인과 더불어 초기 한국 단편소설의 정립에 기여한 작가로 현진건(玄鎭健)과 염상섭(廉想涉)을 들어야 한다.

　현진건은 『백조(白潮)』 동인으로 『빈처(貧妻)』, 『술 권하는 사회』, 『타락자』 등 초기 작품을 거쳐, 『운수 좋은 날』, 『불』, 『할머니의 죽음』, 『B사감과 러브레터』 등 짜임새 있는 단편을 발표하였으며, 불국사 석가탑 건립을 소재로 한 역사소설 『무영탑(無影塔)』을 남겼다. 그는 특히 문장 표현에 재기(才氣)가 있어, 이 시기에서 가장 치밀하고 사실적인 묘사를 하는 작가로 꼽혔다.

　염상섭은 1920年代에 나온 작가 중에서 가장 많은 작품활동을 한 작가인 동시에, 문학사적인 비중에서 무겁게 다루어지는 작가 중 한 사람이기도 하다. 그는 첫 작품 『표본실의 청개구리』를 비롯하여 『암야(闇夜)』, 『제야(除夜)』 등 초기작품에서부터 문제성을 제기했으며, 중편 『만세전(萬歲前)』, 장편 『삼대』에 이르러서는 그 건실한 작가의식과 중후한 문장표현으로 작가적 특색을 보였다. 특히 그의 해방 후의 작품인 『임종』, 『두 파산』 등의 단편은 그의 원숙한 경지를 보여주었다. 그런데 그가 출발점에서부터 내세워 자신의 문학을 자연주의로 자처한 문학사조적(思潮的) 주장은, 자연주의의 본질과 한국문학에서 자연주의 수용 과정의 상관관계에서 규명되어야 할 여러 가지 문제를 남겨주고 있다.

　김동인과 함께 『창조』 동인으로 나온 전영택(田榮澤)은 『생명의 봄』, 『혜선의 사』, 『화수분』 등 기독교적인 인도주의에 바탕을 둔 작품을 썼고, 26세로 요절한 나빈(羅彬)은 『물레방아』, 『벙어리 삼룡이』 등 학대받는 서민의 애환을 그렸다.

　최학송은 자신의 체험을 소재로 하여 생활의 참상을 부각시킨 『탈출기』, 『고국』 등의 작품을 남겼다.

한편 1925년 조선 프롤레타리아 예술동맹(KAPF)이 결성된 시기를 전후하여 무산계급(無産階級)을 소재로 한 작품들이 나왔다. 이것을 문학사에서는 프로문학이나 신경향파문학으로 다루고 있다.

그러나 이 시기의 좌경적인 사조(思潮)는, 외국에서의 그 경우와 달라, 우리의 현실에서 일제에 항거하는 반항정신과 혼효(混淆)되어 있으며, 항일 종합체격인 신간회도 조직되었던 만큼, 일률적인 형식적 분류로 논단할 수 없는 역사적인 특이성을 지니고 있다. 따라서 오늘날의 안목으로 그 당시의 작품을 면밀하게 분석해 보면, 과연 프로문학의 본질에 부합되는 작품이 어느 정도인가 하는 의아를 품지 않을 수 없게 되는 것이다.

이 시기의 이론적인 선도자는 박영희(朴英熙), 김팔봉(金八峰) 등이나 이들은 1930년대에 들어와서 전향하였고, 특히 박영희는 "얻은 것은 이데올로기요, 잃은 것은 예술이다."라는 문학사에 흔히 인용되는 경구(驚句)를 남겼다.

그만큼 프로문학이나 신경향파문학은 이론적인 주장에 비하여 그를 뒷받침할 만한 뚜렷한 작품을 생산하지 못했고, 기껏 조포석(趙抱石)의 『낙동강』을 예증할 정도에 불과하다.

5

1930년대는 일본이 만주를 강점하고 다시 중국에 진입하여 결국은 태평양전쟁으로 확대되는 도화선을 만든 시기여서, 식민지에 대한 억압과 수탈은 더욱 가혹해졌으므로, 작품의 창작도 그에 따라 극도의 제약을 받았다. 그러한 현실적인 배경은, 작가로 하여금 현실에서 외면하여, 순수

문학의 이름 아래 사회성이 거세된 예술성 위주의 작품 활동으로 돌아가게 하거나, 또는 멀리 역사적 소재를 택하여 거기에 작가의식을 상징적으로 반영하거나 하게 했으며, 한편으로는 농촌의 현실에 눈을 돌리는 소극적 반항의 방향으로 변모하게끔 만들었다.

1920년대에 등단하여 주로 30년대에 활약한 채만식(蔡萬植)은 『치독』, 『레디메이드 인생』 등의 단편과 『탁류』, 『태평천하』 등 장편을 발표하였다. 그는 작품 속에서 현실을 직설적으로 표현하지 않고 우회적으로 풍자하는 수법을 주로 사용하였다.

이효석(李孝石)과 유진오(俞鎭午)도 20년대 말기에 문단에 나와 30년대에 주로 작품을 발표한 작가다. 이들은 프로문학이나 신경향파문학에 약간 동조적이거나 그들 작가와 밀접하다는 면에서 세칭 동반자작가로 부르고 있으나, 그들의 작품 속에서 그러한 경향을 찾아보기는 퍽 어려울 정도로 그들의 대표작에서는 그러한 색채를 거의 발견할 수 없다.

이효석은 그의 대표작인 『메밀꽃 필 무렵』을 비롯하여 『돈(豚)』, 『석류』, 『산』, 『돌』, 『개살구』, 『분녀(粉女)』 등 단편을 발표했다. 그는 서정적이고 참신한 감각을 세련된 문장으로 표현하였으며, 이국 정서와 성의 육감적인 묘사에 따른 에로티시즘으로 그의 문학의 특색을 나타내었다.

유진오는 이효석과 동참으로 거의 같은 시기에 문단에 나와, 『김강사와 T교수』, 『창랑정기(滄浪亭記)』 등 주로 식민지하에 놓인 지성인의 고민을 그렸다.

1930년대에 나와 이색적인 작품 활동을 하다가 전후하여 요절한 작가에 이상(李箱)과 김유정(金裕貞)이 있다.

이상은 『날개』를 비롯하여 『동해(童骸)』, 『봉별기(逢別記)』, 『종생기(終生記)』 등의 작품을 발표하였으며, 자학적 자의식의 세계에서 심리적 심층을 파고드는 특색 있는 작품을 남겼다.

김유정은 『소나기』, 『동백꽃』, 『산골 나그네』, 『금따는 콩밭』 등의 단편을 발표하였으며, 주로 벽지 농촌의 소박한 인물을 등장시켜 토속적인 어휘 구사로 향토색이 짙은 독자의 경지를 개척하였다.

한편, 1930년대의 배경적인 특색의 하나는 '브·나르드' 즉 '민중 속으로'의 기치 아래, 농촌 계몽운동이 활발하게 전개되었는데, 때마침 저널리즘의 가세를 얻은 이 운동은, 열기를 띠고 전국 방방곡곡으로 파급되었다. 이러한 사회적인 현상은 작품 창작에도 영향을 미쳐, 이른바 농민문학 또는 농촌소설이라 하는 많은 작품들을 낳게 했다.

이광수(李光洙)의 『흙』, 심훈(沈熏)의 『상록수』, 민촌(民村)의 『고향』 등은 넓은 뜻에서 이 계열에 속하는 작품들이다.

이 경우와 조금 거리가 있지만 이무영(李無影)은 농촌계몽의 뜻과는 달리 작가 자신이 스스로 농촌으로 뛰어들어 농민들과 접촉하여 농사를 짓고 농촌생활을 하면서 그 체험을 소재로 하여 이른바 '흙의 문학' 또는 '귀농문학'이라고 하는 농민문학의 독자적인 경지를 이룩하였다. 그의 이러한 의도는, 『흙의 노예』, 『제일과 제일장』을 비롯한 많은 작품 속에 반영되어 농민작가로 불리우게끔 되었다.

1930年代 後半에 주로 작품 활동을 한 작가로 계용묵(桂鎔默), 김동리(金東里), 정비석(鄭飛石) 등을 들 수 있다.

계용묵은 『백치 아다다』, 『병풍에 그린 닭이』 등 불구나 이색적인 인물을 등장시켜 현실을 암시적으로 풍자하는 작품을 발표하였다.

김동리는 『화랑의 후예』, 『바위』, 『무녀도』, 『역마』 등의 단편을 발표하였으며, 그는 주로 샤머니즘을 비롯한 토속적 또는 종교적인 소재를 다루어 그 속에 휴머니즘을 부각시키려고 의식적으로 노력했다. 8·15 후의 그의 주요한 작품으로는 단편에 『홍남철수』, 『등신불』 장편에 『사반의 십자가』 등이 있다.

정비석은 『졸곡제(卒哭祭)』, 『성황당』, 『제신제』 등 단편을 발표하였으며, 그의 작품은 자연의 순수성에 결합된 인간의 본능을 그린 것이 두드러져, 후일에는 애정문제를 다룬 신문연재소설을 주로 썼다.

.

6

1940년을 전후한 시기는 우리 문학이 어쩔 수 없는 궁지에 몰린 가장 불우한 수난기였다.

우리 국어인 '조선어' 시간이 중학교 교과과정에서 제거된 뒤를 이어, 다시 국민학교에서도 사라지고, 일본어 전용으로 교육하려는 조선어 말살정책이 강행되었다. 이러한 일제의 시책은 결국 조선일보, 동아일보 등 민족지를 1940년 8월 10일자를 끝으로 강제 폐간시켰고, 계속해서 순문예지인 『문장』과 『인문평론』마저도 자진 폐간할 수밖에 없게끔 만들었다.

그뿐만 아니라, 우리말로 된 많은 서책의 발행 내지 판매금지 조처를 단행하였고, 급기야는 우리말 사전을 편찬 중에 있던 '조선어학회' 학자들을 체포 투옥하는 단말마적(斷末魔的)인 사태를 빚기까지 했다.

이러한 결과로 우리말로 된 문학작품은 발표지를 거의 상실하였을 뿐 아니라, 작가에 대한 제약과 압박도 날로 심해져, 붓을 꺾고 자취를 감춘 문인이 많았고, 징용으로 끌려가거나 구금상태에 놓인 분인도 적지 않았으므로, 문학작품의 자유로운 창작활동은 불가능한 상황에 놓였다. 문학사에서 일제 말엽의 이 시기를 소위 암흑기라는 이름으로 다루는 소이(所

以)도 여기에 있다.

이상 개화기부터 8·15해방까지의 소설을 개관하였거니와, 이 반세기의 시대적 배경이 식민지 치하였던 만큼 민족의 계몽과 일제에 대한 저항정신이 문학의 주축을 이루었고, 거기에 다시 다양한 사조적 경향이 수반되었던 것이다. 또한 소설의 양식면에서 볼 때 장편소설보다 단편소설이 우위에 놓였다는 점이다. 그것은 이 시기 대부분이 장편소설이 신문 연재소설이라는 특수 조건의 제약에도 연유한 것이지만, 우리 장편소설이 아직 완전히 정립되지 못한 성장과정에 있었다는 점에도 유의해야 할 것이다.

7

8·15 해방에 의한 국권 회복은 우리 역사에 일대 전기를 가져왔지만, 국토의 분단으로 인한 사상의 대립과 민족의 분열은 새로운 비극을 양성하여, 끝내는 6·25 참변을 초래하였고, 그러한 민족적 비극의 소인(素因)은 아직껏 전혀 해소되지 않고 경화(硬化)되기만 하여, 조국통일의 염원을 달성하기는 요원할 수밖에 없는 비관적인 사태가 지속되고 있다.

이러한 착잡한 배경적인 여건 속에서도, 자국어를 자유롭게 구사할 수 있는 8·15 후의 문학은, 현실적 상황과 상관관계에 따르는 사상적 표현의 불가피한 제약 속에서나마, 각 작가들의 다각적인 모색과 의욕적인 시도로 많은 문제작을 창작하였다.

따라서 해방 전에 등단한 작가들도 계속 작품 활동을 하고 있거니와, 새로운 유능하고 개성적인 작가들이 다수 배출되어, 그 업적은 8·15 이전을 능가하는 문학적 풍요를 보이고 있다.

문학비평의 이해

박배식

문학비평의 개념

　문학비평이란 무엇인가? 문학작품에 대한 평가 행위를 우리는 문학비평이라고 부른다.

　비평에 해당하는 영어의 'criticism'은 라티어의 'criticus', 희랍어 'Krinein'에서 온 말로 '판단하다', '감정하다', '재판하다'라는 뜻이다.

　漢字的 語義로서의 비평은 '批評'이다 '批'字의 뜻은 '판정', '품평'에 대한 의미 내용으로 해석되고, '評'字는 '言+平'이니, 곧 말을 공평하게 한다는 뜻이다.

　이와 같이 비평은 공평한 판단과 식별을 뜻하며, 결국 그것은 판단과 식별에 의한 평가작용을 뜻한다. 뿐만 아니라 평가는 가치를 규명하고 그 본질적 의의를 밝혀내야 하므로 비평은 대상(사물)의 가치를 판단 규명하고 그 의의를 천명하는 것이 된다. 이 판단·평가의 작용이 문예작품이나 문학의 이론이나 여러 문제에 미칠 때 그것이 곧 문학비평이 되는 것이다.

문학비평의 의의

문학비평의 개념 규정에 있어 비평이 문예작품을 평가하는 것은 사실이나, 평가만이 비평의 전부는 아니다. 문학작품의 평가라고 할 때 평가에 앞서 선행되어야 할 작업이 있어야 한다. 그 작업이란 먼저 문예작품을 해석(interpretation), 곧 이해하고 감상(appreciation)하는 일이다. 문학비평에 앞서 그 작품을 해석하고 감상한다는 것은 비평의 시작이요, 출발이 된다. 비평은 바로 이 시작으로부터 이루어진 결과이다. 또한 작품을 이해하고 감상할 뿐만 아니라, 분석하며 相照하여 작품의 가치를 평가하는 것이다. 따라서 T.S. Eliot의 "비평은 세 가지 과정을 거쳐야 하는바, 첫째는 작품을 분석하는 일이요, 둘째는 그것을 다시 종합하는 일이며, 셋째는 그렇게 한 결과 그 작품이 어떤 새로운 가치를 가지고 있는가를 평가하는 일이다."라는 언급은 일리있는 말이 아닐 수 없다. 우리나라의 경우 춘원 이광수도 비평을 '작품–감상–비평–가치'라는 효용론을 주장하였다.

이상에서 언급한 바와 같이 비평은 작품을 해석·이해·감상하고 그것을 바탕으로 가치를 평가하되 인생탐구의 자료가 되어야 한다. 즉 인생은 예술이라는 미적 구조로서 형상화된 사상으로서의 평가여야 한다. 바로 여기에 문학비평의 의의가 있다 하겠다.

문학비평의 기능

비평은 판단에 앞서 해석하고 감상하는 것이 비평의 주된 기능이다. 작품에 몰입해서 '중간 독자', '媒介人', '公民'으로서의 작가와 독자 사이의 매개적인 역할을 할 수 있는 것이다. 이 해석 또는 음미로서의 비평은 비평가가 자기의 주관에 의해서 요리하기 때문에 주관적인 비평의 폐단을 가져오기 쉬우나, 비평이 작품의 가치 판단에 그치지 않고 독자를 위한 교사요, 설명가로서의 책임을 다하려 하는 것이니, 이 비평의 기능에서 해석·감상은 우선 중요한 기능이 될 것이다. 비평의 기능이 해석·감상 등에 있다는 것은 비평이 우선 작품의 이해나 감상에서 출발한다는 말이다. 그런데 비평은 작품의 감상과 이해를 넘어 평가에까지 그 기능을 펼치지 않으면 안 된다. 비평이 어디까지나 문학의 이론을 수립하고 작품을 감상하며 평가하여 그 타당성을 밝히고 모든 비평의 재평가에 의한 새로운 이론의 발전을 가져와야 하는 것이기 때문에 작품과 작가에 대한 평가 과업을 수행해야 하는 것이다.

이상에서 개관한 바와 같이 비평의 기능은 해석·감상·평가이다. 이것이 비평의 기능적 작업이다. 그렇다면 해석과 감상과 평가의 그 구체적인 내용은 무엇일까.

해석이란 곧 작품의 '풀이'이며 '알기 쉽게 설명하는 일'이다. 여기에서 말하는 작품이란 text, 곧 원본을 뜻한다. 그 text의 모호하고 애매한 곳을 바르게 파악·이해하는 일, 또는 text를 잘 분류·정리하는 일, 작자가 어떤 사람인가를 아는 일, text의 내용을 주해하는 일 등은 모두 해석에 포함되는 일이다. 이 해석에서 빼놓을 수 없는 중요한 일 하나가 있다면 작가의 사상 내지 철학을 파악하는 일이다. 해석의 궁극적 목적은 바로 여기에 있다 하여도 과언이 아니다. 작가는 언어를 매개로 하여 자아의 사상과 철학을 그 나름대로 형상화시킨다. 비평가는 바로 해석을 통해 그것을 파악해야 한다. 사리를 헤아려 그 사상과 철학의 의미 내용을 파악해야 하는 것이다. 이것이 감상을 위한 첫 단계가 된다.

감상이란 작품을 감식하여 그 가치를 깊이 맛보고 밝히는 일이다. 즉 작품에서 취미를 확장하고 교양을 넓히며 자기를 투영하여 재창조하는 것을 말한다. 앞에서 말한 해석이 작품상의 개별적인 작업이라면, 감상은 작품상의 개별적 해석을 하나로 통일·종합하여 향유하는 일이다. 곧 작품을 하나의 통일체로서 맛보는 일이다. 문법·조사·문체·수사·사상 등은 작품을 구성하는 부분이어서 그것으로서는 완전한 의미를 이루지 못한다. 그들을 재조직하여 하나의 통일체를 이루어 냈을 때 처음으로 완전한 의미를 표현하고 이해할 수 있다. 그 의미에 응하는 일이 감상이다. 비평이 예술작품의 의식적인 평가와 감상이라고 생각할 때 이 감상은 비평의 주요한 기능이 될 것이다. 이는 작가와 독자 사이에 친밀한 개인적인 관계를 개척하는 것이다. 말하자면 작품을 해석하여 즐겨 어떤 공명을 가져와 쾌락을 향수하는 것이다. 그러나 작품의 향수에 비평의 기능이 있다고 하지만 비평이 감상에서 그 활동을 멈추어서는 안 될 것이다. 그 작품의 가치를 결정해서 작가와 독자에게 진정한 인식을 시키고, 나아가서는 문학적인 해설에서 그 위치를 지도할 지도적인 일이 또한 필요하다. 여기에 비평의 기능 중 평가의 과제가 대두한다.

평가란 어떠한 가치기준에 의한 판단작용을 말한다. 따라서 문학비평은 작품의 문학적인 가치 판단이라 하겠다. 이 판단은 비평의 최종 단계로서 가치평가가 된다. 비평은 평가에서 집약되고 종합되는 것이다. 그것은 바로 가치의식에 의한 판단이기 때문이다.

문학비평의 양상

　문학비평은 그 대상에 따라 몇 가지 양상으로 나누어 볼 수가 있다. 곧 원리비평과 실천비평 그리고 비평에 대한 비평이 그것이다.

　원리비평이란 문학의 원론이나 장르, 기타 문학의 여러 문제에 대한 비평을 뜻한다. 한마디로 요약해서 이른바 문학의 기본원칙에 대한 비평이다. 이를 일명 강당비평이라고도 한다. 원리비평이 이론적 학구적 경향을 띠고 있다는 점에서 그러하다. 원리비평은 문학의 이론화로서 가장 먼저 시작된 비평이다. 이는 문학의 본질·목적·기능·형태·특성 등 문학의 원리비평과 시·소설·희곡·시나리오 등 각 장르적인 연구 또한 이에 해당된다. 전자는 문학의 일반적 이론에서 다루어지며, 후자는 문학개론이나 입문서에서 취급한다. 이 원리비평은 비평관을 확립시키는 이론적인 연구이기에 문예학이라고 규정짓기도 한다. 곧 문예의 여러 문제를 광범위하게 체계적으로 연구하여 원리적인 이론을 규명하는 특수예술학의 하나로서, 인간의 미적 문예를 과학적으로 연구하려는 문예학을 성립시키고 있다.

　실천비평이란 문학작품이나 작가에 대한 비평으로서 작품을 해석하고 감상하여 평가하는 구체적 비평을 뜻한다. 일반적으로 문학비평이라 하면 이 실천비평을 말한다. 문학비평의 기능인 해석과 감상과 평가가 실질적으로 실천되기 때문이다. 문학비평의 본격적인 활동인 이 방법은 작품평(작품론)과 작가론 등으로 대별할 수 있다. 문학작품을 일단 향수하고 이해·감상하며 그에 대한 평가작업이 이에 속한다. 그리하여 작가와 독자에게 안내자 역할을 하면서 동시에 평가를 통해 새로운 문학으로 인도한다. 이러한 작업은 원리적인 문학이론의 확립에 의해 이루어져야 한다. 그렇지 않으면 그것은 근거 없는 독단에 지나지 않는다. 문학비평이 문학작품을 통하여 현대의 위기를 극복케 하고 문학을 옹호하면서 인간 이해에의 새로운 해답을 위해서는 보다 구체적이고 심판자로서의 진지한 비평태도가 요구된다. 작품을 통하여 작가를 이해하고 연구·평가하는 것이 비평의 가장 중요한 임무라 할 때 실천비평이야말로 비평작업의 핵심이요, 작품(작가)에다 비평가 자신을 투영함으로써 그로부터 하나의 평가를 창조하는 작업임에 틀림없다. 여기에 실천비평으로서의 중요성이 있다.

비평에 대한 비평은 문학비평 그 자체에 대한 비평이다. 이는 비평에 의해서 재구성된 작품의 세계나 또한 이론적 고찰에 대한 재평가이다. 말하자면 원리적 비평에 대한 이론의 타당성 여부를 규명하고 나아가 작품·작가에 대한 비평의 정당성 여부를 밝히는 비평이다. 비평방법, 양식, 표준 등의 비교연구뿐이 아니고, 참다운 이해 평가를 위해서도 이 비평은 필요하다. 한 비평가의 심판에 의한 평가가 가능하다면, 이는 비평의 권위에 문학의 진가가 말살될 우려도 있기 때문이다. 이 비평의 비평은 때때로 논쟁을 일으키는 요인이 되기도 한다. 그러한 의미에서 이 비평의 비평은 근대 이후 비평에 관심을 불러일으켜 주기도 하고, 비평에 대한 새로운 인식을 갖게도 했다. 이렇듯 비평의 비평은 비평에 대한 재평가이다. 하나의 주장에 대한 재평가인 셈이나 그런 뜻에서 비평 활동의 정리 단계라고도 할 수 있다.

이상에서 우리는 원리비평, 실천비평, 비평에 대한 비평에 대해서 살펴보았다. 그것들은 각각 독자적인 활동을 하는 것 같으면서도 상호 불가분의 관계에 있음을 알 수 있다. 원리비평은 실천비평 없이는 공리적인 이론에 불과하고, 실천비평은 원리비평이 마련한 문학론, 비평관이 없이는 불가능하기 때문이며, 비평에 대한 비평이 있음으로써 비평의 확립과 올바른 지향을 가져올 수 있기 때문이다. 이 三者의 상호관계 하에서 문학은 그 나름대로의 어떤 가치가 규정된다. 여기에 三者의 독자성이 있고 특수성이 있으며 또 그것들의 융합으로부터의 보편성이 있다. 그러므로 어느 면에 치중한 비평이라 할지라도 상호연관성을 갖는다는 데 큰 의의가 있다 하겠다.

문학비평의 유형

비평의 유형은 비평의 기준에 의하여 주관주의 비평·객관주의 비평으로 나뉜다.

주관주의 비평은 일체의 객관적 기준을 부정하고 주로 비평가의 주관, 즉 취미에 의하여 작품을 감상·음미한다. 이 비평은 근대의 개인주의·낭만주의 사상에 그 바탕을 두고 있는데 근대문학이 근대적 휴머니즘에 그 바탕을 두고 있기 때문이다. 이러한 방법론은 다시 인상비평과, 창조비평으로 나뉜다.

인상비평은 작품에서 받은 인상이나 감명을 적은 것으로서 비평가 각자에 따른 서로 다른 기준이 존재하게 된다. 그것은 개인의 차이가 있을 뿐만 아니라, 시대와 장소에 따라서도 차이가 있다. 이리하여 인상비평의 특징은 개별적·분화적이라 할 수 있다. 따라서 이러한 인상비평은 비평가의 주관에 흐르는 폐단을 낳기 쉽다. 즉 자기 주관에 몰입·독단적 평가를 하기 때문이다.

창조비평은 작품 비평이 단순한 작품평에 머물지 않고, 비평가 자신의 문학에 대한 새롭고 독자적인 의견을 제시하여 그 비평 자체에 예술적인 창조성을 부여하는 비평 행위다. 말하자면 작가가 현실을 소재로 하여 창작하는 것과 같이 그들은 이미 창작된 작품을 소재로 하여 창작한다는 것이다.

객관주의 비평은 정신적 소산으로서의 작품을 설명하고 이해할 때, 어떤 일정한 기준을 먼저 설정해 놓고 그 기준에 의하여 밝히는 비평이다. 이러한 방법론은 사회주의 비평, 심리주의 비평, 원형 비평, 신비평, 구조주의 비평, 역사주의 비평 등이 있다.

사회주의 비평은 문학에서 그 예술성의 이해보다는 계급주의적 사상 위주로 작품을 평가하는 방법이다. 그런 의미에서 이를 일명 마르크스주의라고도 한다. 곧 이 비평의 특징은 근본적으로 유물사관이며, 문학을 사회주의 건설을 위한 계급투쟁의 표현이며 수단으로 생각하는 데 있다. 이 경우의 반영은 문학활동이 수동적으로 현실을 관조하는 데서 일어나는 것이 아니라 예술적 형상 속에 새로운 현실을 창조하고, 현실 개조를 목적으로 인간의 의식에 작용하는 것이 가능하다는 인식까지 포함된다.

심리주의 비평은 프로이드의 정신분석학이 나타난 이후 취해진 입장으로 인간의 내면세계 즉 무의식을 분석함으로써 작가와 작품의 관계 즉 창작심리를 해명하려는 비평 방법이다. 말하자면 작품이란 아무리 변형된 형태라도 결국 무의식의 반영이며 이 무의식이 작중인물의 성격이나 행동을 결정한다는 것이다.

원형 비평이란 글자 그대로 신화의 원형을 문학작품 내에서 찾아내고 작가들에 의해 어떻게 재현·창조되어 있는가를 연구하는 비평이다. 신화는 언제나 원형을 유지하며 문학작품에 재현된다고 믿는다. 위대한 작품은 신화의 원형을 복귀하려는 경향을 가지고 있다는 것이 신화 비평가들의 주장이다. 좀 더 구체적으로 살피면 꿈, 신화, 의식 등 원시적 형태 속에 일반적·보편적으로 존재해 있는 생각, 성격, 행위, 대상, 관례, 사건 또는 배경 등등을 인류의 원형적 패턴으로 보고 그것들을 문학작품 속에서 통시적으로 찾아내고자 하는 비평 태도를 말한다.

신비평은 분석 비평이라고도 한다. 신비평의 핵심은 바로 분석에 있기 때문이다. 이 비평 원리는 text와 밀착하여 의미론에 입각한다. 따라서 이 신비평은 작품 그 자체를 대상으로 하여 언어분석을 통해 작품을 구체적으로 해부할 수 있다는 점에서는 전에 없었던 새로운 방법으로서 괄목할 만한 업적을 남기고 있으나 언어분석에만 치중하다보면 결국 문학 그 자체를 상실해 버린다는 점이 바로 약점이라 하여 비난을 받기도 했다.

구조주의 비평에 대해서 알아보자. 20세기 중엽, 미국에서는 언어의 의미연구보다 먼저 그 형태연구를 언어연구의 중핵으로 삼는 구조언어학이 크게 일어났는데, 이에 상응하여 문학작품을 비평할 때도 작품에 담긴 사상보다도 먼저 그 형태연구를 중시하고, 그 형태에서 거꾸로 사상이해의 계기를 포착한다는 비평 방법이다. 좀 더 구체적으로 살피면 이 비평은 작품의 역사성을 일체 배제해 버리고 직접 작품 속에, 작품의 현재성 속에 파고 들어가서 작품을 있게 만드는 구조를 검출하는 것을 목적으로 한다. 즉 작품 중심주의에서 접근하는 방법이기도 하다. 모든 현상을 구조로서 관찰하고 분석·비판하는 사상이라 요약할 수 있다.

역사주의 비평이란 문학작품 바로 그것이 산출된 역사의 한 시점에다 문학을 정착시켜 놓은 데서 출발한다. 하나의 작품을 다룸에 있어서 그것을 그 자체로서 완전한 것처럼 생각하지 않고 그 작품과 관련된 모든 실증적인 정보체계와 관련시켜서 다루어야 한다는 신념과 태도를 가진 관점이다. 말하자면 작품을 이해함에 있어서 작가와 작품의 역사적 환경, 사회적 환경 및 작가의 전기 등, 문학을 결정하는 요소와 관련시키는 것을 원칙으로 한다.

작품감상

감자

김동인

    싸움·간통·살인·도둑·구걸·징역, 이 세상의 모든 비극과 활극의 근원지인 칠성문 밖 빈민굴로 오기 전까지는 복녀의 부처는(사농공상의 제2위에 드는) 농민이었다.

    복녀는 원래 가난은 하나마 정직한 농가에서 규칙 있게 자라난 처녀이었다. 이전 선비의 엄한 규율은, 농민으로 떨어지자부터 없어졌다 하나, 그러나 어딘지는 모르지만 딴 농민보다는 좀 똑똑하고 엄한 가율이 그의 집에 그냥 남아 있었다. 그 가운데서 자라난 복녀는 물론 다른 집 처녀들같이 여름에는 벌거벗고 개울에서 멱감고, 바짓바람으로 동네를 돌아다니는 것을 예사로 알기는 알았지만, 그러나 그의 마음속에는 막연하나마 도덕이라는 것에 대한 기품을 가지고 있었다.

    그는 열다섯 살 나는 해에 동네 홀아비에게 팔십 원에 팔려서 시집이라는 것을 갔다. 그의 새서방(영감이라는 편이 적당할까)이라는 사람은 그보다 이십 년이나 위로서 원래 아버지의 시대에는 상당한 농민으로서 밭도 몇 마지기가 있었으나, 그의 대로 내려오면서는 하나 둘 줄기 시작하여서, 마지막에 복녀를 산 팔십 원이 그의 마지막 재산이었다. 그는 극도로 게으른 사람이었다. 동네 노인의 주선으로 소작밭깨나 얻어 주면, 종자만

뿌려 둔 뒤에는, 후치질도 안 하고 김도 안 매고 그냥 버려두었다가는, 가을에 가서는 되는 대로 거두어서, "금년엔 흉년입네" 하고 전주 집에는 가져도 안 가고, 자기 혼자 먹어버리곤 하였다. 그러니까, 그는 한 밭을 이태를 연하여 부쳐 본 일이 없었다. 이리하여, 몇 해를 지내는 동안 그는 그 동네에서는 밭을 못 얻으리만큼 인심과 신용을 잃고 말았다. 복녀가 시집을 온 뒤 삼사 년은 장인의 덕으로 이럭저럭 지내갔으나, 이전 선비의 꼬리인 장인도 차차 사위를 밉게 보기 시작하였다. 그들은 처가에까지 신용을 잃게 되었다. 그들 부처는 여러 가지로 의논하다가 하릴없이 평양성 안으로 막벌이로 들어왔다. 그러나 게으른 그는 막벌이나마 역시 되지 않았다. 하루 종일 지게를 지고 연광정에 가서, 대동강만 내려다보고 있으니, 어찌 막벌이인들 될까. 한 서너 달 막벌이를 하다가, 그들은 요행 어떤 집 막간(행랑)살이로 들어가게 되었다.

그러나, 그 집에서도 얼마 안하여 쫓겨 나왔다. 복녀는 부지런히 주인집 일을 보았지만, 남편의 게으름은 어찌할 수가 없었다. 만날 복녀는 눈에 칼을 세워가지고 남편을 채근하였지만, 그의 게으른 버릇은 개를 줄 수는 없었다.

"볏섬 좀 치워 달라우요."

"남 졸음 오는데, 님자 치우시관."

"내가 치우나요."

"이십 년이나 밥 처먹구 그걸 못 치워!"

"에이구 칵 죽구나 말디."

"이년 뭴!"

이러한 싸움이 그치지 않다가, 마침내 그 집에서도 쫓겨 나왔다.

이젠 어디로 가나? 그들은 하릴없이 칠성문 밖 빈민굴로 밀리어 나오게 되었다. 칠성문 밖을 한 부락으로 삼고 그 곳에 모여있는 모든 사람들의 정업은 거러지요, 부업으로는 도둑질과 매음, 그 밖에 이 세상의 모든 무섭고 더러운 죄악이 있었다. 복녀도 그 전업으로 나섰다. 그러나, 열아홉 살의 한창 좋은 나이의 여편네에게는 누가 밥인들 잘 줄까.

"젊은 거이 거랑질은 왜."

그런 소리를 들을 때마다 그는 여러 가지 말로, 남편이 병으로 죽어가거니 어쩌니 핑계를 대었지만, 그런 핑계는 세련된 평양 시민의 동정은 다시 살 수가 없었다. 그들은 이 칠성문 밖에서도 가장 가난한 사람 가운데 드는 편이었다. 그 가운데서 잘 수입되는 사람은 하루에 오리짜리 돈 푼으로, 일원 칠팔십 전의 현금을 쥐고 돌아오는 사람까지 있었다. 극단으로 나가서는 밤에 돈벌이 나갔던 사람은 그날 밤 사십여 원을 벌어가지고 와서, 그 근처에서 담배장사를 시작한 사람까지 있었다.

복녀는 열아홉 살이었다. 얼굴도 그만하면 반반하였다. 그 동네 여인들의 보통 하는 일을 본받아서 그도 돈벌이 좀 잘하는 사람의 집에라도 간간 찾아가면, 매일 오륙십 전은 벌수가 있었지만, 선비의 집안에서 자라난 그는 그런 일을 할 수가 없었다.

그들 부처는 역시 가난하게 지냈다. 굶는 일도 있었다.

기자묘 솔밭에 송충이가 끓었다. 그 때 평양부에서는 그 송충이를 잡는데(은혜를 베푸는 뜻으로) 칠성문 밖 빈민굴의 여인들을 인부로 쓰게 되었다. 빈민굴 여인들은 모두가 지원을 하였다. 그러나 뽑힌 것은 겨우 오십 명쯤 이었다. 복녀도 그 뽑힌 사람 가운데 한 사람이었다.

복녀는 열심히 송충이를 잡았다. 소나무에 사다리를 놓고 올라가서는, 송충이를 집게로 집어서 약물에 잡아넣고, 또 그렇게 하고, 그의 통은 잠깐 새에 차곤 하였다. 하루에 삼십이 전씩의 품삯이 그의 손에 들어왔다.

그러나 대엿새 하는 동안에 그는 이상한 현상을 하나 발견하였다. 그것은 다른 것이 아니라, 젊은 여인부 한 여남은 사람은 언제든 송충이는 안 잡고, 나무 아래서 지절거리며 웃고 날뛰기만 하고 있는 것이었다. 뿐만 아니라, 그 놀고 있는 인부의 품삯은, 일하는 사람의 삯전보다 팔 전이나 더 많이 내어주는 것이다. 감독은 한 사람뿐이었는데, 감독도 그들의 놀고 있는 것을 묵인할 뿐 아니라, 때때로는 자기까지 섞여서 놀고 있었다.

　어떤 날 송충이를 잡다가 점심때가 되어서, 나무에서 내려와서 점심을 먹고, 다시 올라가려 할 때에 감독이 그를 찾는다.

　"복네! 얘, 복네."

　"왜 그릅네까?"

　그는 약통과 집게를 놓고 뒤로 돌아섰다.

　"좀 오너라."

　그는 말없이 감독 앞에 갔다.

　"얘, 너…… 데 뒤 좀 가 보자."

　"뭘 하레요?"

　"글쎄, 가야……."

　"가디요. 형님."

　그는 돌아서면서, 부인들 모여있는 데로 고함쳤다.

　"형님두 갑세다가레."

　"싫다 얘. 둘이서 재미나게 가는데, 내가 무슨 맛에 가갔니?"

　복녀는 얼굴이 샛빨갛게 되면서 감독에게로 돌아섰다.

　"가 보자."

　감독은 저편으로 갔다. 복녀도 머리를 수그리고 따라갔다.

　"복네 도캇구나."

뒤에서 이러한 조롱소리가 들렸다. 복녀의 숙인 얼굴은 더욱 빨갛게 되었다. 그날부터 복녀도 '일 안하고 품삯 많이 받는 인부'의 한 사람으로 되었다. 복녀의 도덕관 내지 인생관은 그 때부터 변하였다.

그는 아직껏 딴 사내와 관계를 한다는 것을 생각하여 본 일도 없었다. 그것은 사람의 일이 아니요, 짐승의 하는 짓쯤으로만 알고 있었다. 혹은 그런 일을 하면, 탁 죽어지는지도 모를 일로 알았다.

그러나, 이런 이상한 일이 어디 다시 있을까. 사람인 자기도 그런 일을 한 것을 보면, 그것은 결코 사람으로 못할 일이 아니었다. 게다가 일 안하고도 돈 더 받고, 긴장된 유쾌가 있고, 빌어먹는 것보다 점잖고 좋은 일은 이것뿐이었다. 이것이야말로 삶의 비결이 아닐까. 뿐만 아니라, 이 일이 있는 뒤부터 그는 처음으로 한 개 사람이 된 것 같은 자신까지 얻었다.

그 뒤부터는, 그의 얼굴에는 조금씩 분도 발리게 되었다.

일 년이 지났다. 그의 처세의 비결은 더욱더 순탄히 진척되었다. 그의 부처는 인제 그리 궁하게 지내지는 않게 되었다. 그의 남편은 이것이 결국 좋은 일이라는 듯이 아랫목에 누워서 벌씬벌씬 웃고 있었다.

복녀의 얼굴은 더욱 이뻐졌다.

"여보, 아즈바니. 오늘은 얼마나 벌었소?"

복녀는 돈 좀 많이 벌은 듯한 거지를 보면 이렇게 찾는다.

"오늘은 많이 못 벌었쉐다."

"얼마?"

"도무지 열서너 냥."

"많이 벌었쉐다가레. 한 댓냥 꿰주소고래."

"오늘은 내가……."

어쩌고어쩌고 하면, 복녀는 곧 뛰어가서 그의 팔에 늘어진다.

"나한테 들킨 댐에는 뀌구야 말아요."

"난 원 이 아즈마니 만남 야단이더라. 자 꿰주디. 그 대신 응, 알아있디?"

"난 몰라요. 해해해."

"모르믄, 안 줄 테야."

"글쎄 알았대두 그른다."

—그의 성격은 이만큼까지 진보되었다.

가을이 되었다. 칠성문 밖 빈민굴의 여인들은 가을이 되면 칠성문 밖에 있는 중국인의 채마밭에 감자(고구마)며 배추를 도둑질하러, 밤에 바구니를 가지고 간다. 복녀도 감잣깨나 잘 도둑질하여 왔다.

어떤 날 밤, 그는 고구마를 한 바구니 잘 도둑질하여 가지고, 이젠 돌아가려고 일어설 때에, 그의 뒤에 시꺼먼 그림자가 서서, 그를 꽉 붙들었다. 보니 그것은 그 밭의 주인인 중국인 왕서방이었다. 복녀는 말도 못하고 멀찐멀찐 발 아래만 내려다보고 있었다.

"우리 집에 가."

왕서방은 이렇게 말하였다.

"가재믄 가디. 원 것두 못 갈까."

복녀는 엉덩이를 한 번 홱 두른 뒤에, 머리를 젖히고 바구니를 저으면서 왕서방을 따라갔다.

한 시간쯤 뒤에 그는 왕서방의 집에서 나왔다. 그가 밭고랑에서 길로 들어서려 할 때에, 문득 뒤에서 누가 그를 찾았다.

"복녀 아니야?"

복녀는 홱 돌아서 보았다. 거기에는 자기 곁집 여편네가 바구니를 끼고, 어두운 밭고랑을 더듬더듬 나오고 있었다.

"형님이댔쉐까? 형님두 들어갔댔쉐까?"

"님자두 들어 갔댔나?"

"형님은 뉘 집에?"

"나? 눅(陸)서방네 집에, 님자는?"

"난 왕서방네……. 형님 얼마 받았소?"

"눅서방네 그 깍쟁이놈, 배추 세 폐기."

"난 삼원 받았디."

복녀는 자랑스러운 듯이 대답하였다.

십분쯤 뒤에 그는 자기 남편과, 그 앞에 돈 삼원을 내어놓은 뒤에, 아까 그 왕서방의 이야기를 하면서 웃고 있었다.

그 뒤부터 왕서방은 무시로 복녀를 찾아왔다. 한참 왕서방이 눈만 멀찐멀찐 앉아 있으면, 복녀의 남편은 눈치를 채고 밖으로 나간다. 왕서방이 돌아간 뒤에는 그들 부처는, 일원 혹은 이원을 가운데 놓고 기뻐하곤 하였다.

복녀는 차차 동네 거지들한테 애교를 파는 것을 중지하였다. 왕서방이 분주하여 못 올 때가 있으면, 복녀는 스스로 왕서방의 집까지 찾아갈 때도 있었다.

복녀의 부처는 인젠 이 빈민굴의 한 부자였다.

그 겨울도 가고 봄이 이르렀다. 그 때 왕서방은 돈 백원으로 어떤 처녀를 하나 마누라로 사오게 되었다.

"흥."

복녀는 다만 코웃음만 쳤다.

"복녀, 강짜 하갔구만."

동네 여편네들이 이런 말을 하면 복녀는 흥 하고 코웃음을 웃곤 하였다. 내가 강짜를 해? 그는 늘 힘있게 부인하곤 하였다. 그러나, 그의 마음에 생기는 검은 그림자는 어찌할 수 없었다.

　"이놈 왕서방, 네 두고 보자."

　왕서방이 색시를 데려오는 날이 가까와 왔다. 왕서방은 아직껏 자랑하던 기다란 머리를 깎았다. 동시에 그것은 새 색시의 의견이라는 소문이 퍼졌다.

　"흥."

　복녀는 역시 코웃음만 쳤다.

　마침내 색시가 오는 날이 이르렀다. 칠보단장에 사인교를 탄 색시가, 칠성문 밖 채마밭 가운데 있는 왕서방의 집에 이르렀다.

　밤이 깊도록, 왕서방의 집에는 중국인들이 모여서, 별난 악기를 뜯으며 별난 곡조로 노래하며 야단하였다. 복녀는 집 모퉁이에 숨어서서, 눈에 살기를 띠고 방안의 동정을 듣고 있었다.

　다른 중국인들은 새벽 두시쯤 하여 돌아갔다. 복녀의 얼굴에는 분이 하얗게 발리워있었다. 신랑 신부는 놀라서 그를 쳐다보았다. 그것을 무서운 눈으로 흘겨보면서 그는 왕서방에게 가서 팔을 잡고 늘어졌다. 그의 입에서는 이상한 웃음이 흘렀다.

　"자, 우리 집으로 가요."

　왕서방은 아무 말도 못하였다. 눈만 정처 없이 두룩두룩 하였다. 복녀는 다시 한 번 왕서방을 흔들었다.

　"자, 어서."

　"우리, 오늘은 일이 있어 못 가."

　"일은 밤중에 무슨 일."

"그래두, 우리 일이……."

복녀의 입에 아직껏 떠돌던 이상한 웃음은 문득 없어졌다.

"이까짓 것."

그는 발을 들어서, 치장한 신부의 머리를 찼다.

"자, 가자우, 가자우."

왕서방은 와들와들 떨었다. 왕서방은 복녀의 손을 뿌리쳤다. 복녀는 쓰러졌다. 그러나 곧 일어섰다. 그가 다시 일어설 때는, 그의 손에는 얼른얼른 하는 낫이 한 자루 들리어 있었다.

"이 되놈, 죽어라. 이놈, 나 때렸디? 이놈아, 아이구 사람 죽이누나."

그는 목을 놓고 처울면서, 낫을 휘둘렀다. 칠성문 밖 외따른 밭 가운데 활극도 곧 잠잠하게 되었다. 복녀의 손에 들리어 있던 낫은 어느덧 왕서방의 손으로 넘어가고, 복녀는 목으로 피를 쏟으면서 그 자리에 고꾸라져 있었다.

복녀의 송장은 사흘이 지나도록 무덤으로 못 갔다. 왕서방은 몇 번을 복녀의 남편을 찾아갔다. 복녀의 남편도 때때로 왕서방을 찾아갔다. 둘의 새에는 무슨 교섭하는 일이 있었다.

사흘이 지났다.

밤중에 복녀의 시체는 왕서방의 집에서 남편의 집으로 옮겨졌다. 그리고, 시체에는 세 사람이 둘러 앉았다. 한 사람은 복녀의 남편, 한 사람은 왕서방, 또 한 사람은 어떤 한방 의사─. 왕서방은 말없이 돈주머니를 꺼내어 십원짜리 지폐 석장을 복녀의 남편에게 주었다. 한방 의사의 손에도 십원짜리 두 장이 갔다.

이튿날, 복녀는 뇌일혈로 죽었다는 한방의의 진단으로 공동묘지로 실려갔다.

메밀꽃 필 무렵

이효석

여름 장이란 애시당초에 글러서, 해는 아직 중천에 있건만 장판은 벌써 쓸쓸하고, 더운 햇발이 벌여놓은 전 휘장 밑으로 등줄기를 훅훅 볶는다. 마을사람들은 거지반 돌아간 뒤요, 팔리지 못한 나뭇군 패가 길거리에 궁싯거리고 있으나 석윳병이나 받고 고깃마리나 사면 족할 이 축들을 바라고 언제까지든지 버티고 있을 법은 없다. 춤춤스럽게 날아드는 파리떼도, 장난꾼 각다귀들도 귀찮다. 얼금뱅이요 왼손잡이인 드팀전의 허생원은 기어코 동업의 조선달을 나꾸어 보았다.

"그만 거둘까?"

"잘 생각했네. 봉평 장에서 한 번이나 흐뭇하게 사 본 일 있을까. 내일 대화 장에서나 한몫 벌어야겠네."

"오늘 밤은 밤을 새서 걸어야 될 걸?"

"달이 뜨렸다?"

절렁절렁 소리를 내며 조선달이 그 날 산 돈을 따지는 것을 보고 허생원은 말뚝에서 넓은 휘장을 걷고 벌여놓았던 물건을 거두기 시작하였다. 무명 필과 주단 바리가 두 고리짝에 꼭 찼다. 멍석 위에는 천 조각이 어수선하게 남았다. 다른 축들도 벌써 거진 전들을 걷고 있었다. 약빠르게 떠나는 패도 있었다. 어물장수도, 땜쟁이도, 엿장수도, 생강장수도 꼴들이 보이지 않았다. 내일은 진부와 대화에 장이 선다. 축들은 그 어느 쪽으로든지 밤을 새며 육칠십 리 밤길을 타박거리지 않으면 안 된다. 장판은 잔치 뒷마당같이 어수선하게 벌어지고 술집에서는 싸움이 터져 있었다. 주정꾼 욕지거리에 섞여 계집의 앙칼진 목소리가 찢어졌다. 장날 저녁은 정해놓고 계집의 고함소리로 시작되는 것이다.

"생원, 시침을 떼두 다 아네…… 충줏집 말야."

계집 목소리로 문득 생각난 듯이 조선달은 비죽이 웃는다.

"화중지병이지. 연소패들을 적수로 하구야 대거리가 돼야 말이지."

"그렇지두 않을 걸. 축들이 사족을 못 쓰는 것두 사실은 사실이나, 아무리 그렇다군 해두 왜 그 동이 말일세, 감쪽같이 충줏집을 후린 눈치거든."

"무어, 그 애숭이가? 물건 가지고 나꾸었나부지. 착실한 녀석인 줄 알았더니."

"그 길만은 알 수 있나……. 궁리 말구 가보세나그려. 내 한턱 쓺세."

그다지 마음이 당기지 않는 것을 좇아갔다. 허생원은 계집과 연분이 멀었다. 얼금뱅이 상판을 쳐들고 대어설 숫기도 없었으나 계집 편에서 정을 보낸 일도 없었고, 쓸쓸하고 뒤틀린 반생이었다. 충줏집을 생각만하여도 철없이 얼굴이 붉어지고, 발밑이 떨리고 그 자리에 소스라쳐 버린다. 충줏집 문을 들어서서 술 좌석에서 짜장 동이를 만났을 때에는 어찌된 서슬엔지 발끈 화가 나버렸다. 상 위에 붉은 얼굴을 쳐들고 제법 계집과 농탕치는 것을 보고서야 견딜 수 없었던 것이다. 녀석이 제법 난질꾼인 게 꼴사납다. 머리에 피도 안 마른 녀석이 낮부터 술 처먹고 계집과 농탕이야. 장돌뱅이 망신만 시키고 돌아다니누나. 그 꼴에 우리들과 한 몫 보자는 셈이지. 동이 앞에 막아서면서부터 책망이었다. 걱정두 팔자요 하는 듯이 빤히 쳐다보는 상기된 눈망울에 부딪칠 때, 결김에 따귀를 하나 갈겨주지 않고는 배길 수 없었다. 동이도 화를 내고 팩하고 일어서기는 하였으나, 허생원은 조금도 동색하는 법 없이 마음 먹은 대로는 다 지껄였다.

　—어디서 주워먹은 선머슴인지는 모르겠으나, 네게도 아비 어미 있겠지. 그 사나운 꼴 보면 맘 좋겠다. 장사란 탐탁하게 해야 되지. 계집이 다 무어야 나가거라, 냉큼 꼴 치워. —

　그러나 한마디도 대거리하지 않고 하염없이 나가는 꼴을 보려니, 도리어 측은히 여겨졌다. 아직도 서름서름한 사인데 너무 과하지 않았을까 하고 마음이 섬뜩해졌다. 주제도 넘지, 같은 술 손님이면서두 아무리 젊다구 자식 낳게 된 것을 붙들고 치고 닦아세울 것은 무어야 원. 충줏집은 입술을 쫑긋하고 술 붓는 솜씨도 거칠었으나, 젊은 애들한테는 그것이 약이 된다나 하고 그 자리는 조선달이 얼버무려 넘겼다. 너 녀석한테 반했지, 애숭이를 빨면 죄 된다. 한참 법석을 친 후이다. 담도 생긴 데다가 웬일인지 흠뻑 취해보고 싶은 생각도 있어서 허생원은 주는 술잔이면 거의 다 들이켰다. 거나해짐을 따라 계집 생각보다도 동이의 뒷일이 한결같이 궁금해졌다. 내 꼴에 계집을 가로채서는 어떡헐 작정이었누 하고 어리석은 꼬락서니를 모질게 책망하는 마음도 한편에 있었다. 그러기 때문에, 얼마나 지나 뒤인지 동이가 헐레벌떡거리며 황급히 부르러 왔을 때에는, 마시던 잔을 그 자리에 던지고 정신없이 허덕이며 충줏집을 뛰어나간 것이었다.

　"생원, 당나귀가 바를 끊구 야단이에요."

"각다귀들 장난이지, 필연코."

짐승도 짐승이려니와 동이의 마음씨가 가슴을 울렸다. 뒤를 따라 장판을 달음질하려니 게슴츠레한 눈이 뜨거워질 것 같다.

"부락스런 녀석들이라 어쩌는 수 있어야죠."

"나귀를 몹시 구는 녀석들은 그냥 두지는 않을 걸."

반평생을 같이 지내온 짐승이었다. 같은 주막에서 잠자고, 같은 달빛에 젖으면서 장에서 장으로 걸어 다니는 동안에 이십 년의 세월이 사람과 짐승을 함께 늙게 하였다. 가스러진 목 뒤 털은 주인의 머리털과도 같이 바스러지고, 개진개진 젖은 눈은 주인의 눈과 같이 눈곱을 흘렸다. 몽당비처럼 짧게 쓸리운 꼬리는 파리를 쫓으려고 기껏 휘저어 보아야 벌써 다리까지는 닿지 않았다. 닳아 없어진 굽을 몇 번이나 도려내고 새 철을 신겼는지 모른다. 굽은 벌써 더 자라나기는 틀렸고 닳아버린 철 사이로는 피가 빼짓이 흘렀다. 냄새만 맡고도 주인을 분간하였다. 호소하는 마음으로 야단스럽게 울며 반겨한다.

어린아이를 달래듯이 목덜미를 어루만져 주니 나귀는 코를 벌름거리며 입을 투르르거렸다. 콧물이 튀었다. 허생원은 짐승 때문에 속도 무던히는 썩였다. 아이들의 장난이 심한 눈치여서 땀 배인 몸뚱어리가 부들부들 떨리고 좀체 흥분이 식지 않는 모양이었다. 굴레가 벗어지고 안장도 떨어졌다. 요 몹쓸 자식들, 하고 허생원은 호령을 하였으나 패들은 벌써 줄행랑을 논 뒤요, 몇 남지 않은 아이들이 호령에 놀라 비슬비슬 멀어졌다.

"우리들 장난이 아니우. 암놈을 보고서 혼자 발광이지."

코흘리개 한 녀석이 멀리서 소리를 쳤다.

"고녀석 말투가……."

"김첨지 당나귀가 가버리니까 온통 흙을 차고 거품을 흘리면서 미친

소같이 날뛰는 걸. 꼴이 우스워 우리는 보고만 있었다우. 배를 좀 보지."

아이는 앵돌아진 투로 소리를 치며 깔깔 웃었다. 허생원은 모르는 결에 낯이 뜨거워졌다. 뭇 시선을 막으려고 그는 짐승의 배 앞을 가리어 서지 않으면 안되었다.

"늙은 주제에 암샘을 내는 셈야. 저놈의 짐승이."

아이의 웃음소리에 허생원은 주춤하면서 기어코 견딜 수 없어 채찍을 들더니 아이를 쫓았다.

"쫓으려거든 쫓아보지. 왼손잡이가 사람을 때려."

줄달음에 달아나는 각다귀에는 당하는 재주가 없었다. 왼손잡이는 아이 하나도 후릴 수 없다. 그만 채찍을 던졌다. 술기도 돌아 몸이 유난스럽게 화끈거렸다.

"그만 떠나세. 녀석들과 어울리다가는 한이 없어. 장판의 각다귀들이란 어른들보다도 더 무서운 것들인 걸."

조선달과 동이는 각각 제 나귀에 안장을 얹고 짐을 싣기 시작하였다. 해가 꽤 많이 기울어진 모양이었다.

드팀전 장돌림을 시작한 지 이십 년이나 되어도 허생원은 봉평 장을 빼놓은 적은 드물었다. 충주 제천 등의 이웃 군도 가고, 멀리 영남 지방도 헤매기는 하였으나 강릉쯤에 물건 하러 가는 외에는 처음부터 끝까지 군내를 돌아다녔다. 닷새만큼씩의 장날에는 달보다도 확실하게 면에서 면으로 거너간다. 고향이 청주라고 자랑삼아 말하였으나 고향에 돌보러 간일도 있는 것 같지는 않았다. 장에서 장으로 가는 길의 아름다운 강산이 그네로 그에게는 그리운 고향이었다. 반날 동안이나 뚜벅뚜벅 걷고 장터 있는 마을에 거지반 가까 왔을 때, 지친 나귀가 한바탕 우렁차게 울면

—더구나 그것이 저녁녘이어서 등불들이 어둠 속에 깜박거릴 무렵이면, 늘 당하는 것이건만 허생원은 변치 않고 언제든지 가슴이 뛰놀았다.

젊은 시절에는 알뜰하게 벌어 돈푼이나 모아 둔 적도 있기는 있었으나, 읍내에 백중이 열린 해 호탕스럽게 놀고 투전을 하고 하여 사흘 동안에 다 털어버렸다. 나귀까지 팔게 된 판이었으나 애끓는 정분에 그것만은 이를 물고 단념하였다. 결국 도로아미타불로 장돌림을 다시 시작할 수밖에는 없었다. 짐승을 데리고 읍내를 도망해 나왔을 때에는, 너를 팔지 않기 다행이었다고 길가에서 울면서 짐승의 등을 어루만졌던 것이다. 빚을 지기 시작하니 재산을 모을 염은 당초에 틀리고, 간신히 입에 풀칠을 하러 장에서 장으로 돌아다니게 되었다.

호탕스럽게 놀았다고는 하여도 계집 하나 후려보지는 못하였다. 계집이란 쌀쌀하고 매정한 것이었다. 평생 인연이 없는 것이라고 신세가 서글퍼졌다. 일신에 가까운 것이라고는 언제나 변함없는 한 필의 당나귀였다.

그렇다고는 하여도 꼭 한 번의 일을 잊을 수는 없었다. 뒤에도 처음에도 없는 단 한번의 괴이한 인연! 봉평에 다니기 시작한 젊은 시절의 일이었으나 그것을 생각할 적만은 그도 산 보람을 느꼈다.

"달밤이었으나 어떻게 해서 그렇게 됐는지 지금 생각해두 도무지 알 수 없어."

허생원은 오늘 밤도 또 그 이야기를 끄집어내려는 것이다. 조선달은 친구가 된 이래 귀에 못이 박히도록 들어 왔다. 그렇다고 싫증을 낼 수도 없었으나, 허생원은 시치미를 떼고 되풀이할 대로는 되풀이하고야 말았다.

"달밤에는 그런 이야기가 격에 맞거든."

조선달 편을 바라는 보았으나 물론 미안해서가 아니라 달빛에 감동하여서였다. 이지러는 졌으나 보름을 갓 지난달은 부드러운 빛을 흐뭇이 흘리고 있다. 대화까지는 팔십 리의 밤길, 고개를 둘이나 넘고 개울을 하나 건너고 벌판과 산길을 걸어야 된다. 길은 지금 긴 산허리에 걸려 있다. 밤중을 지난 무렵인지 죽은 듯이 고요한 속에서 짐승 같은 달의 숨소리가 손에 잡힐 듯이 들리며, 콩포기와 옥수수 잎새가 한층 달에 푸르게 젖었다. 산허리는 온통 메밀밭이어서 피기 시작한 꽃이 소금을 뿌린 듯이 흐뭇한 달빛에 숨이 막힐 지경이다. 붉은 대궁이 향기같이 애잔하고 나귀들의 걸음도 시원하다. 길이 좁은 까닭에 세 사람은 나귀를 타고 외줄로 늘어섰다. 방울 소리가 시원스럽게 딸랑딸랑 메밀밭께로 흘러간다. 앞장 선 허생원의 이야기 소리는 꽁무니에 선 동이에게 확적히는 안 들렸으나, 그는 그대로 개운한 제 멋에 적적하지는 않았다.

"장 선, 꼭 이런 날 밤이었네. 객주집 토방이란 무더워서 잠이 들어야지. 밤중은 돼서 혼자 일어나 개울가에 목욕하러 나갔지. 봉평은 지금이나 그제나 마찬가지지, 보이는 곳마다 메밀밭이어서 개울가나 어디 없이 하얀 꽃이야. 돌밭에 벗어도 좋을 것을, 달이 너무도 밝은 까닭에 옷을 벗으러 물방앗간으로 들어가지 않았나. 이상한 일도 많지. 거기서 난데없는 성서방네 처녀와 마주쳤단 말이네. 봉평서야 제일가는 일색이었지 — 팔자에 있었나부지."

아무렴 하고 응답하면서 말머리를 아끼는 듯이 한참이나 담배를 빨 뿐이었다. 구수한 자줏빛 연기가 밤기운 속에 흘러서는 녹았다.

"날 기다린 것은 아니었으나 그렇다고 달리 기다리는 놈팽이가 있는 것두 아니었네. 처녀는 울고 있단 말야. 짐작은 대고 있으나 성서방네는 한창 어려워서 들고 날 판인 때였지. 한 집안 일이니 딸에겐들 걱정이 없을 리 있겠나? 좋은 데만 있으면 시집도 보내련만 시집은 죽어도 싫다지……. 그러나 처녀란 울 때같이 정을 끄는 때가 있을까. 처음에는 놀라기도 한 눈치였으나 걱정 있을 때는 누그러지기도 쉬운 듯해서 이럭저럭 이야기가 되었네. ……생각하면 무섭고도 기막힌 밤이었어."

"제천인지로 줄행랑을 놓은 건 그 다음 날이렸다."

"다음 장도막에는 벌써 온 집안이 사라진 뒤였네. 장판은 소문에 발끈 뒤집혀 고작해야 술집에 팔려 가기가 상수라고 처녀의 뒷공론이 자자들 하단 말이야. 제천 장판을 몇 번이나 뒤졌겠나. 허나 처녀의 꼴은 꿩 궈 먹은 자리야. 첫날밤이 마지막 밤이었지. 그때부터 봉평이 마음에 든 것이 반평생인들 잊을 수 있겠나."

"운수 좋았지. 그렇게 신통한 일이란 쉽지 않아. 항용 못난 것 얻어 새끼나 낳고, 걱정 늘고, 생각만 해두 진저리나지. ─그러나 늘그막바지까지 장돌뱅이로 지내기도 힘드는 노릇 아닌가? 난 가을까지만 하구 이 생계와두 하직하려네. 대화 쯤에 조그만 전방이나 하나 벌이구 식구들을 부르겠어. 사시장천 뚜벅뚜벅 걷기란 여간이래야지."

"옛 처녀나 만나면 같이나 살까. ─난 거꾸러질 때까지 이 길 걷고 저 달 볼 테야."

산길을 벗어나니 큰길로 틔어졌다. 꽁무니의 동이도 앞으로 나서 나귀들은 가로 늘어섰다.

"총각도 젊겠다. 지금이 한창 시절이렷다. 충줏집에서는 그만 실수를 해서 그 꼴이 되었으나 섭게 생각 말게."

"처, 천만에요. 되려 부끄러워요. 계집이란 지금 웬 제격인가요. 자나깨나 어머니 생각뿐인데요."

허생원의 이야기로 실심해 한 끝이라 동이의 어조는 한풀 수그러진 것이었다.

"아비 어미란 말에 가슴이 터지는 것도 같았으나 제겐 아버지가 없어요. 피붙이라고는 어머니 하나뿐인 걸요."

"돌아가셨나?"

"당초부터 없어요."

"그런 법이 세상에……."

생원과 선달이 야단스럽게 껄껄들 웃으니, 동이는 정색하고 우길 수밖에 없었다.

"부끄러워서 말하지 않으려 했으나 정말예요. 제천 촌에서 달도 차지 않은 아이를 낳고 어머니는 집을 쫓겨났죠. 우스운 이야기나, 그렇기 때문에 지금까지 아버지 얼굴도 본 적 없고, 있는 고장도 모르고 지내와요."

고개가 앞에 놓인 까닭에 세 사람은 나귀를 내렸다. 둔덕은 험하고 입을 벌리기도 대견하여 이야기는 한동안 끊겼다. 나귀는 건듯하면 미끄러졌다. 허생원은 숨이 차 몇 번이고 다리를 쉬지 않으면 안되었다. 고개를 넘을 때마다 나이가 알렸다. 동이 같은 젊은 축이 그지없이 부러웠다. 땀이 등을 한바탕 쭉 씻어 내렸다.

고개 너머는 바로 개울이었다. 장마에 흘러버린 널다리가 아직도 걸지 않은 채로 있는 까닭에 벗고 건너야 되었다. 고의를 벗어 띠로 등에 얽어매고 반 벌거숭이의 우스꽝스러운 꼴로 물속에 뛰어들었다. 금방 땀을 흘린 뒤였으나 밤물은 뼈를 찔렀다.

"그래 대체 기르긴 누가 기르구?"

"어머니는 하는 수 없이 의부를 얻어 가서 술장사를 시작했죠. 술이 고주래서 의부라고 전 망나니예요. 철들어서부터 맞기 시작한 것이 하룬들 편한 날 있었을까. 어머니는 말리다가 채이고 맞고 칼부림을 당하고 하니

집 꼴이 무어겠소. 열여덟 살 때 집을 뛰쳐나서부터 이 짓이죠."

"총각 낫세론 동이 무던하다고 생각했더니 듣고 보니 딱한 신세로군."

물은 깊어 허리까지 찼다. 속 물살도 어지간히 센데다가 발에 채이는 돌멩이도 미끄러워 금시에 훌칠 듯하였다. 나귀와 조선달은 재빨리 거의 건넜으나 동이는 허생원을 붙드느라고 두 사람은 훨씬 떨어졌다.

"모친의 친정은 원래부터 제천이었던가?"

"웬걸요. 시원스리 말은 안해 주나 봉평이라는 것만은 들었죠."

"봉평, 그래 그 아비 성은 무엇이구?"

"알 수 있나요. 도무지 듣지를 못했으니까."

"그, 그렇겠지."

하고 중얼거리며 흐려지는 눈을 까물까물하다가 허생원은 경망하게도 발을 빗디디었다. 앞으로 꼬꾸라지기가 바쁘게 몸째 풍덩 빠져버렸다. 허위적거릴수록 몸을 걷잡을 수 없어 동이가 소리를 치며 가까이 왔을 때에는 벌써 퍽이나 흘렀었다. 옷째 쫄딱 젖으니 물에 젖은 개보다도 참혹한 꼴이었다. 동이는 물속에서 어른을 해깝게 업을 수 있었다. 젖었다고는 하여도 여윈 몸이라 장정 등에는 오히려 가벼웠다.

"이렇게까지 해서 안됐네. 내 오늘은 정신이 빠진 모양이야."

"염려하실 것 없어요."

"그래 모친은 아비를 찾지는 않는 눈치지?"

"늘 한 번 만나고 싶다고는 하는데요."

"지금 어디 계신가?"

"의부와도 갈라져 제천에 있죠. 가을에는 봉평에 모셔 오려고 생각 중인데요. 이를 물고 벌면 이럭저럭 살아갈 수 있겠죠."

"아무렴, 기특한 생각이야, 가을이랬다?"

동이의 탐탁한 등어리가 뼈에 사무쳐 따뜻하다. 물을 다 건넜을 때에는 도리어 서글픈 생각에 좀 더 업혔으면도 하였다.

"진종일 실수만 하니 웬 일이요, 생원."

조선달은 바라보며 기어코 웃음이 터졌다.

"나귀야. 나귀 생각하다 실족을 했어. 말 안했던가. 저 꼴에 제법 새끼를 얻었단 말이지. 읍내 강릉집 피마에게 말일세. 귀를 쫑긋 세우고 달랑달랑 뛰는 것이 나귀새끼같이 귀여운 것이 있을까. 그것 보러 나는 일부러 읍내를 도는 때가 있다네."

"사람을 물에 빠뜨릴 젠 따는 대단한 나귀새끼군."

허생원은 젖은 옷을 웬만큼 짜서 입었다. 이가 덜덜 갈리고 가슴이 떨리며 몹시도 추웠으나 마음은 알 수 없이 둥실둥실 가벼웠다.

"주막까지 부지런히들 가세나. 뜰에 불을 피우고 훗훗이 쉬어. 나귀에겐 더운 물을 끓여 주고. 내일 대화 장 보고는 제천이다."

"생원도 제천으로……?"

"오래간만에 가보고 싶어. 동행하려나 동이?"

나귀가 걷기 시작하였을 때, 동이의 채찍은 왼손에 있었다. 오랫동안 아둑시니같이 눈이 어둡던 허생원도 요번만은 동이의 왼손잡이가 눈에 띄지 않을 수 없었다.

걸음도 해깝고 방울 소리가 밤 벌판에 한층 청청하게 울렸다.

달이 어지간히 기울어졌다.

동백꽃

김유정

　오늘도 또 우리 수탉이 막 쫓기었다. 내가 점심을 먹고 나무를 하러 갈 양으로 나올 때이었다. 산으로 올라서려니까 등 뒤에서 푸드득 푸드득 하고 닭의 횃소리가 야단이다. 깜짝 놀라서 고개를 돌려보니 아니나 다르랴 두 놈이 또 얼리었다.

　점순네 수탉은 대강이가 크고 똑 오소리같이 실팍하게 생긴 놈이 덩저리 적은 우리 수탉을 함부로 해 내는 것이다. 그것도 그냥 해 내는 것이 아니라 푸드득하고 면두를 쪼고 물러섰다가 좀 사이를 두고 또 푸드득하고 모가지를 쪼았다. 이렇게 멋을 부려가며 여지없이 닦아 놓는다. 그러면 이 못생긴 것은 쪼일 적마다 주둥이로 땅을 받으며 그 비명이 킥, 킥, 할 뿐이다. 물론 미처 아물지도 않은 면두를 또 쪼키어 붉은 선혈은 뚝뚝 떨어진다.

　이걸 가만히 내려다보자니 내 대강이가 터져서 피가 흐르는 것같이 두 눈에서 불이 번쩍 난다. 대뜸 지게막대기를 메고 달려들어 점순네 닭을 후려칠까 하다가 생각을 고쳐먹고 헛매질로 떼어만 놓았다.

　이번에도 점순이가 쌈을 붙여 놨을 것이다. 바짝바짝 내 기를 올리느라고 그랬음에 틀림없을 것이다.

고놈의 계집애가 요새로 들어서서 왜 나를 못 먹겠다고 고렇게 아르렁거리는지 모른다.

나흘 전 감자건만 하더라도 나는 저에게 조금도 잘못한 것은 없다. 계집애가 나물을 캐러 가면 갔지 남 울타리 엮은 데 쌩이질을 하는 것은 다 뭐냐. 그것도 발소리를 죽여 가지고 등 뒤로 살며시 와서,

"애! 너 혼자만 일하니?"

하고 긴치 않은 수작을 하는 것이다. 어제까지도 저와 나는 이야기도 잘 않고 서로 만나도 본척만척하고 이렇게 점잖게 지내던 터이련만 오늘로 갑작스리 대견해졌음은 웬 일인가. 항차 망아지만한 계집애가 남 일하는 놈 보구…….

"그럼 혼자 하지 떼루 하디?"

내가 이렇게 내 배앝는 소리를 하니까

"너 일하기 좋니?"

또는

"한여름이나 되거든 하지 벌써 울타리를 하니?"

잔소리를 두루 늘어놓다가 남이 들을까 봐 손으로 입을 틀어막고는 그 속에서 깔깔댄다. 별로 우스울 것도 없는데 날씨가 풀리더니 이놈의 계집애가 미쳤나 하고 의심하였다. 게다가 조금 뒤에는 제 집께를 할금할금 돌아보더니 행주치마의 속으로 꼈던 바른손을 뽑아서 나의 턱 밑으로 불쑥 내미는 것이다. 언제 구웠는지 아직도 더운 김이 홱 끼치는 굵은 감자 세 개가 손에 뿌듯이 쥐였다.

"느집엔 이거 없지."

하고 생색있는 큰 소리를 하고는 제가 준 것을 남이 알며는 큰일 날 테니 여기서 얼른 먹어 버리란다. 그리고 또 하는 소리가,

"너 봄감자가 맛있단다."

"난 감자 안 먹는다, 너나 먹어라."

나는 고개도 돌리려지 않고 일하던 손으로 그 감자를 도로 어깨너머로 쑥 밀어버렸다.

그랬더니 그래도 가는 기색도 없고, 뿐만 아니라 쌔근쌔근하고 심상치 않게 숨소리가 점점 거칠어진다. 이건 또 뭐야 싶어서 그때에야 비로소 돌아다보니 나는 참으로 놀랐다. 우리가 이 동네에 들어온 것은 근 삼년 째 되어 오지만 여태껏 가무잡잡한 점순이의 얼굴이 이렇게까지 홍당무처럼 새빨개진 법이 없었다. 게다 눈에 독을 올리고 한참 나를 요렇게 쏘아보더니 나중에는 눈물까지 어리는 것이 아니냐. 그리고 바구니를 다시 집어들더니 이를 꼭 악물고는 엎어질 듯 자빠지듯 논둑으로 힝하니 달아나는 것이다.

어쩌다 동네 어른이,

"너 얼른 시집을 가야지?"

하고 웃으면,

"염려마서유, 갈 때 되면 어련히 갈라구!"

이렇게 천연스레 받는 점순이었다. 본시 부끄럼을 타는 계집애도 아니거니와 또한 분하다고 눈에 눈물을 보일 얼병이도 아니다. 분하면 차라리 나의 덩어리를 바구니로 한 번 모질게 후려 때리고 달아날지언정.

그런데 고약한 그 꼴을 하고 가더니 그 뒤로는 나를 보면 잡아먹으려 기를 복복 쓰는 것이다.

설혹 주는 감자를 안 받아 먹는 것이 실례라 하면, 주면 그냥 주었지 '느집엔 이거 없지'는 다 뭐냐. 그렇잖아도 저희는 마름이고 우리는 그 손에서 배지를 얻어 땅을 부치므로 일상 굽실거린다. 우리가 이 마을에 들어와 집이 없어서 곤란으로 지낼 때 집터를 빌리고 그 위에 집을 또 짓도록 마련해 준 것도 점순네의 호의이었다. 그리고 우리 어머니 아버지도 농사 때 양식이 딸리면 점순이네한테 가서 부지런히 꾸어다 먹으면서 그런 집은 다시없으리라고 침이 마르도록 칭찬하곤 하는 것이다. 그러면서도 열일곱씩이나 된 것들이 수군수군하고 붙어다니면 동네의 소문이 사납다고 주의를 시켜 준 것도 또 어머니였다. 왜냐하면 내가 점순이하고 일을 저질렀다가는 점순네가 노할 것이고 그러면 우리는 땅도 떨어지고 집도 내쫓기고 하지 않으면 안 되는 까닭이었다.

그런데 이놈의 계집애가 까닭없이 기를 복복 쓰며 나를 말려 죽이려고 드는 것이다.

눈물을 흘리고 간 담날 저녁나절이었다. 나무를 한 짐 잔뜩 지고 산을 내려오려니까 어디서 닭이 죽는 소리를 친다. 이거 뉘 집에서 닭을 잡나, 하고 점순네 울 뒤로 돌아오다가 나는 고만 두 눈이 뚱그랬다. 점순이가 저희 집 봉당에 홀로 걸터 앉았는데 아 이게 치마 앞에다 우리 씨암탉을 꼭 붙들어 놓고는,

"이놈의 닭! 죽어라 죽어라."

요렇게 암팡스레 패 주는 것이 아닌가. 그것도 대가리나 치면 모르지마는 아주 알도 못 낳라고 그 볼기짝께를 주먹으로 콕콕 쥐어박는 것이다.

나는 눈에 쌍심지가 오르고 사지가 부르르 떨렸으나 사방을 한 번 휘둘러보고야 그제서야 점순이 집에 아무도 없음을 알았다. 잡은 참지게 막대기를 들어 울타리의 중턱을 후려치며,

"이놈의 계집애! 남의 닭 알 못 낳라구 그러니?"

하고 소리를 빽 질렀다.

그러나 점순이는 조금도 놀라는 기색도 없고 그대로 의젓이 앉아서 제

닭 가지고 하듯이 또 죽어라, 죽어라, 하고 패는 것이다. 이걸보면 내가 산에서 내려올 때를 겨냥해 가지고 미리부터 닭을 잡아가지고 있다가 네 보라는 듯이 내 앞에서 줴지르고 있음이 확실하다.

그러나, 나는 그렇다고 남의 집에 뛰어 들어가 계집애하고 싸울 수도 없는 노릇이고 형편이 썩 불리함을 알았다. 그래 닭이 맞을 적마다 지게 막대기로 울타리를 후려칠 수밖에 없다. 왜냐하면 울타리를 치면 칠수록 울섶이 물러앉으며 뼈대만 남기 때문이다. 허나 아무리 생각하여도 나만 밑지는 노릇이다.

"아 이년아! 남의 닭 아주 죽일 터이냐?"

내가 도끼눈을 뜨고 다시 꽥 호령을 하니까 그제서야 울타리께로 쪼르르 오더니 울 밖에 섰는 나의 머리를 겨누고 닭을 내팽개친다.

"예이 더럽다! 더럽다!"

"더러운 걸 널더러 입때 끼고 있으랬니? 망할 계집애년 같으니."

하고 나도 더럽단 듯이 울타리께를 힝하게 돌아 내리며 약이 오를대로 다 올랐다. 암탉이 풍기는 서슬에 나의 이마빼기에다 물지똥을 찍 갈겼는데 그걸 본다면 알집만 터졌을 뿐 아니라 골병은 단단히 든 듯싶다.

그리고 나의 등 뒤를 향하여 나에게만 들릴 듯 말 듯한 음성으로,

"이 바보녀석아!"

"애! 너 배냇병신이지?"

그만도 좋으련만,

"애! 너 느 아버지가 고자라지?"

"뭐? 울 아버지가 그래 고자야?"

할 양으로 열병거지가 나서 고개를 홱 돌리어 바라봤더니 그때까지 울타리 위로 나와 있어야 할 점순이의 대가리가 어디 갔는지 보이지를 않는

다. 그러다 돌아서서 오자면 아까에 한 욕을 울 밖으로 또 퍼붓는 것이다. 욕을 이토록 먹어 가면서도 대거리 한마디 못하는 걸 생각하니 돌부리에 치이어 발톱 밑이 터지는 것도 모를 만큼 분하고 급기야는 두 눈에서 눈물까지 불끈 내솟는다.

그러나 점순이의 침해는 이것뿐이 아니다.

사람들이 없으면 틈틈이 제 집 수탉과 쌈을 붙여 놓는다. 제 집 수탉은 썩 험상궂게 생기고 쌈이라면 홰를 치는 고로 으레 이길 것을 알기 때문이다. 그래서 툭하면 우리 수탉이 면두며 눈깔이 피로 흐드르하게 되도록 해놓는다. 어떤 때에는 우리 수탉이 나오지를 않으니까 요놈의 계집애가 모이를 쥐고 와서 꾀어 내다가 쌈을 붙인다.

이렇게 되면 나도 다른 배차를 가리지 않을 수 없다. 하루는 우리 수탉을 붙들어 가지고 넌지시 장독께로 갔다. 쌈닭에게 고추장을 먹이면 병든 황소가 살모사를 먹고 용을 쓰는 것처럼 기운이 뻗친다 한다. 장독에서 고추장 한 접시를 떠서 닭 주둥아리께로 들여밀고 먹여보았다. 닭도 고추장에 맛을 들였는지 거슬리지 않고 거진 반 접시턱이나 곧잘 먹는다. 그리고 먹고 금시는 용을 못 쓸 터이므로 얼마쯤 기운이 돌도록 홰속에다 가두어 두었다.

밭에 두엄을 두어 짐 져내고 나서 쉴 참에 그 닭을 안고 밖으로 나왔다. 마침 밖에는 아무도 없고 점순이만 저희 울안에서 헌 옷을 뜯는지 혹은 솜을 터는지 웅크리고 앉아서 일을 할 뿐이다.

나는 점순네 수탉이 노는 밭으로 가서 닭을 내려놓고 가만히 맥을 보았다. 두 닭은 여전히 얼리어 쌈을 하는데 처음에는 아무 보람이 없었다. 멋지게 쏘는 바람에 우리 닭은 또 피를 흘리고 그러면서도 날개죽지가 푸드득푸드득하고 올라 뛰고뛰고 할 뿐으로 제법 한 번 쪼아 보지도 못한다.

그러나 한 번엔 어쩐 일인지 용을 쓰고 펄쩍 뛰더니 발톱으로 눈을 하비고 내려오며 면두를 쪼았다. 큰 닭도 여기에는 놀랐는지 뒤로 멈씰하며 물러난다. 이 기회를 타서 작은 우리 수탉이 또 날쌔게 덤벼들어 다시 면두를 쪼니 그제서는 감때 사나운 그 대강이에서도 피가 흐르지 않을 수 없다.

옳다 알았다, 고추장만 먹이며는 되는구나 하고 나는 속으로 아주 쟁그러워 죽겠다. 그 때에는 뜻밖에 내가 닭쌈을 붙여 놓는 데 놀라서 울 밖으로 내다보고 섰던 점순이도 입맛이 쓴지 눈살을 찌푸렸다.

나는 두 손으로 볼기짝을 두드리며 연방,

"잘한다! 잘한다!"

하고 신이 머리 끝까지 뻗치었다.

그러나 얼마 되지 않아서 나는 넋이 풀리어 기둥같이 묵묵히 서 있게 되었다. 왜냐하면 큰 닭이 한 번 쪼인 앙갚음으로 호들갑스레 연거푸 쪼는 서슬에 우리 수탉은 찔끔 못하고 막 곯는다. 이걸 보고서 이번에는 점순이가 깔깔거리고 되도록 이쪽에서 많이 들으라고 웃는 것이다.

나는 보다 못하여 덤벼들어서 우리 수탉을 붙들어가지고 도로 집으로 들어왔다. 고추장을 좀 더 먹였더라면 좋았을 걸, 너무 급하게 쌈을 붙인 것이 퍽 후회가 난다. 장독께로 돌아와서 다시 턱밑에 고추장을 들이댔다. 흥분으로 말미암아 그런지 당최 먹질 않는다.

나는 하릴없이 닭을 반듯이 눕히고 그 입에다 궐련 물부리를 물리었다. 그리고 고추장물을 타서 그 구멍으로 조금씩 들여부었다. 닭은 좀 괴로운지 킥킥하고 재채기를 하는 모양이다. 그러나 당장의 괴로움은 매일같이 피를 흘리는 데 댈 게 아니라 생각하였다.

그러나 한 두어 종지 가량 고추장물을 먹이고 나서는, 나는 고만 풀이 죽었다. 성성하던 닭이 왜 그런지 고개를 살며시 뒤틀고는 손아귀에서 삐드러지는 것이 아닌가. 아버지가 볼까 봐서 얼른 홰에다 감추어 두었더니 오늘 아침에서야 겨우 정신이 든 모양 같다.

그랬던 걸 이렇게 오다 보니까 또 쌈을 붙여 놓으니 이 망할 계집애가 필연 우리 집에 아무도 없는 틈을 타서 제가 들어와 홰에서 꺼내 가지고 나간 것이 분명하다.

나는 다시 닭을 잡아다 가두고 염려스러우나 그렇다고 산으로 나무를 하러 가지 않을 수도 없는 형편이었다.

소나무 삭정이를 따며 가만히 생각해 보니 암만해도 고년의 목쟁이를 돌려 놓고 싶다. 이번에 내려가면 망할 년 등줄기를 한 번 되게 후려치겠다고 성둥겅둥 나무를 지고는 부리나케 내려왔다.

거지반 집에 다 내려와서 나는 호드기 소리를 듣고 발이 딱 멈추었다. 산 기슭에 널려 있는 굵은 바윗돌 틈에 노란 동백꽃이 소보록하니 깔리었다. 그 틈에 끼어 앉아서 점순이가 청승맞게시리 호드기를 불고 있는 것이다. 그보다도 더 놀란 것은 고 앞에서 또 푸드득, 푸드득, 하고 들리는 닭의 홰소리다. 필연코 요년이 나의 약을 올리느라고 또 닭을 집어내다가 내가 내려올 길목에다 쌈을 시켜 놓고 저는 그 앞에 앉아서 천연스레 호드기를 불고 있음에 틀림없으리라.

나는 약이 오를대로 다 올라서 두 눈에서 불과 함께 눈물이 퍽 쏟아졌다 나무지게도 벗어 놀 새 없이 그대로 내동댕이치고는 지게막대기를 뺄치고 허둥허둥 달려들었다. 가까이 와 보니 과연 나의 짐작대로 우리 수탉이 피를 흘리고 거의 빈사지경에 이르렀다. 닭도 닭이려니와 그러함에도 불구하고 눈 하나 깜짝없이 고대로 앉아서 호드기만 부는 그 꼴에 더욱 치가 떨린다. 동네에서만 소문이 났거니와 나도 한때는 걱실걱실히 일 잘하고 얼굴 예쁜 계집애인 줄 알았더니 시방 보니까 그 눈깔이 꼭 여우새끼 같다.

　나는 대뜸 달려들어서 나도 모르는 사이에 큰 수탉을 단매로 때려엎었다. 닭은 푹 엎어진 채 다리 하나 꼼짝 못하고 그대로 죽어버렸다. 그리고 나는 멍하니 섰다가 점순이가 매섭게 눈을 흡뜨고 닥치는 바람에 뒤로 벌렁 나자빠졌다.

　"이놈아! 너 왜 남의 닭을 때려죽이니?"

　"그럼 어때?"

하고 일어나다가

　"뭐 이 자식아! 누집 닭인데?"

하고 복장을 떼미는 바람에 다시 벌렁 자빠졌다. 그리고 나서 가만히 생각을 하니 분하기도 하고 무안도 스럽고 또 한편 일을 저질렀으니 인젠 땅이 떨어지고 집도 내쫓기고 해야 될지도 모른다.

　나는 비슬비슬 일어나며 소맷자락으로 눈을 가리고 얼김에 엉하고 울음을 놓았다. 그러나 점순이가 앞으로 다가와서

　"그럼 너 이담부터 안 그럴 테냐?"

하고 물을 때에야 비로소 살 길을 찾은 듯싶었다. 나는 눈물을 우선 씻고 뭘 안 그러는지 명색도 모르건만,

　"그래!"

하고 무턱대고 대답하였다.

　"요담부터 또 그래봐라, 내 자꾸 못살게 굴 테니."

　"그래 그래, 이젠 안 그럴 테야!"

　그리고 뭣에 떠다밀렸는지 나의 어깨를 짚은 채 그대로 퍽 쓰러진다.

그 바람에 나의 몸뚱이도 겹쳐서 쓰러지며 한창 피어 퍼드러진 노란 동백꽃 속으로 푹 파묻혀 버렸다.

알싸한 그리고 향긋한 그 냄새에 나는 땅이 꺼지는 듯이 온 정신이 고만 아찔하였다.

"너 말 마라!"

"그래!"

조금 있더니 요 아래서,

"점순아! 점순아! 이년이 바느질을 하다말구 어딜 갔어?"

하고 어딜 갔다 온 듯싶은 그 어머니가 역정이 대단히 났다.

점순이가 겁을 잔뜩 집어먹고 꽃 밑을 살금살금 기어서 산알로 내려간 다음 나는 바위를 끼고 엉금엉금 기어서 산 위로 치빼지 않을 수 없었다.

삼포 가는 길

황석영

영달은 어디로 갈 것인가 궁리해 보면서 잠깐 서 있었다. 새벽의 겨울 바람이 매섭게 불어왔다. 밝아오는 아침 햇볕 아래 헐벗은 들판이 드러났고 곳곳에 얼어붙은 시내물이나 웅덩이가 반사되어 빛을 냈다. 바람 소리가 먼데서부터 몰아쳐서 그가 섰는 창공을 베이면서 지나갔다. 가지만 남은 나무들이 수십여 그루씩 들판가에서 바람에 흔들렸다.

그가 넉 달 전에 이곳을 찾았을 때에는 한참 추수기에 이르러 있었고 이미 공사는 막판이었다. 곧 겨울이 오면 공사가 새봄으로 연기될 테고 오래 머물 수 없으리라는 것을 그는 진작부터 예상했던 터였다. 아니나 다를까, 현장사무소가 사흘 전에 문을 닫았고, 영달이는 밥집에서 달아날 기회만 노리고 있었던 것이다.

누군가 밭고랑을 지나 걸어오고 있었다. 해가 떠서 음지와 양지의 구분이 생기자 언덕의 그림자나 숲의 그늘로 가려진 곳에서는 언 흙이 부서지며 버석이는 소리가 들렸으나 해가 내려쬔 곳은 녹기 시작하여 붉은 흙이 질척해 보였다. 다가오는 사람이 숲 그늘을 벗어났는데 신발 끝에 벌겋게 붙어 올라온 진흙 뭉치가 걸을 때마다 뒤로 몇 점씩 흩어지고 있었다. 그는 길가에 우두커니 서서 담배를 태우고 있는 영달이 쪽을 보면서 왔다. 그는 키가 훌쩍하고 영달이는 짝달막했다. 그는 팽팽하게 불러오른 맹꽁이 배낭을 한쪽 어깨에 느슨히 걸쳐 메고 머리에는 개털모자를 귀까지 가려 쓰고 있었다. 검게 물들인 야전잠바의 깃 속에 턱이 반 남아 파묻혀서 누군지 쌍통을 알아볼 도리가 없었다. 그는 몇 걸음 남겨놓고 서더니 털모자의 챙을 이마빡에 붙도록 척 올리면서 말했다.

"천씨네 집에 기시던 양반이군."

영달이도 낯이 익은 서른 댓 되어 보이는 사내였다. 공사장이나 마을 어귀의 주막에서 가끔 지나친 적이 있는 얼굴이었다.

"아까 존 구경했시다."

그는 털모자를 잠근 단추를 여느라고 턱을 치켜들었다. 그리고 나서 비행사처럼 양쪽 뺨으로 귀가리개를 늘어뜨리면서 빙긋 웃었다.

"천가란 사람, 거품을 물구 마누라를 개패듯 때려잡던데."

영달이는 그를 쏘아보며 우물거렸다.

"내…… 그런 촌놈은 참."

"거 병신 안 됐는지 몰라. 머리채를 질질 끌구 마당에 나와선 차구 짓밟구…… 야, 그 사람 환장한 모양이더군."

이건 누굴 엿먹이느라구 수작질인가, 하는 생각이 들어서 불끈했지만 영달이는 애써 참으며 담뱃불이 손가락 끝에 닿도록 쭉 빨아 넘겼다. 사내가 손을 내밀었다.

"불 좀 빌립시다."

"버리슈"

담배 꽁초를 건네주며 영달이가 퉁명스럽게 말했다. 하긴 창피한 노릇이었다. 밥값을 떼고 달아나서가 아니라, 역에 나갔던 천가 놈이 예상 외로 이른 시간인 다섯 시쯤 돌아왔고 현장에서 덜미를 잡혔던 것이었다.

그는 옷만 간신히 추스르고 나와서 천가가 분풀이로 청주 댁을 후려 패는 동안 방아실에 숨어 있었다. 영달이는 변명 삼아 혼잣말 비슷이 중얼거렸다.

"계집 탓할 거 있수. 사내 잘못이지."

"시골 아낙네치군 드물게 날씬합디다. 모두들 발랑 까졌다구 하지만서두."

"여자야 그만이었죠. 처녀쩍에 군용차두 탔답디다. 고생 많이 한 여자요."

"바가지한테 세금두 내구, 거기두 줬겠구만."

"뭐요? 아니 이 양반이……."

사내가 입김을 길게 내뿜으며 껄껄 웃어제꼈다.

"거 왜 그러시나. 아, 재미 본 게 댁뿐인 줄 아쇼? 오다가다 만난 계집에 너무 일심 품지 마셔."

녀석의 말버릇이 시종 그렇게 나오니 드러내놓고 화를 내기도 뭐해서 영달이는 픽 웃고 말았다. 개피떡이나 인절미를 전방으로 호송되는 군인들에게 팔았다는 것인데 딴은 열차를 타며 사내들 틈을 누비던 계집이 살림을 한답시고 들어앉아 절름발이 천가 여편네 노릇을 하려니 따분했을 것이었다. 공사장 인부들이나 떠돌이 장사치를 끌어들여 하숙도 치고 밥도 파는 사람인데, 사내 재미까지 보려는 눈치였다. 영달이 눈에 청주 댁이 예사로 보였을 리 만무했다. 까무잡잡한 얼굴에 곱게 치떠서 흘기는 눈길하며, 밤이면 문 밖에 나가 앉아 하염없이 불러대는 <흑산도 아가씨>라든가, 어쨌든 나중엔 거의 환장할 지경이었다.

"얼마나 있었소?"

사내가 물었다. 가까이 얼굴을 맞대고보니 그리 흉악한 몰골도 아니었고, 우선 그 시원시원한 태도가 은근히 믿질 않다고 영달이는 생각했다. 그가 자기보다는 댓살쯤 더 나이 들어 보였다. 그리고 이 바람 부는 겨울에 들판에 척 걸터앉아서도 만사 태평인 꼴이었다. 영달이는 처음부터 경계하지 않고 대답했다.

"넉 달 있었소. 그런데 노형은 역으루 나가잖구 왜 일루 가쇼? 내야 천가 놈 패거리 땜에 역엔 못 가지만."

"삼포엘 갈까 하구."

사내는 눈을 가늘게 뜨고 조용히 말했다. 영달이가 고개를 흔들었다.

"방향 잘못 잡았수. 거긴 벽지나 다름없잖소. 이런 겨울철에."

"내 고향이오."

사내가 목장갑 낀 손으로 코 밑을 쓱 훔쳐냈다. 그는 벌써 들판 저 끝을 바라보고 있었다. 영달이와는 전혀 사정이 달라진 것이다. 그는 집으로 가는 중이었고, 영달이는 또 다른 곳으로 달아나는 길 위에 서 있었기 때문이었다.

"참…… 집에 가는군요."

사내가 일어나 맹꽁이 배낭을 한쪽 어깨에다 걸쳐 메면서 영달이에게 물었다.

"어디 무슨 일자리 찾아가쇼?"

"댁은 오라는 데가 있어서 여기 왔었소? 언제나 마찬가지죠."

"자, 난 이제 가봐야겠는 걸."

그는 뒤두 돌아보지 않고 질척이는 둑길을 향해 올라갔다. 그가 둑 위로 올라서더니 배낭을 다른 편 어깨 위로 바꾸어 메고는 다시 하반신부터 차례로 개털 모자 끝까지 둑 너머로 사라졌다. 영달이는 어디로 향하겠다는 별 뾰족한 생각도 나지 않았고 동행도 없이 길을 갈 일이 아득했다. 가다가 도중에 헤어지게 되더라도 우선은 말동무라도 있었으면 싶었다. 그는 멍청히 섰다가 잰 걸음으로 사내의 뒤를 따랐다. 영달이는 둑 위로 뛰어올랐다. 사내의 걸음이 무척 빨라서 벌써 차도로 나가는 샛길에 접어들어 있었다. 차도 양쪽에 대빗자루를 거꾸로 박아 놓은 듯한 포플러들이 줄을 지어 섰는 게 보였다. 그는 둑 아래로 달려 내려가며 사내를 불렀다.

"여보쇼, 노형!"

그가 멈춰서더니 뒤를 돌아보고 나서 다시 천천히 걸어갔다. 영달이는 달려가서 그 뒷편에 따라붙어 헐떡이면서,

"같이 갑시다. 나두 월출리까진 같은 방향인데……"

했는데도 그는 대답이 없었다. 영달이는 그의 뒤통수에다 대고 말했다.

"젠장, 이런 겨울은 처음이오. 작년 이맘때는 좋았지요. 월 삼천원짜리 방에서 작부랑 살림을 했으니까. 엄동설한에 정말 갈데없이 빳빳하게 됐는데요."

"우린 습관이 되어 놔서."

사내가 말했다.

"삼포가 여기서 몇 린 줄 아쇼? 좌우간 바닷가까지만도 몇 백리 길이요. 거기서 또 배를 타야 해요."

"몇 년 만입니까?"

"십 년이 넘었지. 가봤자…… 아는 이두 없을 거요."

"그럼 뭣하러 가쇼?"

"그냥…… 나이 드니까, 가보구 싶어서."

그들은 차도로 들어섰다. 자갈과 진흙으로 다져진 길이 그런대로 걷기에 편했다. 영달이는 시린 손을 잠바 호주머니에 처박고 연신 꼼지락거

렸다.

"어이 육실허게는 춥네. 바람만 안 불면 좀 낫겠는데."

사내는 별로 추위를 타지 않았는데, 털모자와 야전잠바로 단단히 무장한 탓도 있겠지만 원체가 혈색이 건강해 보였다. 사내가 처음으로 다정하게 영달이에게 물었다.

"어떻게, 아침 자셨소?"

"웬걸요."

영달이가 열적게 웃었다.

"새벽에 몸만 간신히 빠져나온 셈인데······."

"나도 못 먹었소. 찬샘까진 가야 밥술이라두 먹게 될 거요. 진작에 떴을 걸. 이젠 겨울에 움직일 생각이 안 납니다."

"인사 늦었네요. 나 노영달이라구 합니다."

"나는 정가요."

"우리두 기술이 좀 있어 놔서 일단 일자리만 잡히면 별 걱정 없지요."

영달이가 정씨에게 빌붙지 않을 뜻을 비쳤다.

"알고 있소. 착암기 잡지 않았소? 우리넨, 목공에 용접에 구두까지 수선할 줄 압니다."

"야, 되게 많네. 정말 든든하시겠구만."

"다 좋은 데서 가르치고 내보내는 집이 있지"

"나두 그런 데나 갔으면 좋겠네."

정씨가 쓴웃음을 지으며 고개를 저었다.

"지금이라두 쉽지. 하지만 집이 워낙에 커서 말요."

"큰 집······."

하다 말고 영달이는 정씨의 얼굴을 쳐다봤다. 정씨는 고개를 밑으로 숙인 채로 묵묵히 걷고 있었다. 언덕을 넘어섰다. 길이 내리막이 되면서 강변을 따라서 먼산을 돌아나간 모양이 아득하게 보였다. 인가가 좀처럼 보이지 않는 황량한 들판이었다. 마른 갈대밭이 헝클어진 채 휘청대고 있었고 강 건너 곳곳에 모래바람이 일어나는 게 보였다.

정씨가 말했다.

"저 산을 넘어야 찬샘골인데, 강을 질러가는 게 빠르겠군."

"단단히 얼었으니까."

강물은 꽁꽁 얼어붙어 있었다. 얼음이 녹았다가 다시 얼곤 해서 우툴두툴한 표면이 그리 미끄럽지는 않았다. 바람이 불어, 깨어진 살얼음 조각들을 날려 그들의 얼굴을 따갑게 때렸다.

"차라리, 저쪽 다릿목에서 버스나 기다릴 걸 잘못했나 봐요."

숨을 헉헉 들이키던 영달이가 투덜대자 정씨가 말했다.

"자주 끊겨서 언제 올지두 모르오. 그보다두 현금을 아껴야지. 굶어두 돈 있으면 든든하니까."

"하긴 그래요."

"월출 가면 남행열차를 탈 수는 있소. 거기서 기차 탈려오?"

"뭐…… 되가는 대루. 그런데 삼포는 어느 쪽입니까?"

정씨가 막연하게 남쪽 방향을 턱짓으로 가리켰다.

"남쪽 끝이오."

"사람이 많이 사나요. 삼포란 데는?"

"한 열 집 살까? 정말 아름다운 섬이오. 비옥한 땅은 남아 돌아가구, 고기두 얼마든지 잡을 수 있구 말이지."

영달이가 얼음 위로 미끄럼을 지치면서 말했다.

"야야 그럼, 거기 가서 아주 말뚝을 박구 살아버렸으면 좋겠네."

"조오치. 하지만 댁은 안 될 걸."

"어째서요?"

"타관 사람이니까."

그들은 얼어붙은 강을 건넜다. 구름이 몰려들고 있었다.

"눈이 올 거 같군. 길 가기 힘들어지겠소."

정씨가 회색으로 흐려가는 하늘을 걱정스럽게 올려다보았다. 산등성이로 올라서자 아래쪽에 작은 마을의 집들이 점점이 흩어져 있는 게 한눈에 들어왔다. 가물거리는 지붕 위로 간신히 알아볼 만큼 가느다란 연기가 엷게 퍼져 흐르고 있었다. 교회의 종탑도 보였고 학교 운동장도 보였다. 길다란 철책과 철조망이 연이어져 마을 뒤의 온 들판을 둘러싸고 있는 것도 보였다. 군대의 주둔지인 듯했는데, 마을은 마치 철책의 끝에 간신히 매어달려 있는 것 같았다.

그들은 읍내로 들어갔다. 다과점도 있었고 극장·다방·당구장·만물상점 그리고 주점이 장터 주변에 여러 채 붙어 있었다. 거리는 아침이라서 아직 조용했다. 그들은 읍내에나 있는 서울식당이란 주점으로 들어갔다. 한 뚱뚱한 여자가 큰 솥에다 우거지국을 끓이고 있었고 주인인 듯한 사내와 동네 청년 둘이 떠들어대고 있었다.

"나는 전연 눈치를 못 챘다우. 옷을 한 가지씩 빼어다 따루 보따리를 싸놨던 모양이라."

"새벽에 동네를 빠져나간 게 틀림없습니다."

"어젯밤에 윤하사하구 긴 밤을 잔다구 그래서, 뒷방에서 늦잠 자는 줄 알았지 뭔가."

"새벽에 윤하사가 부대루 들어가자마자 뛴 겁니다."

"옷값에 약값에 식비에……, 돈이 보통 들어간 줄 아나. 빚만 해두 자그마치 오만원이거든."

영달이와 정씨가 자리에 앉자 그들은 잠깐 얘기를 멈추고 두 낯선 사람들의 행색을 살펴보았다. 영달이는 연탄난로 위에 두 손을 내려뜨리고 비벼대면서 불을 쪼였다. 정씨가 털모자를 벗으면서 말했다.

"국밥 둘만 말아 주쇼."

"네, 좀 늦어져두 별일 없겠죠?"

뚱뚱한 여자가 국솥에서 얼굴을 들고 미리 웃음으로 얼버무리며 양해를 구했다.

"좌우간 맛있게만 말아 주쇼."

여자가 국자를 요란하게 놓고는 한숨을 내리쉬었다.

"개쌍년 같으니!"

정씨도 영달이처럼 난로를 통째로 껴안을 듯이 바싹 다가앉아서 여자를 물끄러미 올려다보았다.

"색시가 도망을 쳤지 뭐예요. 그래서 불도 꺼졌고, 국거리도 없어서 인제 막 시작을 했답니다."

하고 나서 여자가 남자들에게 말했다.

"아니 근데 당신들은 뭘 앉아서 콩이네 팥이네 하고 있는 거예요? 냉큼 가서 잡아오지 못하구선. 얼마 달아나지 못했을 테니 따라가서 머리채를 끌구 와요."

주인 남자가 주눅이 든 목소리로 대답했다.

"필요 없네. 아무래도 월출서 기차를 탈 테니까 정거장 목만 지키면 된다구."

"그럼 자전거 타구 빨리 가서 기다려요."

"이거 원 날씨가 이렇게 추워서야."

"무슨 얘기예요. 그 백화라는 년이 돈 오만원이란 말요."

마을 청년이 끼어들었다.

"서울식당 원래 백화 땜에 호가 났던 거 아닙니까. 그 애가 장사는 그만이었죠."

"군인들이 백화라면, 군화까지 팔아서라두 술을 마실 정도였으니까."

뚱뚱이 여자가 빈정거렸다.

"웃기네. 그래봤자 지가 똥갈보라, 내 장사 수완 덕이지 뭐. 그년 요새 좀 아프다는 핑계루…… 이건 물을 긷나, 밥을 제대루 하나, 손님을 받나, 소용없어. 그년두 육 개월이면 찬샘 바닥서 진이 모조리 빠진 거에요. 빚이나 뽑아내면 참한 신마이루 기리까이 하려던 참이었어. 아, 뭘 해요? 빨리 가서 역을 지키라니까."

마누라의 호통에 주인 사내가 깜짝 놀란 듯이 어깨를 움츠렸다.

"알았대니까……."

"얼른 갔다와요. 내 대포 한턱 쓸께."

남자들 셋이 우르르 밀려나갔다. 정씨가 중얼거렸다.

"젠장, 그 백화 아가씨라두 있었으면 술이나 옆에서 쳐달랠 걸."

"큰일예요, 글쎄. 저녁마다 장정들이 몰려오는데……."

"아가씨 서넛은 있어야지."

"색시 많이 두면 공연히 번거러워요. 이런 데서야 반반한 애 하나면 실속이 있죠. 모자라면 꿔다 앉히구……. 왜 좀 놀다 갈려우? 내 불러다 줄께."

"왜 이러슈. 먼 길 가는 사람이 아침부터 주색잡다간 저녁에 이 마을서 장사지내게?"

"자, 국밥이오."

배추가 아직 푹 삭질 않아서 뻣뻣했으나 그런 대로 먹을 만하였다. 정씨가 국물을 허겁지겁 퍼 넣고 있는 영달이에게 말했다.

"작년 겨울에 어디 있었소?"

들고 있던 국그릇을 내려놓고 영달이는,

"언제요?"

하고 나서 작년 겨울이라고 재차 말하자 껄껄 웃기 시작했다.

"좋았지. 정말. 대전 있었습니다. 옥자라는 애를 만났었죠. 그땐 공사장에서 별 볼일두 없었구 노임도 실했어요."

"살림을 했군?"

"의리 있는 여자였어요. 애두 하나 가질 뻔했는데, 지난봄에 내가 실직을 하게 되자, 돈 모으면 모여서 살자구 서울루 식모자릴 구해서 떠나갔죠. 하지만 우리 같은 떠돌이가 언약 따위를 지킬 수 있나요. 밤에 혼자자다가 일어나면 그 애 때문에 남은 밤을 꼬박 새우는 적두 있습니다."

정씨가 흐려진 영달이의 표정을 무심하게 쳐다보다가, 창밖으로 고개를 돌리고는 조용하게 말했다.

"사람이란 곁에서 오랫동안 두고 보지 않으면 저절로 잊게 되는 법이오."

뒤란으로 나갔던 여자가 호들갑을 떨면서 돌아왔다.

"아유 어쩌나…… 눈이 올 것 같애. 하늘에 먹구름이 잔뜩 끼고, 바람이 부는군. 이놈의 두상이 꼴에 도중에서 가다말고 돌아올 게 분명하지."

정씨가 뚱뚱보 여자의 계속될 수다를 막았다.

"월출리까지는 몇 리요?"

"한 육십 리 돼요."

"뻐스는 있나요?"

"오후에 두 대쯤 있지요. 이년을 따악 잡아 갖구 막차루 돌아와얄 텐데…… 참, 어디까지들 가슈?"

영달이가 말했다.

"바다가 보이는 데까지."

"바다? 멀리 가시는군. 요 큰길루 가실 꺼유?"

정씨가 고개를 끄덕이자 여자는 의자에 궁둥이를 붙인 채로 앞으로 다가앉았다.

"부탁 하나 합시다. 가다가 스물 두엇쯤 되고 머리는 긴 데다 외눈 쌍까풀인 계집년을 만나면 캐어 봐서 좀 잡아오슈. 내 현금으로 딱, 만원 내리다."

정씨가 빙그레 웃었다. 영달이가 자신있다는 듯이 기세 좋게 대답했다.

"그럭허슈. 대신에 데려오면 꼭 만원 내야 합니다."

"암, 내다뿐이오. 예서 하룻밤 푹 묵었다 가시구려."

"좋았어."

그들은 일어났다. 문을 열고 나오는 그들의 뒷덜미에다 대고 여자가 소리쳤다.

"머리가 길구 외눈 쌍까풀이에요. 잊지 마슈."

해가 낮은 구름 속에 들어가 있어서 주위는 누런 색안경을 통해서 내다본 것처럼 뿌옇게 보였다. 바람이 읍내의 신작로 한복판에서 회오리 기둥을 곤두세우고 있었다. 그들은 고개를 처박고 신작로를 따라서 올라갔다. 영달이가 담배 한 갑을 샀다. 들판을 스치고 지나가는 바람 소리가 날카롭게 들려왔다.

그들이 마을 외곽의 작은 다리를 건널 적에 성긴 눈발이 날리기 시작하더니 허공에 차츰 흰색이 빽빽해졌다. 한 스무 채 남짓한 작은 마을을 지날 때쯤 해서는 큰 눈송이를 이룬 함박눈이 펑펑 쏟아져 내려왔다. 눈이 찰지어서 걷기에는 그리 불편하지 않았고 눈보라도 포근한 듯이 느껴졌다. 그들의 모자나 머리카락 눈썹에 내려앉은 눈 때문에 두 사람은 갑자기 노인으로 변해 버렸다. 도중에 그들은 옛 원님의 송덕비를 세운 비각 앞에서 잠깐 쉬어가기로 했다. 그 앞에서 신작로가 두 갈래로 갈라져 있었던 것이다. 함석판에 뺑끼로 쓴 이정표가 있긴 했으나, 녹이 슬고 벗겨져 잘 알아볼 수도 없었다. 그들은 비각 밑에 웅크리고 앉아서 담배를 피웠다. 정씨가 하늘을 올려다보며 감탄했다.

"야 그놈의 눈송이 탐스럽기두 하다. 풍년 들겠어."

"눈 오는 모양을 보니, 근심 걱정이 싹 없어지는데……."

"첨엔 기분두 괜찮았지만, 이렇게 오다가는 길 가기가 그리 쉽지 않겠는 걸."

"까짓 가는 데까지 가구 내일 또 갑시다. 저기 누가 오는군."

흰 두루마기를 입고 중절모를 깊숙이 내려쓴 노인이 조심스럽게 걸어오고 있었다. 노인의 모자챙과 접힌 부분 위에 눈이 빙수처럼 쌓여 있었다. 정씨가 일어나 꾸벅하면서,

"영감님 길 좀 묻겠습니다요."

"물으슈."

"월출 가는 길이 아랩니까, 저 윗길입니까?"

"윗길이긴 하지만…… 재가 있어놔서 아무래도 수월친 않을 거야. 아마 교통두 두절될 모양인데."

"아랫길은요?"

"저긴 월출 쪽은 아니지만 고을 셋을 지나면 감천이라구 나오지."

영달이가 물었다.

"감천도 철도가 닿습니까?"

"닿다마다."

"그럼 감천으로 가야겠구만."

정씨가 인사를 하자 노인은 눈이 가득 쌓인 모자를 위로 들어보였다. 노인은 윗길 쪽으로 가다가 마을을 향해 꺾어졌다. 영달이는 비각 처마 끝에 회색으로 퇴색한 채 매여져 있는 새끼줄을 끊어냈다. 그가 반으로 끊은 새끼줄을 정씨에게로 권했다.

"감발 치구 갑시다."

"견뎌낼까."

새끼줄로 감발을 친 두 사람은 걸음에 한결 자신이 갔다. 그들은 아랫길로 접어들었다. 길은 차츰 좁아졌으나, 소달구지 한 대쯤 지날 만한 길은 그런대로 계속되었다. 길옆은 개천과 자갈밭이었고 눈이 한 꺼풀 덮여 있었다. 뒤를 돌아보면, 길 위에 두 사람의 발자국이 줄기차게 따라왔다.

마을 하나를 지났다. 그들은 눈 위로 이리저리 뛰어다니는 아이들과 개들 사이로 지나갔다. 마을의 가게 유리창마다 성에가 두껍게 덮여 있었고, 창 너머로 사람들의 목소리가 들려왔다. 두 번 째 마을을 지날 때엔 눈발이 차츰 걷혀갔다. 그들은 노변의 구멍가게에서 소주 한 병을 깠다. 속이 화끈거렸다. 털썩 눈 떨어지는 소리만이 가끔씩 들리는 송림 사이를 지나는데, 뒤에 처져서 걷던 영달이가 주춤 서면서 말했다.

"저것 좀 보슈."

"뭐 말요?"

"저쪽 소나무 아래."

쭈그려 앉은 여자의 등이 보였다. 붉은 코트 자락을 위로 쳐들고 쭈그린 꼴이 아마도 소변이 급해서 외진 곳을 찾은 모양이다. 여자가 허연 궁둥이를 쳐들고 속곳을 올리다가 힐끗 돌아보았다.

"오머머!"

여자가 재빨리 코트 자락을 내리고 보퉁이를 집어들면서 투덜거렸다.

"개새끼들, 뭘 보구 지랄야."

영달이가 낄낄 웃었고 정씨도 낮게 소곤거렸다.

"외눈 쌍까풀인데 그래."

"어쩐지 예감이 이상하더라니……."

여자는 어딘가 불안했는지 그들에게로 다가오기를 꺼려하며 주춤주춤
했다. 영달이가 말했다.

"잘 만났는데 백화 아가씨, 찬샘에서 뺑소니치는 길이구만."

"무슨 상관야, 내 발루 내가 가는데."

"주인아줌마가 댁을 만나면 잡아다 달래던데."

여자가 태연하게 그들에게로 걸어 나왔다.

"잡아가 보시지."

백화의 얼굴은 화장을 하지 않았는데도 먼 길을 걷느라고 발갛게 달아
있었다. 정씨가 말했다.

"그런 게 아니라…… 행선지가 어디요? 이 친구 말은 농담이구."

여자가 소변 보다가 남자들 눈에 띄인 일보다는 영달의 거친 말솜씨에
몹시 토라져 있었다. 백화가 걸음을 빨리 하며 내쏘았다.

"제 따위들이 뭐라구 잡아가구 말구야. 뜨내기 주제에."

"그래 우리두 너 같은 뜨내기 신세다. 찬샘에 잡아다 주구 여비라두 뜯
어 써야겠어."

영달이가 여자의 뒤를 바싹 쫓아가며 농담이 아님을 재차 강조했다. 여
자가 획 돌아서더니, 믿을 수 없을 만큼 재빠르게 영달이의 앞가슴을 밀

어냈다. 영달이는 미처 피할 겨를도 없이 눈 위에 궁둥방아를 찧고 나가 떨어졌다. 백화가 한 팔은 보퉁이를 끼고, 다른 쪽은 허리에 척 얹고 서서 영달이를 내려다보았다.

"이게 왜 이래? 나 백화는 이래뵈두 인천 노랑집에다 대구 자갈마당 포항 중앙대학 진해 칠구 모두 겪은 년이라구. 조용히 시골 읍에서 수양하던 참인데…… 야야, 내 배 위루 남자들 사단병력이 지나갔어. 국으로 가만있다가 조용한 데 가서 한코 달라면 몰라두 치사하게 뚱보 돈 먹자구 나한테 공갈 때리면 너 죽고 나 죽는 거야."

영달이는 입을 벌린 채 일어설 줄을 모르고 백화의 일장연설을 듣고 있었다. 정씨는 웃음을 참느라구 자꾸만 송림 쪽으로 고개를 돌렸다. 영달이가 멋적게 궁둥이를 털면서 일어났다.

"우리두 의리가 있는 사람들이다. 치사하게 그런 짓 안해."

세 사람은 나란히 눈 쌓인 산길을 걸었다. 백화가 말했다.

"그럼 반말 놓지 말라구요."

영달이는 입맛을 쩍쩍 다셨고, 정씨가 물었다.

"어디까지 가오?"

"집에요."

"집이 어딘데……."

"저 남쪽이에요. 떠난 지 한 삼 년 됐어요."

"정말이오?"

백화가 잠깐 망설였다. 영달이가 말했다.

"얘네들은 긴밤 자다가두 툭하면 내일 당장에라두 집에 갈 것처럼 말해요."

백화는 아까와 같은 적의는 나타내지 않았다. 백화는 귀 옆으로 흘러내리는 머리카락을 자꾸 쓰다듬어 올리면서 피곤한 표정으로 영달이를 찬찬히 바라보았다.

"그래요. 밤마다 내일 아침엔 고향으로 출발하리라 작정하죠. 그런데두 마음뿐인지, 몇 년이 흘러요. 막상 작정하고 나서 집을 향해 가보는 적두 있어요. 나는 꼭 두 번 고향 근처까지 가봤던 적이 있어요. 한번은 동네 어른을 먼 발치서 봤어요. 나 이름은 백화지만, 가명이에요. 본명은 아무에게도 가르쳐 주지 않아."

정씨가 말했다.

"서울식당 사람들이 월출역으로 지키러 가던데……."

"이런 일이 한두 번인가요 머. 벌써 그럴 줄 알구 감천 가는 길루 왔지요. 촌놈들이니까 그렇지, 빠른 사람들은 서너 군데 길목을 딱 막아 놓아요. 나 그 사람들께 손해 끼친 거 하나두 없어요. 빚이래야 그치들이 빨아먹은 나머지구요. 아유, 인젠 술하구 밤이라면 지긋지긋해요. 밑이 쭉 빠져 버렸어. 어디 가서 여승이나 됐으면…… 냉수에 목욕재계 백일이면 나두 백화가 아니라구요. 씨팔……."

걸을수록 백화는 말이 많아졌고, 걸음은 자꾸 처졌다. 백화는 여러 도시에서 한창 날리던 시절의 얘기를 늘어놓았다.

여자가 결론지은 얘기는 결국, 화류계의 사랑이란 돈 놓고 돈 먹기 외에는 모두 사기라는 것이었다. 그 여자는 자기 보퉁이를 꾹꾹 찌르면서 말했다.

"아저씨네는 뭘 갖고 다녀요? 망치나 톱이겠지 머. 요 속에는 헌 속치마 몇 벌, 빤스, 화장품, 그런 게 들었지요. 속치마 꼴을 보면 내 신세하구 똑같아요. 하두 빨아서 빛이 바래구 재봉실이 나들나들하게 닳아 끊어졌어요."

백화는 이제 겨우 스물 두 살이었지만 열여덟에 가출해서, 쓰리게 당한 일이 많았기 때문에 삼십이 훨씬 넘은 여자처럼 조로해 있었다. 한마디로 관록이 붙은 갈보였다. 백화는 소매가 해진 헌 코트에다 무릎이 튀어나온 바지를 입었고, 물에 불은 오징어처럼 되어버린 낡은 하이힐을 신고 있었다. 비탈길을 걸을 때, 영달이와 정씨가 미끄러지지 않도록 양쪽에서 잡아주어야 했다. 영달이가 투덜거렸다.

"고무신이라두 하나 사 신어야겠어. 댁에 때문에 우리가 형편없이 지체되잖나."

"정 그러시면 두 분이서 먼저 가면 될 거 아녜요. 내가 고무신 살 돈이 어딨어?"

"우리두 의리가 있다고 그랬잖어. 산 속에다 여자를 떼놓고 갈 수야 없지. 그런데…… 한 푼도 없단 말야?"

백화가 깔깔대며 웃었다.

"여자가 밑천이라면 거기만 있으면 됐지. 무슨 돈이 필요해요?"

"저러니 언제 한번 온전한 살림 살겠나 말야!"

"이거 봐요. 댁에 같은 훤출한 내 신랑깜들은 제 입에 풀칠두 못해서 떠돌아다니는데, 내가 어떻게 살림을 살겠냐구."

영달이는 백화의 입담을 감당할 수가 없었다. 세 사람은 감천 가는 도중에 있는 마지막 마을로 들어섰다. 어구의 얼어붙은 개천 위로 물오리들이 종종걸음을 치거나 주위를 선회하고 있었다. 마을의 골목길은 조용했고, 군뚝에서 매캐한 청솔 연기 냄새가 돌담을 휩싸고 있었는데 나직한 창호지의 들창 안에서는 사람들의 따뜻한 말소리들이 불투명하게 들려왔다. 영달이가 정씨에게 제의했다.

"허기가 져서 속이 떨려요. 감천엔 어차피 밤에 떨어질 텐데 여기서 뭐 좀 얻어 먹구 갑시다."

"여긴 바닥이 작아 주막이나 가게두 없는 것 같군."

"어디 아무 집이나 찾아가서 사정을 해보죠."

백화도 두 손을 코트 주머니에 찌르고 간신히 발을 떼며 말했다.

"온몸이 얼었어요. 밥은 고사하구, 뜨뜻한 아랫목에서 발이나 녹이구 갔으면."

정씨가 두 사람을 재촉했다.

"얼른 지나가지. 여기서 지체하면 하룻밤 자게 될 테니. 감천엘 가면 하숙도 있구, 우리를 태울 기차두 있단 말야."

그들은 이 적막한 산골 마을을 지나갔다. 눈 덮인 들판 위로 물오리 떼가 내려앉았다가는 날아오르곤 했다. 길가에 퇴락한 초가 한 간이 보였다. 지붕의 한쪽은 허물어져 입을 벌렸고 토담도 반쯤 무너졌다. 누군가가 살다가 먼 곳으로 떠나간 폐가임이 분명했다. 영달이가 폐가 안을 기웃해 보며 말했다.

"저기서 신발이라두 말리구 갑시다."

백화가 먼저 그 집의 눈 쌓인 마당으로 절뚝이며 들어섰다. 안방과 건넌방의 구들짱은 모두 주저앉았으나 봉당은 매끈하고 딴딴한 흙바닥이 그런대로 쉬어가기에 알맞았다. 정씨도 그들을 따라 처마 밑에 가서 엉거주춤 서 있었다. 영달이는 흙벽 틈에 삐죽이 솟은 나무막대나 문짝, 선반 등속의 땔 만한 것들을 끌어 모아다가 봉당 가운데 쌓았다. 불을 지피자 오랜 동안 말라있던 나무라 노란 불꽃으로 타올랐다. 불길과 연기가 차츰 커졌다. 정씨마저도 불가로 다가앉아 젖은 신과 바지 가랑이를 불길 위에 갖다 대고 지그시 눈을 감았다. 불이 생기니까 세 사람 모두가 먼 곳에서 지금 막 집에 도착한 느낌이 들었고, 잠이 왔다. 영달이가 긴 나무를 무릎으로 꺾어 불 위에 얹고 눈물을 흘려가며 입김을 불어대는 모양을 백화는 이윽히 바라보고 있었다.

"댁에……, 괜찮은 사내야. 나는 아주 치사한 건달인 줄 알았어."

"이거 왜 이래. 괜히 나이롱 비행기 태우지 말어."

"아녜요. 불 때는 꼴이 제법 그럴듯해서 그래요."

정씨가 싱글싱글 웃으며 영달이에게 말했다.

"저런 무딘 사람 같으니, 이 아가씨가 자네한테 반했다…… 그 말이야."

"괜히 그러지 마슈. 나두 과거에 연애 해봤소. 계집년이란 사내가 쐬빠지게 해줘두 쪼끔 벌릴까 말까 한단 말입니다. 이튿날 해만 뜨면 말짱 헛것이지."

"오머머, 어디 가서 하루살이 연애만 해본 모양이네, 여보세요, 화류계 연애가 아무리 돈에 운다지만 한번 붙으면 순정이 무서운 거예요. 내가 처음 이 길 들어서서 독하게 사랑해 본 적두 있었어요."

지붕 위의 눈이 녹아서 투덕투덕 마당 위에 떨어지기 시작했다. 여자는 나무 막대기를 불 속에 넣고 휘저으면서 갑자기 새침한 얼굴이 되었다. 불길에 비친 백화의 얼굴은 제법 고왔다.

"그런데…… 몇 명이었는지 알아요? 여덟 명이었어요."

"진짜 화류계 연애로구만."

"들어봐요. 사실은 그 여덟 사람이 모두 한 사람이나 마찬가지였거든요."

백화는 주점 <갈매기집>에서의 나날을 생각했다. 그 여자는 날마다 툇마루에 걸터앉아서 철조망의 네 귀퉁이에 높다란 망루가 서 있는 군대 감옥을 올려다보았던 것이다. 언덕 위에 흰 뼁끼로 칠한 반달형 콘세트

막사와 바라크가 늘어서 있었고 주위에 코스모스가 만발해 있어, 그 안에 철창이 있고 죄 지은 사람들이 하루 종일 무릎을 꿇고 있으리라고는 믿어지질 않았다. 하루에 한 번씩, 긴 구령 소리에 맞춰서 붉은 줄을 친 군복에 박박 깎인 머리의 군 죄수들이 바깥으로 몰려나왔다. 죄수들이 일렬로 서서 세면과 용변을 보는 모습이 보였다. 그들은 간혹 대여섯 명씩 무장 헌병의 감시를 받으며 마을로 작업을 하러 내려오는 때도 있었다. 등에 커다란 광주리를 메고 고개를 숙인 채로 그들은 줄을 지어 걸어왔다.

"처음에 부산에서 잘못 소개를 받아 술집으로 팔렸었지요. 거기에 갔을 땐 벌써 될 대루 되라는 식이어서 겁나는 것두 없었구요. 나이는 어렸지만 인생살이가 고달프다는 것두 깨달았단 말예요."

어느 날 그들은 마을의 제방공사를 돕기 위해서 삼십여 명이 내려왔다. 출감이 머지않은 사람들이라 성깔도 부리지 않았고, 마을 사람들도 그리 경원하지 않았다. 그들이 밖으로 작업을 나가면 기를 쓰고 찾는 것은 물론 담배였다. 백화는 담배 두 갑을 사서 그들 중의 얼굴이 해사한 죄수에게 쥐어 주었다. 작업하는 열흘간 백화는 그들의 담배를 댔다. 날마다 그 어려 뵈는 죄수의 손에 몰래 쥐어주곤 했다. 다음부터 백화는 음식을 장만해서 감옥 면회실로 그를 만나러 갔다. 옥바라지 두 달 만에 그는 이등병 계급장을 달고 백화를 만나러 왔다. 하룻밤을 같이 보내고 병사는 전속지로 떠나갔다.

"그런 식으루 여덟 사람을 옥바라지 했어요. 한 달, 두 달, 하다 보면 그이는 앞사람들처럼 하룻밤을 지내구 떠나가군 했어요."

백화는 그런 일 때문에 갈매기집에 있던 시절, 옷 한 가지도 못해 입었다. 백화는 지나간 삭막한 3년 중에서 그때만큼 즐겁고 마음이 평화로웠던 시절은 없었다. 그 여자는 새로운 병사를 먼 전속지로 떠나보내는 아침마다 차부로 나가서 먼지 속에 버스가 가리울 때까지 서 있곤 했었다. 백화는 그 뒤부터 부대 근처를 전전하며 여러 고장을 흘러다녔다.

아직 초저녁이 분명한데 날씨가 나빠서인지 곧 어두워질 것 같았다. 눈은 더욱 새하얗게 돋보였고, 사위는 고요한데 나무 타는 소리만이 들려왔다.

"감옥뿐 아니라, 세상이란 게 따지면 고해 아닌가……."

정씨는 벗어서 불가에다 쬐고 있던 잠바를 입으면서 중얼거렸다.

"어둡기 전에 어서 가야지."

그들은 일어났다. 아직도 불길 좋게 타고 있는 모닥불 위에 눈을 한움큼씩 덮었다. 산천이 차츰 희미하게 어두워졌다. 새들이 이리저리로 깃을 찾아 숲에 모여들고 있었다. 영달이가 백화에게 물었다.

"그래, 이젠 어떡헐 셈요. 집에 가면……?"

백화가 대답을 않고 웃기만 했다. 정씨가 말했다.

"시집가야지 뭐."

"시집은 안 가요. 이제 와서 무슨 시집이에요. 조용히 틀어박혀 집에 농사나 거들지요. 동생들이 많아요."

사방이 어두워지자 그들도 얘기를 그쳤다. 어디에나 눈이 덮여 있어서 길을 잘 분간할 수가 없었다. 뒤에 처졌던 백화가 눈 덮인 길의 고랑에 빠져버렸다. 발이라도 삐었는지 신음을 했다. 영달이가 달려들어 싫다고 뿌리치는 백화를 업었다. 백화는 영달이의 등에 업히면서 말했다.

"무겁죠?"

영달이는 대꾸하지 않았다. 백화가 어린애처럼 가벼웠다. 등이 불편하지도 않았고 어쩐지 가뿐한 느낌이었다. 아마 쇠약해진 탓이리라 생각하니 영달이는 어쩐지 대전에서의 옥자가 생각나서 눈시울이 화끈했다. 백화가 말했다.

"어깨가 참 넓으네요. 한 세 사람쯤 업겠어."

"댁이 근수가 모자라서 그렇다구."

그들은 일곱 시 쯤에 감천 읍내에 도착했다. 마침 장이 섰었는지 파장된 뒤인데도 읍내 중앙은 흥청대고 있었다. 전 붙이는 냄새, 고기 굽는 냄새, 곰국 냄새가 풍겨왔다. 영달이는 이제 백화를 옆에서 부축하고 있었다. 발을 디딜 때마다 여자가 얼굴을 찡그렸다. 정씨가 백화에게 물었다.

"어느 방향이요?"

"전라선이에요."

"나는 호남선 쪽인데. 여비는 있소?"

"군용차를 사정해서 타구 가면 돼요."

그들은 장터 모퉁이에서 아직도 따뜻한 온기가 남아 있는 팥시루떡을 사먹었다. 백화가 자기 몫에서 절반을 떼어 영달이에게 내밀었다.

"더 드세요. 날 업구 왔으니 기운이 배나 들었을 텐데."

역으로 가면서 백화가 말했다.

"어차피 갈 곳이 정해지지 않았다면 우리 고향에 함께 가요. 내 일자리는 주선해 드릴께."

"내야 삼포루 가는 길이지만, 그렇게 하지?"

정씨도 영달이에게 권유했다. 영달이는 흙이 덕지덕지 달라붙은 신발 끝을 내려다보며 아무 말이 없었다. 대합실에서 정씨가 영달이를 한쪽으로 끌고 가서 속삭였다.

"여비 있소?"

"빠듯이 됩니다. 비상금이 한 천 원쯤 있으니까."

"어디루 갈려오?"

"일자리 있는 데면 어디든지……."

스피커에서 안내하는 소리가 웅얼대고 있었다. 정씨는 대합실 나무의
자에 피곤하게 기대어 앉은 백화 쪽을 힐끗 보고 나서 말했다.

"같이 가시지. 내 보기엔 좋은 여자 같군."

"그런 거 같아요."

"또 알우? 인연이 닿아서 말뚝 박구 살게 될지. 이런 때 아주 뜨내기
신셀 청산해야지."

영달이는 시무룩해져서 역사 밖을 내다보았다. 백화는 뭔가 쑤근대고
있는 두 사내를 불안한 듯이 지켜보고 있었다. 영달이가 말했다.

"어디 능력이 있어야죠."

"삼포엘 같이 가실라우?"

"어쨌든……."

영달이가 뒷주머니에서 꼬깃꼬깃한 5백원짜리 두 장을 꺼냈다.

"저 여잘 보냅시다."

영달이는 표를 사고 삼립빵 두 개와 찐 달걀을 샀다. 백화에게 그는 말
했다.

"우린 뒷 차를 탈 텐데…… 잘 가슈."

영달이가 내민 것들을 받아 쥔 백화의 눈이 붉게 충혈되었다. 그 여자
는 더듬거리며 물었다.

"아무두…… 안 가나요?"

"우린 삼포로 갑니다. 거긴 내 고향이오."

영달이 대신 정씨가 말했다. 사람들이 개찰구로 나가고 있었다. 백화가
보퉁이를 들고 일어섰다.

"정말, 잊어버리지…… 않을게요."

백화는 개찰구로 가다가 다시 돌아왔다. 돌아온 백화는 얼굴이 젖은 채로 웃고 있었다.

"내 이름, 백화가 아니예요. 본명은요, 이점례예요."

여자는 개찰구로 뛰어나갔다. 잠시 후에 기차가 떠났다.

그들은 나무의자에 기대어 한 시간쯤 잤다. 깨어 보니 대합실 바깥에 다시 눈발이 흩날리고 있었다. 기차는 연착이었다. 밤차를 타려는 시골 사람들이 의자마다 가득차 있었다. 두 사람은 말없이 담배를 나눠 피웠다. 먼 길을 걷고 나서 잠깐 눈을 붙였더니 더욱 피로해졌던 것이다. 영달이가 혼잣말로,

"쳇, 며칠이나 견디나……."

"뭐라구?"

"아뇨, 백화란 여자 말요. 저런 애들…… 한 사날두 촌 생활 못 배겨 나요."

"사람 나름이지만, 하긴 그럴 꺼요. 요즘 세상에 일이 년 안으로 인정이 확 변해가는 판인데……."

정씨 옆에 앉았던 노인이 두 사람의 행색과 무릎 위의 배낭을 눈여겨 살피더니 말을 걸어왔다.

"어디 일들 가슈?"

"아뇨, 고향에 갑니다."

"고향이 어딘데?"

"삼포라구 아십니까?"

"어 알지, 우리 아들놈이 거기서 도자를 끄는데……."

"삼포에서요? 거 어디 공사 벌릴 데나 됩니까? 고작해야 고기잡이나

하구 감자나 매는데요."

"어허! 몇 년 만에 가는 거요?"

"십년."

노인은 그렇겠다며 고개를 끄덕였다.

"말두 말우. 거긴 지금 육지야. 바다에 방둑을 쌓아 놓구. 추럭이 수십 대씩 돌을 실어 나른다구."

"뭣 땜에요?"

"낸들 아나. 뭐 관광호텔을 여러 채 짓는 담서. 복잡하기가 말할 수 없네."

"동네는 그대루 있을까요?"

"그대루가 뭐요. 맨 천지에 공사판 사람들에다 장까지 들어섰는걸."

"그럼 나룻배두 없어졌겠네요."

"바다 위루 신작로가 났는데, 나룻배는 뭐에 쓰오. 허허 사람이 많아지니 변고지. 사람이 많아지면 하늘을 잊는 법이거든."

작정하고 벼르다가 찾아가는 고향이었으나, 정씨에게 풍문마저 낯설었다. 옆에서 잠자코 듣고 있던 영달이가 말했다.

"잘됐군. 우리 거기서 공사판 일이나 잡읍시다."

그때 기차가 도착했다. 정씨는 발걸음이 내키질 않았다. 그는 마음의 정처를 방금 잃어버렸던 때문이다. 어느 결에 정씨는 영달이와 똑같은 입장이 되어 있었다.

기차가 눈발을 날리는 어두운 벌판을 향해서 달려갔다.

징소리

문순태

1

방울재 허칠복(許七福)이가 고향을 떠난 지 삼 년 만에 미쳐서 돌아와 징을 두들기며 댐을 막은 뒤부터 밀려드는 낚시꾼들을 쫓아 댔다.

덩실덩실 춤을 추며 징을 두들기는 칠복이의 모습은 나무탈을 쓴 도깨비 같다고들 했다.

그리고 그가 그렇게 된 것은 고향을 잃은 서러움, 아내를 빼앗긴 원한 때문이라고들 했다.

아무도 기다리는 사람이 없는 고향에 여섯 살 난 딸아이를 업고 불쑥 바람처럼 나타난 그는, 물에 잠겨 버린 지 삼 년째가 되는 방울재 뒷동산 각시바위에 댕돌같이 앉아서는, 목이 터져라고 마을 사람들의 이름을 하나하나 불러 대는가 하면, 혼자서 고개를 끄덕거려 가며 오순도순 귀신 씨나락 까먹는 소리를 중얼거리다가도, 불컥 고개를 쳐들어 하늘을 찔러 보고, 창자가 등뼈에 달라붙도록 큰 소리로 웃어대고, 느닷없이 징을 두

들기며 경중경중 도깨비춤을 추었다.

 그런데 이상한 것은 그의 성질이 염병을 앓아 귀머거리가 된 사람처럼 물렁해지고, 바보처럼 느물느물해진 거였다. 황소같이 힘이 세고 성깔이 왁살스럽던 그는, 도깨비 춤추듯 징을 두들기다가도 방울재 사람들이 쫓아와서 한마디만 질러 대도 슬그머니 징채를 감추고 목을 움츠리는 거였다.

 "덕칠아 봉구야, 싸게싸게 갈치배미 나락 베러 가자."

 징 징 징…… 징 징 징…….

 칠복이는 징을 치며 장성호(長城湖) 물이 넘칠넘칠 떡갈나무 밑동을 훑아 대는 호숫가를 이리 뛰고 저리 뛰었다. 그가 징을 치고 경중거릴 때마다 졸래졸래 아비를 따라다니는 여섯 살 난 그의 딸이 징소리에 맞춰 춤을 추듯 옴죽거렸다.

 구름 한 가닥 없이 청명한 하늘에서는 명주실처럼 윤기 있는 늦가을의 햇볕이 선득선득 꽂혀 내리고 고속도로가 뻗고 산들이 삐끔하게 트인 장성읍 쪽으로 아슴히 보이는 댐 위에서부터 삽상한 바람은 수면을 조리질하듯 천천히 훑어 올라왔다.

 "덕칠이, 봉구, 팔만이 몽땅 뒤졌는거 살었는거?"

 칠복이는 부릅뜬 눈으로 호수를 찔러 보며 계속 징을 치고 목청껏 방울재 친구들의 이름을 불렀다.

 호숫가에 띄엄띄엄 한가하게 낚싯줄을 드리운, 얼추 헤아려도 여남은 명이 넘을 것 같은 낚시꾼들은 난데없는 징소리에 벌떡벌떡 일어서서는 울화가 머리 끝까지 치민 얼굴로 각시바위 쪽의 칠복이를 꼬나보았다.

 징 징 징…… 징 징 징…….

 마치 하늘 어느 한구석이 무너져 내리는 소리 같기도 하고, 수많은 사람들이 떼지어 울부짖는 소리와도 같은 징소리는 호수 안통 방울재 골짜기를 살살이 쥐흔들었다.

"이봐, 빨리 꺼지지 못해?"

앙바틈한 체구에 챙이 길쭉한 빨간 운동모자를 비뚜름하게 눌러쓴 낚시꾼 하나가 실팍한 돌멩이를 집어 들고 무섭게 노려보며 소리를 치자, 칠복은 잽싸게 참나무 뒤로 몸을 피하고 잠시 조용해지더니, 이내 다시 징채가 부러지도록 힘껏 휘둘러 댔다. 그때 징소리는 징징징 우는 것이 아니고 와글바글 사뭇 방울재 골짜기의 너덜경을 호수로 허물어 내리는 듯싶었다.

"저 미친놈이 끝내 훼방이여!"

낚시꾼들 대여섯 명이 당장 칠복이를 잡아 물속에 처박을 기세로 각시바위 쪽으로 뛰어 올라갔으나, 칠복이는 참나무를 끼고 이리저리 피하며 잠시도 징채를 멈추지 않았다.

단숨에 칠복이를 붙잡지 못한 낚시꾼들은 더욱 화가 치밀어 씩씩거렸고, 칠복이는 칠복이대로 신이 나서, 딸아이마저 팽개친 채 두레패 상쇠놀음 하듯 고개까지 까닥거리며 경중경중 뛰었다.

빨간 모자의 낚시꾼이 긴 작대기를 후려치는 바람에, 칠복이는 헉 외마디소리와 함께 아기다복솔 위로 꼬꾸라지고 말았다. 작대기에 허리를 얻어맞고 쓰러진 칠복이는 징을 빼앗기지 않으려고 가슴에 꼭 안았다.

칠복이가 꼬꾸라지자 대여섯 명의 낚시꾼들이 우르르 달려들어 발길로 엉덩이를 걷어차기도 하고, 어떤 사람은 그의 품에서 징을 빼앗으려고 했으나 그는 솔가지에 얼굴을 묻고 엉덩이를 하늘로 치켜올린 채 고슴도치처럼 몸을 도사렸다.

아비를 따라다니며 징소리에 맞춰 깡총대던 딸아이가 아빠를 부르며 울음을 터뜨리자, 그들은 비로소 발길질을 멎었다.

"미친 사람이니 용서해 줍쇼!"

그때, 호숫가에 가건물을 지어 놓고 낚시꾼이나 댐을 구경하러 온 관광객들을 상대로 술이며 매운탕을 끓여 파는 방울재 남자 셋이 허위허위 뛰어 올라와서 칠복이를 가로막아 서며 사정을 했다.

"아는 사람이우?"

낚시꾼이 물었다.

"한마을 사람이구먼유."

검적검적 점이 많은 얼굴이 발그레하게 술이 오른, 삐쩍 마른 봉구는 연신 허리를 굽적거렸다.

"이 마을에 사는 사람이란 말이우?"

"없어졌지라우."

"없어지다니 뭐가요?"

"방울재가 없어졌지라우. 몽땅 물에 쟁겨 뿌렸어유. 남은 것이라고는 저 뒷골 감나무뿐인갑네유."

봉구는 황새처럼 목을 길게 뽑아 그들이 서 있는 발부리 아래, 찰랑찰랑 허리가 물에 잠긴 채 빨갛게 익어 가고 있는 접시감나무를 가리켰다.

"그러면 우리가 낚시질을 하고 있는 여기가 바로 방울재라는 마을이었단 말이우?"

나이가 지긋하고 턱끝이 도끼날처럼 날캄한 낚시꾼이 흥미가 있다는 말투로, 물었다.

"그렇구먼유. 우리덜 지붕 위에다 낚시를 던지신 거나 마찬가지지유."

"히야, 시붕 위에서 낚시질이라!"

빨간 모자는 재미있다는 듯 웃었다.

"선생님들, 이 사람은 우리가 데려갈랍니다요."

"다시는 여기 못 오게들 허쇼."

"염려 놓으십쇼. 다리 모갱이를 작씬 분질러 놓겠으니께유."

방울재 사람들은 왁살스럽게 칠복이의 어깻죽지를 잡아 일으켰다. 조금 전까지만 해도 신들린 사람처럼 경중대며 징을 두들기던 그 기세는 어디로 숨어 버렸는지, 그는 징을 가슴에 소중하게 두 팔로 꼭 껴안은 채 겁먹은 얼굴로 큰 눈을 뒤룩거렸다.

"미친 사람은 묶어 둬야 합니다. 에잇 재수 없어!"

낚시꾼들은 방울재 사람들이 칠복이를 끌고 내려가는 것을 보고 큰 소리로 다짐을 받고 나서 다시 낚시터에 앉았다.

"좀 올렸습니까요?"

칠복이를 끌고 내려간 줄 알았던 빼빼마른 봉구가 빨간 모자 옆에 엉거주춤 무릎을 세워 앉으며 물었다. 그는 기왕 예까지 올라온 김에 매운탕 손님 하나라도 미리 잡아 두어야겠다는 생각으로 슬그머니 뒤에 처진 거였다.

"미친놈이 나타나서 훼방을 놓는 바람에 김 팍 새버렸소."

"엠병헌다고 미쳐 갖고 없어져 뿐진 고향에는 끄덕끄덕 돌아올 꺼유!"

"고향엘 찾아온 걸 보니 미친 사람이 아닌 게로군요."

"오락가락혀유."

봉구는 어룩어룩 때가 묻은 흰 와이셔츠 주머니에서 새마을담배를 꺼내 입에 물고 잠시 고개를 돌려 주막으로 끌려 내려가는 칠복이의 뒷모습을 보았다. 봉구와 칠복이는 방울재 안에서 누구보다 가까운 친구였다. 그들은 마을이 없어지기 전까지만 해도 방울재에서 앞뒷집에 나란히 처마 맞대고 살면서 너나 나나 친동기간처럼 가까웠다. 봉구는 부자였고 칠복이는 가난했지만 봉구는 칠복이 앞에서 조금도 있는 티를 보이지 않았다.

"저 미친놈이 또 징을 치고 지랄해 싸면 어디 낚시질을 하겠소?"

"아닙니다유. 그런 염려는 붙들어매십쇼. 앞으로 물가에 얼씬 못 하게 헐 꺼잉께유. 저놈이 날마다 훼방을 치면 낚시꾼들이 안 올 게고, 그라믄 우린 굶어죽을 껀디 그대로 내버려두겠어유?"

봉구는 입에서 담배를 빼들고 사뭇 흥분한 어조로 다급하게 말했다.

"왜 미쳤답니까?"

낚시꾼은 그냥 지나가는 말로 물었다.

"땜 때문이지라우. 고향을 잃고 도회지로 나갔다가 마누라꺼정 도둑맞고 오장이 회까닥 뒤집혔다고 허드만유."

"마누라를 도둑맞아요?"

빨간 모자는 조금씩 깐닥거리는 찌를 향해 시선을 팽팽하게 던지며 물었다.

"가난흐고 못난 촌놈 마다흐고 잘난 도회짓놈흐고 배가 맞은 거지유. 어이쿠 물었네유. 감잎은 되느만유."

빨간 모자가 아이들 손바닥만한 붕어를 낚아 올리자, 봉구는 빠른 솜씨로 낚싯줄을 잡아 낚시에서 붕어를 빼 구덕에 넣고 입감까지 끼워 주었다.

"그래서 미친 게로군!"

"고햐 잃고 마누라꺼정 뺏겼으니 안 미치게 생겼남유?"

"미인이었소?"

낚시꾼은 흥미있다는 듯 피시시 웃음을 머금어 날리며 물었다.

"촌에 미인이 있간디유? 새끼 하나만 낳으면 철푸덕 엉덩판만 커지고 무신 매력이 있어야지유. 그래도 그 칠복이 여편네는 얼굴도 반반하고 도회지 바람을 묵어서 촌티는 벗었지라우. 칠복이헌티는 좀 과헌 여자지유."

"마누라 뺏기고 원, 챙피해서 지랄한다고 고향엔 와요?"

"그러다마다유. 하지만, 오죽했으면 고향에 뭐 볼 거 있다고 다시 왔겄남유? 결국 우리덜도 도회지에 나갔다가 발을 못 붙이고 다시 돌아와서 이르케 낚시꾼들 덕으로 살아가고 있습니다만요, 으디 갈 데가 있어야지유. 굶어죽어도 고향 선산에 뼈를 묻어야겠다는 생각 땜시……."

봉구는 푸우 한숨 섞인 담배 연기를 길게 내뿜으며, 멀고 회한에 가득한 눈으로 산자락 모퉁이 옛날 창평 고씨(昌平高氏) 제각이 있던, 편편한 곳에 즐비하게 늘어선 매운탕집 주막들을 바라보았다. 지난봄까지만 해도 선산을 버리고는 죽어도 방울재를 떠나지 않겠다면서 처음부터 집을 뜯어 옮기고 그대로 눌러앉은 박팔만이네를 제하고, 다섯 집밖에 안 되었는데 벌써 열한 집으로 늘어났다.

새로 생긴 방울재 매운탕집들 앞으로는 아카시아 숲이 휘움하게 울타리처럼 둘러쳐져 있고, 아카시아 숲 너머로는 호남고속도로와 연결되는 좁장한 신작로가 뻗쳐 들어오고, 그 길을 따라 낚시꾼들이 타고 온 자가용차들이 집 둘레 여기저기에 번쩍번쩍 햇빛을 쪼개어 날렸다. 봉구의 눈에는 모든 것이 슬프고 어쭙잖게만 보였다.

말이 보상금이지, 보상가격을 책정해 놓고도 일이 년 뒤에야 지불을 받고 보니, 이미 인근 농토값은 몇 배로 뛰어올라 대토(代土) 잡기에 어려웠고, 도회지로 나가서 살자 해도 전셋방을 얻고 나면 자전거 하나 사기도 힘든지라, 아무 짓도 못 하고 솔래솔래 곶감꼬치 빼먹듯 하다가는 두 손바닥 탈탈 털고 영락없이 알거지가 되고 만 집이 어디 한두 사람인가.

봉구 그 자신도 보상금 받아 가지고 읍에 나가서 버스정류장 옆에 가게를 얻어 쌀집을 냈으나 어찌 된 셈인지 남는 것은 없고 옴니암니 본전만 까먹게 되어 전셋돈이나마 가까스로 건져 다시 방울재로 돌아오지 않았는가.

"지붕 위에서 낚시질을 한다고 생각하니 기분이 이상합니다."

빨간 모자 낚시꾼은 뚜벅뚜벅 곧잘 말을 걸어왔다.

"사람들꺼정 한꺼번에 잼겨 뿐 거이 더 마음 아프구먼유."

"누가 빠져 죽었나요?"

"죽은 거나 매한가지라우. 수십 년 동안 얼굴 맞대고 정붙이고 살어온 방울재 사람들을 시방 어디에 가서 찾을 겁니까유. 살아 남은 사람들은 몇 집 안 되지라우."

"예끼 여보슈, 난 또 무슨 소리라구!"

"선생님들은 우리 속 몰라유."

"땜이 원망스럽겠군요."

"으째서유?"

"고향을 삼켜 버렸으니까요."

"워디가유. 아무리 배우지 못혔어도 우리가 그러키 앞뒤 꽉 맥힌 멍충이들이란가유? 땜이 생겨서 많은 농민덜이 가뭄 모르고 농사 잘 짓는 거이 을매나 잘헌 일인가유? 우리도 그 정도는 압니다유."

"그렇다면 됐습니다."

"그래두 고향이 없어져 뿔고 정든 사람덜이 뿔뿔이 풍지박산되야 뿐졌는디 으쩨."

"딱하게 됐습니다."

"그라니께 우리는 뿌리 없는 나무여라우. 우리헌티 땅이 있소, 기술이 있소?"

빨간 모자가 대꾸를 해주지 않자, 봉구는 고개를 들어 다시 매운탕집들 위로 내리뻗은 고속도로를 바라보았다. 자동차들이 바람처럼 쌩쌩 내달았다.

2

호수 위에 검실검실 어둠이 내렸다. 호수를 한아름 보듬은 산 그림자가 칙칙하게 내려앉기 시작하면서 하늘의 구름들이 낮게 흐르더니 바람이 드세어지고 수면이 거칠어졌다.

어둠이 두꺼워지고 바람이 거칠어지자 낚시꾼들은 하나 둘 돌아가 버렸다.

어둠이 무겁게 찌누르는 호수에는 휘휘 하고 음산한 그림자들이 일렁이는 듯싶었다. 마치 방울재 사람들의 그림자 같았다.

칠복이는 조금 전 빨간 모자 낚시꾼이 앉았던 자리에 무릎을 세우고 두 손바닥으로 턱을 받쳐 들고 앉아서 우두커니 수면 위에 우줄거리는 칙칙하고 휘휘한 그림자들을 내려다보고 있었다. 그의 옆에는 딸아이가 두 팔로 아비의 세운 무릎을 껴안고 찰싹 달라붙어 있었다.

호수에서 사각사각 나락 베는 소리가 들렸다. 사람들의 두런거리는 말소리도 들렸다. 방울재와 방울재 사람들의 모습이 한눈에 죄 보였다. 금줄을 두른 마을 앞 윗당산의 늙은 팽나무와, 방울재에서는 칠복이 혼자만이 들어올린 큰 들독이 보였고, 이엉을 입힌 돌담과 판놀이네 탱자나무 울타리, 군데군데 말라붙은 쇠똥이 널린 고샅들, 빨간 고추가 널린 초가

지붕이며, 두껍다리 옆 그의 집도 보였다. 외양간에 매여 있는 송아지가 음매 하고 우는 소리, 꿀꿀대는 돼지, 꼬꼬댁꼬꼬 닭이 알 낳는 소리, 바람 모퉁이 공터에서 아이들이 공치기를 하며 왁자지껄 떠들어대는 시끌시끌한 소리, 고샅이 쩡쩡 울리도록 아이들 이름을 부르는 소리, 이 자식 저 자식 죽일 놈 살릴 놈 욕을 퍼부어 대며 싸우는 소리들이 귀에 쟁쟁하게 들려 왔다.

발그무레하게 꽃이 핀 살구나무 가지들 사이로 훨쩍 열린 순덕이네 싸리문과 살구꽃처럼 환한 순덕이의 탐스러운 얼굴도 보였다. 순덕이와 함께 만나곤 했던 상엿집 모퉁이의 아카시아 숲속에서는 그때처럼 휘휘한 바람 소리가 들려 왔다.

"아빠 추워, 집에 가아."

딸아이가 몸을 웅숭그리며 칭얼대자 그는 무릎을 열어 가랑이 사이에 넣고 꼭 껴안았다.

칠복이는 갈 곳이 없었다. 호수 속에 그의 집이 보였으나 물에 뛰어들 수가 없었다.

"저기 물속에 우리집이 뵈이쟈?"

칠복이는 손으로 가리키며 물었다.

"피이, 우리집이 어딨어?"

"저어기, 물속에. 바보야 우리집도 안 봬?"

"이잉 엄마아……."

아이는 울음을 터뜨렸다.

"벼락 맞어 뒈질 년!"

그는 아내의 골통을 박살내기라도 하려는 듯 큰 돌을 집어 호수에 던졌다. 풍덩 하는 소리에 딸아이가 흠칫 놀랐다.

"이잉, 엄마한테 간다고 해놓고……."

"그래그래, 네 엄마는 저기 물속에 있다. 물속에 있는 엄마한테 갈래?"

칠복이는 버럭 고함을 지르며 딸을 떠밀어 내려고 겁을 주자 아앙 큰 소리로 울어댔다.

"개만도 못한 녀언……."

그는 고개를 뒤로 젖버듬히 잦혀 별도 없이 시꺼먼 하늘을 쳐다보며 퍼허 하고 어처구니없는 웃음을 토해 내고 나서 다시 물에 잠긴 방울재를 내려다보았다.

족두리를 쓰고 원삼을 입은 순덕이의 모습이 보였다. 청실홍실을 드리운 합환주를 입에 댈 때 순덕이는, 게슴츠레한 눈으로 신랑인 칠복이를 훔쳐보면서 다른 사람이 눈치 안 채도록 싱긋이 웃어 보일 수 있을 만큼 여유를 보여 주었다.

삼 년 동안 식모살이를 하면서 도시 바람을 쐰 때문인지, 순덕이는 시골 처녀답지 않게 바라지고 슬거운 데가 있었다. 그런 순덕이를 방울재 칠복이 친구들은 너무 화딱 까졌다거니, 생긴 게 맷맷하여 어딘가 온전치 못한 여자라거니 하며 칠복이와는 어울리지 않는다고 하면서 그녀를 헐뜯고 은근히 훼방을 놓았던 것이었다.

그러나 칠복이 생각은 그렇지가 않았다. 매사에 생각이나 행동거지가 굼뜨고 사리가 분명한 순덕이가 꼭 필요했다.

결혼을 한 지 한 달도 못 되어 순덕이는 도회지로 나가서 살자고 하였다. 그 말에 칠복은 섬찟한 무서움을 느꼈다. 어려서 아버지를 잃고 홀어머니마저 병으로 죽어, 외할머니 치맛자락에 가려 눈칫밥 먹고 자라서 장가를 들 때까지, 방울재에서 삼십 리도 못 떨어진 정읍장과, 징병신체검사할 때 읍에 갔다 온 일 외에는 여지껏 대처 바람을 한 번도 마셔 보지 못한 그로서는 도회지에 나가 산다는 것은 마치 방울재 개울의 미꾸라지를 목포 앞바다에 넣는 것이나 진배없는 일인지라, 그 말을 들을 땐 가슴이 울렁거리고 눈앞이 캄캄했던 거였다.

"전답도 없이 이런 촌구석에서 멀 바라고 사꺼시요."

순덕이는 입버릇처럼 이렇게 되뇌곤 했었다.

"우리도 논밭을 장만하면 될 거 아닌감."

칠복이 생각에, 그녀가 한사코 도회지로 나가 살자고 한 것은 그녀 말마따나 전답이 없는 탓이라고 헤아리고, 뼈가 으스러지도록 밤낮을 안 가리고 일을 했다. 외가에서 장성하도록 머슴 노릇을 하다시피 해주었는데도 외숙부는 그가 장가들자 겨우 개다리 초가삼간에, 방울재 큰애기들이 하룻밤 오줌만 싸질러 대도 새끼내가 넘치고 물난리가 나서 농사를 망친다는 하천부지 자갈논 일곱 되지기를 떼어 주었을 뿐이었다.

"십 년 안에 방울재에서 일등 가는 부자가 될 꺼잉께 두고 보드라고잉."

칠복이는 외양간과 돼지우리를 지어 해마다 배냇소를 기르고 힘에 부치도록 고지품을 빌려, 결혼한 지 삼 년 만에 문서 없는 하천부지 자갈논서 마지기를 사들였다. 그대로만 간다면 그의 장담대로 십 년 안으로 방울재 일등 부자는 안 되어도 남부럽지 않을 만큼 포실하게 전답을 마련할 것이 분명했다.

그러던 차에, 방울재에 댐을 막아 전답이 몽땅 물에 잠기게 된다는 것을 안 칠복이는 제정신이 아니었다. 사람 하나쯤 죽인다 해도 가슴을 꽉 메운 불덩이 같은 응어리가 없어질 것 같지가 않았다.

"그랑게 미이라고 합뎌. 우리는 방울재에서 살 팔자가 못 된 거 아니오. 끙끙대 쌓지만 말고 언능 도회지로 나갑시다."

칠복이의 매지매지 오장육부가 무클하게 녹아 내리는 속마음을 알 턱이 없는 순덕이는 얼씨구나 싶은 얼굴로 엉덩이를 들썩거렸다.

홧김에 서방질하더라고, 칠복이는 문서 없는 전답에 대해서는 보상 한 푼 못 받은 채 광주시로 옮겨 가, 임업시험장 옆 산동네 꼭대기에 쥐구멍만한 사글셋방을 얻어 들었다.

낯짝이 좋은 아내는 방울재를 떠나온 날부터 신바람나게 싸대 쌓더니, 사흘 만엔가 큰 식당 주방에서 일을 하게 되었으며 날마다 새벽같이 집을 나가서는 통금시간이 다 되어서야 돌아오곤 했다.

칠복이는 밤낮 방구석에서 딸아이와 노닥거릴 수만도 없기에 일자리를 찾아다녀 보았지만, 찾아가는 곳마다 무슨 기술이 있느냐는 물음이었고, 그때마다 그는 농사짓는 기술뿐이라고 부끄럼 없이 대답해 주곤 했다.

"농사짓는 기술도 기술이우? 차라리 마누라 배 타는 기술이 있다고 그러슈 원!"

칠복이의 부끄럼 없는 대답에 그들은 기분 나쁘게 킬킬대고 웃어댔다.

그는 막일이라도 해보려고 새벽마다 양동 큰다리께 품팔이시장에 나가 보았지만 팔려 나가는 것은 언제나 목수나 미장이, 도배장이, 타일공 따위의 경험이 있는 기술자들이고, 해가 머리 위에 벌겋게 떠오르도록 남는 것은 칠복이와 같은 무거리들뿐이었다. 그런대로 지난 가을까지는 재수가 있는 날이면 질통꾼이나, 목도꾼, 모래와 자갈을 차에서 부리는 일 등 기술 없이 뚝심으로 하는 일에 간단히 팔려 나다니기도 했었는데, 날씨가 쌀쌀해지면서부터는 도무지 막일꾼 구하는 사람도 없어, 긴 겨울을 콧구멍만한 방에서 늙은 곰 겨울잠 자듯 처박혀 살았다.

칠복이는 아내가 벌어다 준 돈으로 가만히 앉아서 몸 편하게 살면서도 방울재의 봉구네 사랑방을 못 잊어 자나깨나 풀이 죽어 있었는데, 아내는 무슨 좋은 일들이 그리 많은지 하루하루 얼굴에 생기가 돌고 새벽에 집을 나갈 때는 그 주제꼴에 얼굴 토닥거리며 화장을 하고 미장원에 들락거리며 모양을 내는 데 유난을 떠는 것 같았다.

봄이 오자 칠복이는 양동 품팔이시장에 나가는 것을 포기하고 혼자서 고향인 장성으로 돌아가, 수몰이 안 된 가까운 마을에서 모내기 일을 해 주었다. 농사철이라 농촌에서는 하루도 쉴새없이 바빠서 일자리는 얼마든지 있었으며, 방울재 사람들이나 방울재 사람들의 친척들이 더러 있어서 그런지, 도회지에서 막일하는 것보다는 마음이 편해서 좋았다.

광주에서는 도회지의 찌꺼기가 된 듯싶어 집 밖에 나가기가 그렇게도 부끄럽고 무서웠었는데, 비록 방울재는 아니지만 산과 들이며 하늘, 나무 한 그루 풀이파리 하나까지도 낯익어 조금도 뜨아하거나 부끄러운 마음이 없었다.

칠복이는 장성댐 아랫마을에서 모내기 한철 농사일을 하고, 다시 여름에는 장성읍 과수원에서 살충제도 뿌리고 사과며 복숭아도 따주어 이십만 원을 손에 쥐고 광주로 돌아왔다. 그는 아내를 설득해서 방울재는 없어졌더라도 다시 시골로 들어갈 결심이었다. 생각지도 않게 시골에는 그런대로 일거리가 많았고, 댐 아랫마을 노루목에 머슴으로 들어가면 소작논 다섯 마지기를 떼어 주고 식구들이 따로 한집에서 살 수 있게 문간채를 내어 주겠다는 집도 있었다. 그는 어떻게 해서든지 아내와 같이 다시 시골로 돌아가고 싶었다. 아내가 끝까지 싫다고 한다면 코뚜레를 뚫어서라두 끌고 가야겠다고 단단히 마음을 공글리며, 아내가 기다리고 있을 광주로 가기 위해 마지막 밤버스를 탔다.

시골에 돈벌이를 하러 내려간 뒤에 한 달에 한두 차례씩 잠깐잠깐 아내와 딸아이 얼굴을 보고 오긴 했으나, 식구를 데리고 다시 시골로 돌아

갈 가슴 부푼 생각 때문인지 여느 때와는 달리 쿵덕쿵덕 심장이 마구 뛰었다.

버스에서 내린 칠복이는 큰맘 먹고 사과 한 꾸러미와 저육 한 칼을 떠서 달랑달랑 들고 산동네를 향해 마음 졸이며 숨가쁘게 내달았다.

그는 아내가 식당에서 집에 돌아올 시간과 맞추기 위해 일부러 느지막이 밤버스를 탄 거였다. 합동주차장에 내려 대합실 시계를 보았더니 아내가 돌아오기는 약간 이른 것 같아 식당으로 찾아가서 같이 들어갈까 하다가, 아내가 먼저 집에 올라온 다음에 슬그머니 밤손님처럼 들어가 깜짝 놀래 주려고 지싯지싯 늑장을 부렸던 거다.

산동네 꼭대기까지 허위허위 단숨에 추어 올라간 칠복은 잠시 집 앞에서 미적거리다가 까치발을 하고 손을 넣어 소리 안 나게 판자 대문을 따고 살금살금 그들이 세들어 살고 있는 작두샘 가에 있는 방 쪽으로 갔다. 불이 꺼져 있는 것으로 보아 아내가 돌아오지 않았거나, 아니면 벌써 돌아와서 잠을 청하고 있는 것인지도 모를 일이었다.

칠복이는 일부러 뒷문으로 가서 살그머니 문을 열고 들어가 더듬더듬 천장을 더듬어 때걱 전기 스위치를 돌렸다. 방에 불이 켜지는 순간, 칠복이의 눈이 확 뒤집히면서 앞이 깜깜해져 버렸다. 분명 그의 아내 임순덕이 외간 남자와 발가벗은 채 한덩어리가 되어 있지 않겠는가. 이 장면을 보는 순간 그는 하늘이 와르르 무너지는 듯한 놀라움과 울분으로 온몸이 떨리면서 피가 뚝 멎어 버리는 것만 같았다.

아내와 남자가 퍼떡 놀라 일어나 앉는 것과 함께 칠복이는 우르르 부엌으로 뛰어나갔다. 헉헉 숨을 몰아쉬며 식칼을 들고 다시 방으로 뛰어들어왔을 때 아내와 남자는 이미 방 안에 없었다. 신을 꿸 겨를도 없이 판자문을 박차고 골목까지 뛰어나갔으나 그림자도 보이지 않았다.

그날 밤 칠복이는 눈이 뒤집혀 식칼을 들고 거리를 헤매고 돌아다니다가 경찰에 붙들려 경찰서에서 하룻밤 신세를 지기까지 했는데, 보호실에 갇힌 그는 이미 정신이 온전하지가 못해 더럭더럭 고함을 지르고 길길이 뛰었다.

다음날 산동네에 돌아와 보니 딸아이 혼자 집 밖에서 발을 뻗고 얼굴에 흙범벅이 된 채 목이 쉬도록 울고 있었다. 그날부터 칠복이는 딸아이를 등에 업고 아내를 찾아 나섰다. 식당에도 가보았지만 그날 밤 이후로 나타나지 않는다는 거였다. 같이 도망친 남자가 누구인가도 알 길이 없었다. 아내를 찾다가 지친 그는 이제라도 돌아와 주기만 한다면 용서를 해줄 생각이었다. 아내가 그렇게 된 것은 모두 칠복이 자기 탓으로 치부할 수밖에 없었다. 자신이 못났기 때문에 아내가 식당에 나가게 된 것부터가 잘못이 아니겠는가 싶었다.

아내를 찾아다니느라고 시골에서 벌어 온 돈마저 모두 깨먹어 버리고, 얼마 안 남은 산동네 사글셋방값마저 찾아 쓴 칠복이는, 방울재에서 나올 때 나눠 가진 굿물인 징 하나만을 들고 거렁뱅이 신세가 되어 떠돌음했다.

칠복이는 거렁뱅이 신세가 되어 떠돌음하면서도 방울재에서 가지고 나온 징을 마치 그의 딸아이만큼이나 애지중지하였으며, 밤에 잠을 잘 때는 꼭 그 징을 베고 잤다. 그런데 그 징을 베고 잘 때마다 이상하게 그 징에서는 마치 방울재 할미산 너덜겅이 와르르 허물어지는 것 같은 소리가 귓속이 먹먹하게 들려 오기도 하고, 또 어찌 들으면 방울재 사람들의 한 사람 한 사람 우는 소리가 아슴하게 흐느껴 오곤 했다.

그때마다 방울재에 살던 시절이 눈에 선하게 떠올랐다.

칠복이는 징에서 고향 사람들이 그를 오라고 부르는 소리를 들었다. 그 소리를 들은 뒤 딸아이를 업고 꼬박 하루를 걸어 방울재에 닿았다.

"아빠, 배고파잉……."

잠이 든 줄로만 알았던 딸아이가 부스럭부스럭 상반신을 출썩거리며 칭얼대기 시작했다.

"천벌을 받을 녀언……."

칠복이는 다시 돌맹이를 집어 호수에 던지며 욕을 퍼부어 댔다.

"아빠…… 배고파아."

"그려그려, 마을로 내려가자."

칠복이는 딸을 업고 일어서며 별 없는 하늘을 쳐다보았다. 이따금씩 빗방울이 얼굴에 떨어졌으나, 그때마다 그의 정신은 더 맑아졌고, 정신이 맑아질수록 고향과 아내를 잃어버린 큰 슬픔이 목울대에 꽉 차올랐다.

"우리집으로 가아……."

"우리집? 물속에 있는 집으로?"

"아빤 늘 그 소리뿐이네!"

"그러믄 어떤 집 말이냐?"

"순자네 집 같은 거!"

순자는 봉구의 딸이다.

"그래 그러믄 순자네 집으로 가자."

"순자네말고, 우리집으로 가아……."

"바보 멍충아, 이 세상이 다 우리집이라고 생각혀!"

칠복이는 딸아이가 알아들을 수 없는 말을 혼자말처럼 중얼거리며 검정 우단에 보석 몇 알이 흩어진 듯 불빛이 반짝이는 매운탕집들 쪽으로 내려갔다. 바람이 드세고 빗방울까지 비쳐 밤낚시꾼들은 하나도 눈에 띄지 않았다.

칠복이가 후미진 솔수펑 모퉁이를 돌아 불빛이 출렁이는 매운탕집들 가까이 왔을 때 빗방울이 후두둑 떡갈나무 잎들을 요란하게 두들겼다.

3

봉구네 집에는 매운탕집을 하는 방울재 사람들이 모두 모였다. 그들은 장사가 안 되는 날이면, 옛날 방울재 윗당산머리 봉구네 사랑방에 모여 놀던 버릇대로 밤만 되면 찾아왔다.

하나, 이날 밤 모임은 좀 달랐다. 이날 밤에는 칠복이 문제로 모인 것이었다.

"당장 쫓아 버려야 혀. 옛정도 좋지만 살고 봐야 헐 꺼이 아닌감!"

올봄에, 혼기가 다 찬 두 딸과 중풍에 걸려 기동을 못 하는 병든 아내를 끌고 방울재로 다시 돌아온, 회갑줄에 앉은 강촌영감이 아까부터 와락와락 성깔을 부려 가며 큰소리였다.

"차마 워치크롬 쫓아낼 거여."

봉구였다. 옛날에 위아랫집에서 처마 맞대고 살아온 정 때문에, 강촌영감의 의견에 찬성을 하지 못했다.

"봉구 말도 일리가 있재잉. 고향에 찾아온 사람을 워치기 쫓아낼 거요잉."

덕칠이도 칠복이와 가깝게 지내 왔던 터라, 쫓아내자는 데에는 어딘가 마음이 꺼림했다.

"제정신 갖고, 먹고 살겠다고 헌담사 워떤 무지막지헌 놈이 고향 찾아온 사람을 쫓아내사고 허깄어?"

"암, 그러고 마니!"

"옴짝달싹못허게 묶어 놓으면 으쩌겄소?"

덕칠이였다. 그는 봉구의 눈치를 살피며 말했다.

"묶어 놓으면 징을 치고 지랄염병은 안 헐 거 아닌고?"

"자석이 말짱헐 때는 암시랑 안 허다가도 날씨만 꾸무럭헐라치면 발광이니……."

"그랑께 미쳤재."

"오늘 낮에도 나헌티 찾아와서는 여편네 찾으러 가겄담서 새끼를 좀 맡아 달라고 허등만."

"그럴 때는 제정신이 든겨."

"좌우당간에 낚시터에서 미친놈이 징 치고 훼방친다는 소문이 나면 낚시꾼이 얼씬도 안 헐 거고, 그렇게 됨사 우리는 굶어죽는 거 아닌가."

강촌영감은 칠복일 쫓아내자는 의견을 조금도 꺾지 않았다.

"그눔에 징을 뺏어서 물속에 던져 베리까?"

"그러다 살인나게?"

아무도 칠복이에게서 징을 빼앗지는 못했다. 며칠 전에도 그가 낚시꾼들 사이를 강변 덴 소 날뛰듯 하며 징을 두들기고 소리소리 질러, 방울재 사람들이 몰려가서 징을 빼앗아 감춰 버렸었는데, 그때 칠복이는 눈을 허옇게 까뒤집고 쇠스랑을 휘두르며 징을 내놓지 않으면 찍어 죽이겠다고 어찌나 무섭게 어우르는 바람에 슬그머니 두엄자리 속에 감춰 둔 것을 꺼내 주지 않았던가.

"병신 같은 놈, 제 여편네 단속을 그렇게 잘했더라면 뺏기지 않았을 것잉만!"

봉구는 램프불 주위에 새까맣게 달라붙은 벌레들을 멀뚱히 바라보며 한숨 섞인 목소리로 걱정이 되어 한마디 뱉는다.

"오늘 밤에 당장 쫓아 베려!"

강촌영감이 벌떡 일어나서 큰 소리로 내질렀다.

"쫓아낸다고 갈 놈이우?"

"안 가겠다고 버티면 어쩔 거유."

덕칠이는 친구 된 입장이라, 참으로 난감하여 딱부러지게 매듭을 짓지 못하고 봉구의 눈치만을 살피는 듯싶었는데, 봉구 역시 강촌영감 말대로 당장 쫓아내자는 말을 못 하고 지싯지싯 말꼬리를 흐렸다.

"끌고 가서 차에 태워 보내 베려. 안 가겠다면 꽁꽁 묶어서 버스에 태우면 될 거 아니라고!"

강촌영감의 말에 모두들 아무 대꾸도 하지 못했다.

"조금 있으면 잠자리 찾어올 테니께, 그때 인정사정 볼 것 없이 쫓아베리는 기여!"

이때 칠복이가 아이를 등에 업고 고개를 길쭉하게 빼어 내밀어 봉구네 술청 안으로 들어섰다. 그들 부녀는 비를 맞아 머리칼이 능수버드나무처럼 휘주근하게 젖어 있었다.

"다들 여기 있었구만. 그러고 보니 옛날 봉구네 사랑방 친구들은 다 모였네그려."

칠복이는 아이를 평상에 내려놓고 손으로 머리의 빗방울을 훔쳐 뿌리며 반가운 얼굴로 두렷두렷 주위 사람들을 살폈다. 모두들 아무 말도 없이 칠복이만을 물끄러미 쳐다보았다.

"어이 봉구, 우리 딸내미 식은밥 한 덩이 주소. 뱃속에 왕거지가 들앉았는지 쥐창시만헌 것이 밤낮 처묵어도 배가 고프다고 지랄이니!"

칠복이는 바보처럼 벌룸벌룸 이를 드러내 놓고 웃으며 스스럼없이 봉구에게 한마디 던지고는, 평상 모서리에 철부덕 걸터앉아 소맷자락으로 촉촉하게 젖은 머리털을 닦고 문질렀다.

"칠복이 나 좀 보세!"

강촌영감이 시비투의 가시 걸린 목소리로 칠복이를 불렀다. 칠복이는 버릇대로 벌쭉 웃으며 강촌영감 쪽으로 얼굴을 돌렸고, 봉구와 덕칠이는 강촌영감의 입에서 무슨 말이 나올 것이라는 것을 뻔히 알고 있는 터라, 고개를 돌려 외면하려고 하였다.

"저 불렀어유?"

"자네 말이시, 우리가 이러고라도 묵고 사는 거이 배가 아픈가?"

"영감님……."

봉구가 강촌영감의 옆구리를 찔벅거리며 심한 말을 막으려고 했다.

그 사이 까무잡잡한 얼굴에 광대뼈가 유난히 툭 불거진 봉구 아내가 결코 달갑잖은 얼굴로 칠복이 부녀의 상을 내왔는데, 그래도 밥그릇이 무춤하고 반찬도 자기네 식구들 먹는 그대로였다.

"칠복이 자네는 정신이 멀쩡헐 때는 방울재 사람이 영락없는디, 정신이 나가면 꼭 옛날 우리 마을에 불두더지(불도저) 들이댄 공사판 사람 같당께로."

강촌영감의 말에 칠복이는 왕방울눈을 꿈벅거릴 뿐이었다.

"어차피 고향이 없어졌는디, 고향 사람이라고 있겄는가? 자네 입장은 딱허지만두루 어쩔 수 없어."

강촌영감은 여기까지 말하고 나서 괴로운 얼굴로 고개를 돌려 버린 채 말이 없었다.

"옘병헌다고 낚시질허는 디 가서 징을 치고 지랄여!"

마지못해 봉구는 혼자말처럼 입 안에서만 웅얼웅얼할 뿐이었다.

"당장 오늘 밤에 떠나게!"

"오늘 밤에유?"

칠복이는 뒤룩거리는 눈에서 왈칵 눈물이 쏟아질 것 같은 얼굴로 강촌영감과 친구들의 얼굴을 번갈아 쳐다보았다.

"매정헌 사람이라고 헐지 모르재만, 오늘 밤 우리덜 정을 싹둑 짝두질 허는 수밖에 도리가 없네."

강촌영감도 내심은 칼로 심장을 도려내는 것만큼이나 괴로웠다. 그는 말을 하면서 연신 담배를 삐억삐억 빨아 댔다.

"괜시리 없어진 고향 짝사랑허지 말어. 고향이고 여편네고 잊어뿔 건 냉큼 잊어뿌리야 살기가 쉬워!"

"강촌영감님, 부탁입니다유. 지발 쫓아내지만 마셔유. 다시는 훼방치지 않겠구먼유. 이렇게 빌께유."

칠복이는 우르르 강촌영감에게로 달라붙어 어깻죽지며 팔을 붙들고 애원을 하다가는 그대로 땅에 무릎을 꿇고 비대발괄 빌어 대는 게 아닌가.

이 모습을 본 봉구와 덕칠이, 강촌영감까지도 목울대에 모닥불이 타오르면서 시울이 시큰시큰했다.

"안 가겠다면 덕석몰이를 혀서라도 내쫓을 꺼여!"

강촌영감은 담배 연기를 허공에 토해 내며 결연히 말했다.

"봉구, 덕칠이, 팔만이 나를 내쫓지 말어. 고향에서 내쫓기면 워디로 갈 것인감. 이보게덜 내 사정 좀 봐줘!"

칠복이는 무릎을 꿇은 채 친구들의 아랫도리를 두 팔로 덥석 껴안으며 통사정을 해보았으나 그들 방울재 친구들은 도시 말이 없었다.

칠복이는 소리 내어 울고 싶었으나 이를 응등물고 참아 냈다. 강촌영감의 말마따나 고향이 없어져 버린 판국에 고향 사람인들 남아 있을 리 없지 않겠느냐는 생각이 들었다.

그런데 이상한 일이었다. 칠복이 자신이 참 알 수 없는 일은 때때로 그의 눈에 방울재와 방울재의 옛 사람들이 너무도 선명하게 보이면서, 그가 영락없이 방울재 사람들과 한데 어울려 살고 있는 환각에 정신을 가늠할 수 없게 된 거였다. 방울재를 삼킨 호수의 물도 거대한 댐도 보이지 않고 낯익은 하늘, 반갑게 맞아 주는 마을 사람들만이 눈에 가득 들어오고, 그럴 때는 정월 대보름날 밤 메기굿을 할 때처럼 어깨가 들썩거리면서 경중경중 춤을 추고 싶어져 징을 찾아 들고 나서는 거였다.

그러다가 온몸이 흠뻑 땀에 젖은 채 정신을 차리고 보면, 방울재와 낯익은 사람들은 온데간데없고 호수의 물만이 그를 삼킬 듯 넘실거리고 댐은 더욱 하늘 닿게 높아지는 듯싶었다.

"자네 정신 말짱허니께 허는 소리네만 좋은 얼굴로 헤어지세. 지발 부탁이니 지금 떠나도록 히여."

강촌영감이 볼멘소리로, 그러나 약간은 사정조로 말하고 나서 칠복의 겨드랑이에 손을 넣어 일으키려고 했다.

"낼 아침 떠나라 허고 싶네만, 정은 단칼에 자르는 거이 좋은겨."

칠복이는 아이를 업고 천천히 일어서서 희끄무레한 램프 불빛에 비춰 보이는 침울하게 가라앉은 마을 사람들의 얼굴들을 하나하나 가슴속 깊이깊이 새기며 찬찬히 뜯어보았다. 그의 눈에서는 금방 눈물이 소나기처럼 주르륵 쏟아질 것만 같았다.

"핑 서둘러 나가면 광주 나가는 버스를 탈 꺼여!"

강촌영감이 앞서 술청을 나가며 하는 말이다. 강촌영감을 따라 칠복이가 고개를 떨구고 나갔고, 뒤이어 봉구와 덕칠이, 팔만이가 차례로 몸을 움직였다.

봉구네 주막에서 나온 그들은 칠복이를 앞세우고 미루나무가 두 줄로 가지런히 비를 맞고 늘어서 있는 자갈길 구신작로를 향해 어둠 속을 걸었다. 그들은 아무도 입을 열지 않았다. 칠복이의 등에 업힌 그의 딸아이가 캘록캘록 기침을 하자, 바짝 뒤를 따르던 봉구가 잠바를 벗어 덮어씌워 주었다.

빗방울은 점점 굵어졌고 호수를 훑고 온 물에 젖은 가을 바람에 으스스 몸이 떨렸다.

이따금씩 고속도로에서 자동차들이 헤드라이트로 눅눅한 어둠의 이 구석 저 구석을 쿡쿡 쑤셔 대며 바람처럼 내달았다. 자동차의 불빛이 길게 어둠을 가를 때마다 칠복이를 앞세우고 걷는 방울재 사람들의 가슴이 마치 총을 맞는 것만큼이나 섬찟섬찟했다.

신작로에 당도해서 조금 기다리자 읍으로 들어가는 헌털뱅이 버스가 왔으며, 그들은 서둘러 차를 세우고 칠복이를 밀어넣었다.

"징헌 고향 다시는 오지 말어."

봉구가 천 원짜리 두 장을 칠복이의 호주머니에 푹 쑤셔넣어 주며 울먹울먹한 목소리로 말했다.

칠복이가 무슨 말인가 하는 것 같았으나 부르릉 버스가 굴러가는 바람에 알아들을 수가 없었다.

그들은 버스가 어둠 속에 묻히고 자동차 불빛이 보이지 않게 되어서야 말없이 돌아섰다.

한사코 가기 싫다는 칠복이 부녀를 억지로 버스에 태워 쫓아보낸 그날 밤, 방울재 사람들은 잠을 이룰 수가 없었다. 후두둑후두둑 빗방울이 굵어지고 땅껍질 벗겨 가는 소리가 드세어질 무렵, 봉구는 잠결에 아슴푸레하게 들려 오는 징소리에 피뜩 놀라 일어나 앉았다.

"아니, 이 밤중에 무신 징소리당가?"

그는 마른기침을 토해 내고 삐그덕 방문을 열어, 송곳 하나 박을 틈도 없이 꽉 들어찬 어둠의 여기저기를 쑤석여 보았다. 어둠 속 어디선가 딸을 업은 칠복이가 휘주근하게 비에 젖은 채 바보처럼 벌쭉벌쭉 웃으면서 불쑥 나타날 것만 같았다.

그는 문을 안으로 걸어 잠그고 자리에 들어 아내의 퉁상스러운 허리를 꼭 껴안고 잠을 청하려고 했으나, 땅껍질을 두드리는 빗방울 소리 사이사이로, 징소리가 쉬지 않고 큰 황소 울음처럼 사납고도 구슬프게 들려 왔기 때문에 잠시도 눈을 붙일 수가 없었다. 어쩌면 바람 소리와도 같은 그 징소리는 바로 뒤란의 아카시아 숲께에서 가깝게 들린 것 같다가도 다시 댐 쪽으로 아슴푸레 멀어져 가곤 했다.

"바람 소린지, 징소린지."

봉구는 벌떡 일어나 더듬더듬 담배를 찾아 성냥불을 붙였다. 그는 좀처럼 잠을 이루지 못하고 몇 번인가 누웠다 앉았다 하며 담배만 피웠다. 자꾸만 귓바퀴를 후벼파고 들려 오는 징소리가 오목가슴 깊숙이에 가시처럼 걸린 때문이었다.

이날 밤, 팔만이도, 덕칠이도, 강촌영감도 다 같이 방울재 안통 여기저기서 쉴새없이 들려 오는 징소리 때문에 한숨도 잠을 이루지 못하고 뒤척였다.

징소리는 점점 더 가깝게, 그리고 때로는 상여 소리처럼 슬프게 들렸는데, 그 소리에 잠을 이루지 못한 방울재 사람들은, 그게 어쩌면 그들한테 쫓겨난 칠복이의 우는 소리일지도 모른다는 생각들을 다 같이 했다. 그 생각과 함께 징소리가 더욱 무서워졌으며 아침을 맞기조차 두려웠다.

서편제—남도 사람 1

이청준

여인은 초저녁부터 목이 아픈 줄도 모르고 줄창 소리를 뽑아 대고, 사내는 그 여인의 소리로 하여 끊임없이 어떤 예감 같은 것을 견디고 있는 듯한 표정으로 북장단을 잡고 있었다. 소리를 쉬지 않는 여인이나, 묵묵히 장단 가락만 잡고 있는 사내가 양쪽 다 이마에 힘든 땀방울이 솟고 있었다.

전라도 보성읍 밖의 한 한적한 길목 주막. 왼쪽으로는 멀리 읍내 마을들을 내려다보면서 오른쪽으로는 해묵은 묘지들이 길가까지 바싹바싹 다가앉은 가파른 공동묘지 — 그 공동묘지 사이를 뚫어 나가고 있는 한적한 고갯길목을 인근 사람들은 흔히 소릿재라 말하였다. 그리고 그 소릿재 공동묘지 길의 초입께에 조개 껍질을 엎어 놓은 듯 뿌연 먼지를 뒤집어쓰고 들앉아 있는 한 작은 초가 주막을 사람들은 또 너나없이 소릿재 주막이라 말하였다. 곡성과 상여 소리가 자주 지나는 묘지 길이니 소릿재라 부를 만했고, 소릿재 초입을 지키고 있으니 소릿재 주막이라 이를 만했다. 내력을 모르는 사람들은 아마 그쯤 짐작을 하고 지나칠 수도 있었으리라. 하지만 이 소릿재와 소릿새 주막에는 또 다른 내력이 있었다. 귀가 밝은 읍내 사람들은 대개 다 그것을 알고 있었다. 보성 고을 사람이 아니더라도 어쩌다 이 소릿재 주막에 발길이 닿아 하룻밤쯤 술손 노릇을 하고 나면 그것을 쉬 알 수 있었다.

주막집 여자의 소리 때문이었다.

남자도 없이 혼자 몸으로 주막을 지키고 살아가는 여자의 남도 소리 솜씨가 누가 들어도 예사롭지 않았기 때문이었다.

이날 저녁의 손님 역시 그것을 이미 깨닫고 있는 것 같았다. 아니 그는 애초부터 그저 우연히 발길에 닿아 와서 이 주막을 찾아든 사람이 아니었다. 그는 실상 읍내의 한 여인숙 주인으로부터 소릿재 이야기를 처음 들었을 때부터 이미 분명한 예감을 가지고 있었다. 그리고 뒷얘기를 더 들을 것도 없이 그 길로 곧 자신의 예감을 좇아 나선 것이었다.

주막집에는 과연 심상치 않은 여인의 소리가 있었다. 초저녁께부터 시작해서 밤이 깊도록 지칠 줄을 모르는 소리였다. 소릿재의 내력에는 그 서른이 채 될까말까 한 여인의 도도하고도 구성진 남도 소리가 뒤에 숨어 있었다.

하지만 사내는 여인의 소리를 들으면서도 주막을 찾아올 때의 그 부푼 예감이 아직도 흡족하게 채워지질 못하고 있는 것 같은 표정이었다. 소리를 들으면 들을수록 그것은 오히려 더욱더 견딜 수 없는 어떤 예감 속으로 깊이깊이 사내를 휘몰아 들어가고 있는 것 같았다. 방 안에 술상이 마련되어 있었지만 그는 거의 술 쪽에는 관심도 두지 않고 소리에만 넋이 팔려 있었다. 여인이 '춘향가' 몇 대목을 뽑고 나자 사내는 아예 술상을 한쪽으로 밀어 놓고 제 편에서 먼저 북장단을 자청하고 나섰던 것이다.

"좋으네, 참으로 좋으네…… 자, 이 술로 목이나 좀 축이고 나서……."

여인이 소리를 한 대목씩 끝내고 날 때서야 그는 겨우 생각이 미치는 듯 목축임을 한 잔씩 나누고는 이내 또 여인에게 다음 소리를 재촉해 대곤 하는 것이었다.

한데 여인이 이윽고 다시 '수궁가' 한 대목을 구성지게 뽑아 젖히고 났
을 때였다. 사내는 마침내 참을 수가 없어진 듯 여인에게 다시 목축임잔
을 건네면서 물어 왔다.

"한데…… 한데 말이네. 자넨 대체 언제부터 이런 곳에다 자네 소리를
묻고 살아오던가?"

"……?"

여인은 사내의 그 조심스런 물음의 뜻을 얼른 알아차릴 수가 없었던지
한동안 말이 없이 사내 쪽을 가만히 건너다보고 있었다.

"이 고갯길을 소릿재라 이름하고, 자네 주막을 두고는 소릿재 주막이
라 하던 것을 듣고 왔네. 그래 이 고을 사람들이 그런 이름을 지어 부르
는 건 자네 소리에 내력을 두고 한 말이 아니던가?"

"……"

사내가 한 번 더 물음을 되풀이했으나 여인은 이번에도 역시 대꾸가
없었다. 하지만 이제 여인의 침묵은 사내의 말뜻을 알아들을 수가 없어
서만은 아닌 것 같았다. 여인은 다시 한동안이나 사내 쪽을 이윽고 건너다
보고 있었다. 그리고는 뭔가 사내의 흉중을 헤아려 내고 싶어지기라도 한
듯 천천히 고개를 저어 대고 있었다.

"그렇다면…… 그렇다면 이 소릿재 주막의 사연은 자네가 첫 번 임자
가 아니더란 말인가? 자네 먼저 여기에 소리를 하던 사람이 있었더란 말
인가?"

자기 예감에 몰리듯 사내가 거푸 다급한 목소리로 물어 대고 있었다.

"자네 소리에도 그러니까 앞서 이를 내력이 따로 있었더란 말이 아
닌가?"

여인이 비로소 고개를 바로 끄덕였다. 그리고는 뭔지 괴로운 상념을 짓씹고 있는 듯 얼굴빛이 서서히 흐려지면서 띄엄띄엄 입을 열기 시작했다.

"그렇답니다. 이 고개나 주막 이름은 제 소리 따위에 연유가 있는 것이 아니랍니다. 진짜 소리를 하시던 분이 계셨지요."

"그 사람이 누군가? 자네 먼저 소리를 하던 분이 어떤 사람이었던가 말이네."

"무덤의 주인이었지요."

"무덤이라니?"

"요 언덕 위에 묻혀 있는 소리의 무덤 말씀이오. 소릿재를 알고 소릿재 주막을 알고 계신 양반이 소리 무덤 얘기는 아직 모르고 계시던 모양이구만요. 뒤쪽 언덕 위에 그분의 무덤이 있답니다. 소리만 하다 돌아가셨길래 소리를 함께 묻어 드린 그분의 무덤이 말씀이오. 소릿재나 소릿재 주막은 그분의 무덤을 두고 생긴 말이랍니다……"

다그쳐 대는 사내의 추궁을 피할 수가 없어진 듯 아득한 탄식기 같은 것이 서린 목소리로 털어놓은 여인의 이야기는 대략 이런 것이었다.

육이오 전화로 뒤숭숭해진 마을 인심이 조금씩 가라앉아 가고 있던 1956, 7년 무렵의 어느 해 가을 ─ 여인이 아직 잔심부름꾼 노릇으로 끼니를 벌고 있던 읍내 마을의 한 대갓집 사랑채에 이상한 식객 두 사람이 들게 되었다. 환갑진갑 다 지낸 그 댁 어른이 우연히 마을 나들이를 나갔다 데리고 들어온 소리꾼 부녀였다. 나이 이미 쉰 고개를 넘은 늙은 아비와 열다섯이 채 될까말까 한 어린 딸아이 두 부녀가 똑같이 다 주인어른을 반하게 할 만큼 용한 소리꾼들이었다.

주인어른은 두 부녀를 아예 사랑채 식객으로 들어앉혀 놓고 그 가을 한철 동안 톡톡히 두 사람의 소리를 즐기고 지냈다.

아비나 딸아이나 진배없이 소리들을 잘했지만, 소리를 하는 것은 대개 딸아이 쪽이었고 그녀의 아비 쪽은 북장단을 잡는 쪽이었다. 주인어른은 실상 아비 쪽의 소리를 더 즐기는 눈치였지만, 그 아비는 이미 늙고 병이 들어 기력이 쇠해져 있는데다, 나어린 계집아이의 도도하고도 창연스런 목청에는 주인어른도 못내 경탄해 마지않는 바가 있었기 때문이다. 부녀는 그 가을 한철을 하염없이 소리만 하고 지내고 있었다. 그러다 어느새 겨울이 닥쳐오고, 겨울철 찬바람에 병세가 더치기 시작했던지, 가을철부터 심심찮게 늘어 가던 그 아비 쪽의 기침 소리가 갑자기 참을 수 없는 발작기로 변해 갔다.

그러자 아비는 웬일인지 한사코 그만 어른의 집을 나가겠노라 이상스런 고집을 부리기 시작했고, 고집을 말리다 못한 주인어른이 마침내는 노인의 뜻을 알아차린 듯 찬바람 휘몰아치는 겨울 거리 밖으로 두 부녀를 내보내고 말았다.

이윽고 들려 온 소문이, 그날 한나절 방황 끝에 두 부녀가 찾아든 곳이 그 공동묘지 길 아래 버려진 헛간 같은 빈집이었다는 것이다. 그리고 병이 들어 거동이 어려워진 늙은 아비는 식음을 전폐한 채 밤만 되면 소리를 일삼고 있다는 것이었다. 소문을 전해들은 주인어른이 그때의 그 심부름꾼 계집이던 여인에게 다시 양식거리를 그곳까지 이어 보내곤 했다. 여인이 심부름을 나가 보면 모든 게 소문대로였다. 고개 아랫마을 사람들은 밤만 되면 아비의 소리를 듣는다는 것이었다. 고갯길 주변에 공동묘지가 생긴 이래로 어느 때보다도 깊은 통한과 허망스러움이 깃든 소리라 했다. 소리를 들은 사람들은 아무도 그것을 귀찮아하거나 짜증스러워하는 이가 없었다. 사람들은 오히려 그 부녀를 두고 까닭 없는 한숨 소리들을 삼키며 자신들의 세상살이까지를 덧없어할 뿐이었다.

그럭저럭 그해 겨울도 다해 가던 음력 세모께의 어느 날 밤이었다. 그 날은 마침 가는 해를 파묻어 보내듯 온 고을 가득하게 밤눈이 내리고 있었는데, 그날 밤 새벽녘에 아비는 드디어 이승에서의 마지막 소리를 하고 나서 그 길로 그만 피를 토하며 가쁜 숨을 거둬 가고 말았다는 것이었다.

　다음날 저녁 무렵, 소식을 전해들은 주인어른의 심부름을 받고 여인이 다시 부녀의 오두막으로 갔을 때는, 재아래 마을 사람들이 이미 공동묘지 길목 위의 한구석에 소리꾼 아비의 육신을 파묻고 돌아오던 참이더라는 것이었다.

　한데 또 하나 알 수 없는 것은 그렇게 해서 아비가 죽고 난 뒤의 계집아이의 고집이었다. 소리꾼 아비가 죽고 나자 여인네 집 주인어른은 의지할 데 없는 그 계집아이를 다시 그의 집으로 데려오게 하려고 했다. 하지만 계집아이는 어찌 된 속셈인지 한사코 그 흉흉한 오두막을 떠나지 않으려고 했다. 어른의 말을 따르기는커녕 나중에는 그 죽은 아비의 소리까지 그녀가 다시 대신하기 시작했다. 보다못한 주인어른이 이번에는 또 무슨 생각이 들었던지 어린 계집아이 혼자 지키고 앉아 있는 오두막으로 당신네 잔심부름꾼 계집아이를 함께 가 지내게 했고, 게다가 또 술청지기 사내까지 한 사람을 덧붙여서 자그마한 술 주막을 내게 해 주더라 했다.

　"무슨 소리를 들을 귀가 있을 턱은 없었지만, 저 역시도 그 여자나 여자의 소리에는 신기하게 마음이 끌리는 대목이 있었던 터라서, 어른의 말씀엔 두말없이 주막으로 자리를 옮겨 앉은 것이 그 여자한테 소리를 익히게 된 인연이었지요. 그 여자도 이번에는 더 이상 고집을 부릴 수가 없었던지 그로부터 몇 년간은 주막을 찾아든 사람들 앞에서 정성을 다해 소리를 했고, 손님이 없는 날 같은 때는 저한테까지 그 소리를 배워 주느라 밤이 깊은 줄을 모를 때가 많았어요. 그런 세월을 꼬박 삼 년이나 지냈다오."

여인은 이제 아득한 회상에서 정신이 깨어나고 있는 듯 서서히 자신의 이야기를 정리해 나가기 시작했다.

여인은 아비의 기일이 찾아오면 음식을 장만하기보다 정갈한 술 한 되를 따로 마련하고, 고인의 영좌 앞에 밤새도록 소리를 하는 것으로 제례를 대신했는데, 어느 해 겨울인가는 제주조차 따로 마련함이 없이 밤새도록 소리만 하고 있다가 다음날 아침 날이 밝고 보니 그날 새벽으로 여자는 혼자 집을 나간 채 그것으로 그만 다시는 영영 종적을 들을 수가 없게 되고 말았다는 것이었다. 아비의 삼년상이 끝나던 날 새벽의 일이었다 했다.

한데 희한스런 일은 그 아비의 주검이 묻히고 나서도 계속 주막에서 들려 나오고 있는 그 여인의 소리에 대한 아랫마을 사람들의 말투였다. 아비가 죽고 나선 그의 딸이 소리를 대신했고, 그 딸이 자취를 감추고 나선 여인이 다시 그것을 이어 가고 있었으나, 아랫마을 사람들은 언제나 그 소리를 옛날에 죽은 그 늙은 사내의 그것으로만 말하고 있었다는 것이었다. 묘지에 묻힌 소리의 넋이 그의 딸과 여인에게 그것을 이어 가게 하고 있다는 것이었다. 그의 딸이 하거나 여인이 대신하거나 사람들은 언제나 그것을 죽은 사내의 소리로만 들으려 했고, 그렇게 말하기를 좋아해 왔다는 것이었다.

"그래 사람들은 그 어른의 무덤을 소리무덤이라고들 한답니다. 소릿재니 소릿재 주막이니 하는 소리도 거기서 나온 말이고요. 전 말하자면 그 소리무덤의 묘지기나 다름이 없는 인간이지요. 하지만 전 그걸 원망하거나 이곳을 떠나고 싶은 생각은 없답니다. 이래봬도 지금은 제가 그 노인네의 소리를 받고 있는 턱이니께요. 언젠가는 한번쯤 당신의 핏줄이 이곳을 다시 스쳐갈 날을 기다리면서 이렇게 당신의 소리 덕으로 끼니를 빌어 먹고 살아가는 것도 저한테는 이만저만한 은혜가 아니거든요.”

여인은 한숨 섞인 목소리로 이야기를 끝맺고 나서 다시 소리를 시작했다.

이번에는 ‘흥보가’ 가운데서 흥보가 매 품팔이를 떠나면서 늘어놓는 신세타령의 한 대목이 시작되고 있었다.

여인이 성큼 소리를 시작하자 사내도 이내 다시 북통을 끌어안으며 뒤늦은 장단을 따라가기 시작했다. 이번에는 그 장단을 잡아 나가는 사내의 솜씨가 아깟번처럼은 금세 소리의 흥을 타지 못하고 있었다. 사내는 아직도 뭔가 자꾸 이야기의 뒤끝이 미진한 얼굴이었다. 여인의 소리보다도 아직은 좀더 이야기를 캐고 싶은 표정이 역연했다. 하지만 사내의 기색 따윈 아랑곳도 하지 않은 채 여인의 소리가 점점 열기를 더해 가기 시작하자, 사내 쪽도 마침내는 북채를 꼬나쥔 손바닥 안에 서서히 다시 땀이 배기 시작했다. 그리고 마치 가슴이 끓어오르는 어떤 뜨거운 회상의 골짜기를 헤매어들기 시작한 듯 두 눈길엔 이상스런 열기 같은 것이 담기기 시작했다.

사내는 그때 과연 몸을 불태울 듯이 뜨거운 어떤 태양의 불볕을 견디고 있었다.

소리를 들을 때마다 그의 머리 위에서 이글이글 불타오르는 뜨거운 여름 햇덩이가 하나 있었다. 어렸을 적부터의 한 숙명의 태양이었다.

파도비늘 반짝이는 바다가 내려다보이는 해변가 언덕 밭의 한 모퉁이 —그 언덕 밭 한 모퉁이에는 누군가 주인을 알 수 없는 해묵은 무덤이 하나 누워 있었고 소년은 언제나 그 무덤가 잔디밭에 허리 고삐가 매어져 지내고 있었다. 동백나무 숲가로 뻗어 나온 그 길다란 언덕 밭은 소년의 죽은 아비가 그의 젊은 아낙에게 남기고 간 거의 유일한 유산이었다. 소년의 어미는 해마다 그 밭뙈기 농사를 거두는 일 한 가지로 여름 한철을 고스란히 넘겨 보내곤 했다.

소년은 날마다 그 무덤가 잔디에서 고삐가 매인 짐승 꼴로 긴긴 여름날을 기다려야 했다. 그리고 그 언덕바지 무덤가에서 소년은 더러 물비늘 반짝이며 섬 기슭을 돌아 나가는 돛단배를 내려다보기도 했고, 더러는 또 얼굴을 쪄오는 듯한 여름 태양 볕 아래 배고픈 낮잠을 자기도 했다. 그러면서 이제나저제나 밭고랑 사이로 들어간 어미가 일을 끝내고 나오기를 기다렸다. 하지만 여름마다 콩이 아니면 콩과 수수를 함께 섞어 심은 밭고랑 사이를 타고 들어간 어미는 소년의 그런 기다림 따위는 아랑곳을 하지 않았다. 물결 위를 떠도는 부표처럼 가물가물 콩밭 사이를 오락가락하면서 하루 종일 그 노랫소리도 같고 울음소리도 같은 이상스런 콧소리 같은 것을 웅웅거리고 있었다. 어미의 웅웅거리는 노랫가락 소리만이 진종일 소년의 곁을 서서히 멀어져 갔다간 다시 가까워져 오고, 가까워졌다간 어느 틈엔가 다시 까마득하게 멀어져 가곤 할 뿐이었다.

그러던 어느 날.

하루는 그 바다가 내려다보이는 뙈기밭 가로 해서 뒷산을 넘어가는 고갯길 근처에서 이상스런 노랫가락 소리가 들려오기 시작했다. 밭두렁 길을 지나 뒷산으로 들어가는 푸나무꾼 같은 사람들에게서 자주 듣던 소리였다. 하지만 그날의 노랫가락은 동네 나무꾼들의 그것이 아니었다. 산으로 들어간 나무꾼도 없었고 소리를 하는 사람의 모습을 볼 수도 없었다. 산을 휩싸고 있는 녹음 속 어디선가 하루 종일 노랫소리만 들려 왔다. 나중에 알게 된 일이었지만 그것은 이날 처음으로 그 산고개를 넘어 마을로 들어오던 어떤 낯선 노래꾼의 소리였다. 어쨌거나 그날 그 모습을 볼 수 없는 노랫소리는 진종일 해가 지나도록 숲 속을 흘러 나왔고, 그러자 한 가지 이상스런 일이 일어났다. 밭고랑만 들어서면 우우우 노랫소리도 같고 울음소리도 같던 어미의 그 이상스런 웅얼거림이 이날따라 그 산소리에 화답이라도 보내듯 더욱더 분명하고 극성스럽게 떠돌아 번지기 시작한 것이다. 그러면서 어미는 뜨거운 햇볕 아래 하루 종일 가물가물 밭이랑 사이를 가고 또 오갔다. 그리고 마침내 산봉우리 너머로 뉘엿뉘엿 햇덩이가 떨어지고, 거뭇한 저녁 어스름이 서서히 산기슭을 덮어 내려오기 시작하자, 진종일 녹음 속에만 숨어 있던 노랫소리가 비로소 뱀처럼 은밀스럽게 산 어스름을 타고 내려와선, 그 뱀이 먹이를 덮치듯이 아직도 가물가물 밭고랑 사이를 떠돌던 소년의 어미를 후닥닥 덮쳐 버린 것이었다.

그런 일이 있고 난 다음부터 그날의 소리는 아주 소년의 마을로 들어와 집 문간방에 둥지를 틀고 살게 되었으며, 동네 안에 둥지를 틀고 들어앉게 된 소리의 남자는 날만 밝으면 언제나 그 언덕밭 뒷산의 녹음 속으로 숨어 들어가 진종일 지겹도록 산울림만 지어 내리고 있었다. 사람의 모습은 보이지 않고 녹음이 소리를 숨기고 사는 양한 소리였다. 밭고랑 사이를 오가는 여인의 그 괴상스런 노랫가락 소리도 날이 갈수록 극성스러워지고 있었다. 소년은 여전히 그 무덤가 잔디에서 진종일 계속되는 노랫가락 소리를 들어야 했고, 소리를 들으면서 허기에 지친 잠을 자거나 소리를 들으면서 그 잠을 다시 깨어야 했다. 잠을 자거나 잠을 깨거나 소년의 귓가에선 노랫소리가 떠돌고 있었고 소년의 머리 위에는 언제나 그 이글이글 불타 오르는 뜨거운 햇덩이가 걸려 있었다.

소리는 얼굴이 없었으되, 소년의 기억 속엔 그 머리 위에 이글거리던 햇덩이보다도 분명한 소리의 얼굴이 있을 수 없었다. 그리고 그 언제나 뜨겁게만 불타고 있던 햇덩이야말로 그날의 소년이 숙명처럼 아직 그것을 찾아 헤매 다니고 있는 그 자신의 운명의 얼굴이었다.

그러니까 소년이 그 소리의 진짜 모습을 자신의 눈으로 똑똑히 보게 된 것은 그의 어미가 어느 날 밤 뜻하지 않은 소동 끝에 홀연 저승길로 떠나가 버리던 다음날 아침의 일이었다. 소리가 마을로 들어서던 그 한여름이 지나가고 해가 훌쩍 뒤바뀌고 난 이듬해 이른 여름의 어느 날 밤, 소년의 어미는 땅덩이가 꺼져 내려앉는 듯한 길고도 무서운 복통 끝에 흡사 핏속에서 쏟아 내듯 작은 계집아이 형상을 하나 낳아 놓고는 그날 새벽으로 영영 그만 눈을 감아 버린 것이었다. 그리고 그런 일이 있은 다음날 아침에야 비로소 소리의 사내가 그 후줄근한 모습을 드러내며 소년의 집 사립문을 들어서던 것이었다.

하지만 소년은 아직도 그때의 그 사내의 얼굴이 소리의 진짜 얼굴이라고는 생각을 하지 않았다. 소년에겐 여전히 그 뜨거운 햇덩이가 소리의 진짜 얼굴로 남아 있었다. 나이가 들어 가도 마찬가지였다. 사정이 달라져 버린 소리의 사내가 핏덩이 같은 갓난애와 소년을 데리고 이 고을 저 고을로 소리를 하며 밥구걸을 다니고 있었을 때도, 소리의 진짜 얼굴은 언제나 그 뜨겁게 이글거리는 햇덩이 쪽이었다.

괴롭고 고통스런 얼굴이었다. 하지만 어떻게 된 심판인지 사내는 그 고통스런 소리의 얼굴을 버리고는 살 수가 없었다. 머리 위에 햇덩이가 뜨겁게 불타고 있지 않으면 그의 육신과 영혼이 속절없이 맥을 놓고 늘어졌다. 그는 그의 햇덩이를 만나기 위해 끊임없이 소리를 찾아다니지 않으면 안 되었다. 그런 식으로 이날 이때까지 반생을 지녀 온 숙명의 태양이요 소리의 얼굴이었다.

사내는 여인의 소리에서 또다시 그 자기의 햇덩이를 만나고 있었다. 그리고 언제나처럼 무서운 인내 속에서 그 뜨겁고 고통스런 숙명의 태양볕을 끈질기게 견뎌 내고 있었다.

그러자 이윽고 여인의 소리가 끝이 났다. '흥부가' 한 대목이 다한 것이었다.

하지만 사내는 여인이 소리를 끝내고 나서도 아직까지 그 끓는 태양볕을 머리 위에 견디고 있는 듯 한참이나 더 얼굴을 고통스럽게 찡그리고 있었다. 이마와 콧잔등에는 실제로 태양볕의 열기를 견디고 있던 사람처럼 굵은 땀방울이 맺혀 있었다.

"그래 그 여잔 한번 여길 떠나고 나선 그걸로 그만 소식이 아주 끊기고 말았더란 말인가?"

이윽고 깊은 상념에서 깨어난 사내가 곁에 놓인 술잔으로 천천히 목을 한 차례 축이고 나선 조심스럽게 여인을 다시 채근대기 시작했다. 아깟번 이야기에서 미진했던 것이 다시 머리에 떠오르고 있는 모양이었다.

"소식이 아주 끊겼다면 자넨 그래 짐작조차 가는 곳이 없었던가? 그때 그 여자가 여길 떠나면 어느 쪽으로 갔음직하다고 짐작조차 떠오르는 데가 없었던가 말이네."

그러나 여인은 이제 그만 사내의 추궁에는 흥미가 없어진 모양이었다. 아니 어쩌면 그녀는 이미 사내의 흉중을 환히 꿰뚫고 나서 일부러 섣부른 말대답을 삼가고 있는지도 또한 알 수 없는 일이었다. 꼬리를 물고 있는 사내의 추궁에도 그녀는 이제 좀처럼 시원한 대답을 보내오지 않고 있었다.

"아까도 말씀드렸소만, 어디 그런 짐작이 닿을 만한 곳이나 있었겠어요"

몰라서도 그럴 수는 있었겠지만, 말을 자꾸 피하고 싶은 기색이 역력했다.

"가는 곳을 짐작할 수 없었다면, 그 사람들 부녀가 어디서부터 이 고을로 흘러들었는지, 전부터 지내 오던 곳을 얘기 들은 일은 있었을 게 아닌가?"

"소리를 하고 다니는 사람들이 한 곳에 정해 놓고 몸을 담는 일이 있었겠소. 그저 남도 일대를 쉴새없이 두루 떠돌아 다녔다더구만요."

"소리를 하던 부녀간 외에 따로 가까운 친척 같은 것도 없고? 그 여자한테 무슨 동기간 비슷한 것이라도 말이네……."

"그야 태생지가 어딘 줄도 모르는 사람들인데, 집안 내력인들 곧이곧대로 속을 털어 보이려 했겠소……."

한데 그때였다. 여인의 말 가운데 부지중 뜻밖의 사실이 한 가지 흘러나왔다.

"행여 또 그런 핏줄 같은 것이 한 사람쯤 있었다 해도 앞을 못 보는 그 여자 처지에 떳떳이 얼굴을 내밀고 찾아 나설 형편도 못 되었고요."

여인의 눈이 장님이었다는 것이었다.

"아니, 그 여자가 그럼 앞을 못 보는 장님이었단 말인가? 그리 된 내력이 도대체 어떤 것이었다던가? 그 여자 아마 태생부터가 장님으로 난 여잔 아니었을 거 아닌가 말이네."

사내의 표정이 갑자기 사납게 흔들리고 있었다. 여인은 무의식중에 깜박 그런 말을 하고 나서도, 사내의 반응에는 도대체 영문을 알 수 없다는 듯 천연스럽게 말꼬리를 다시 눙치려 하고 있었다.

"그 여자가 장님이었다는 걸 말씀드리지 않았던가요. 하기야 그 여잔 눈이 먼 사람답지 않게 거동이 워낙 가지런해서 함께 지내고 있을 때부터 앞을 못 보는 사람이라는 생각을 잊고 있을 때가 많았으니께요. 하지만 손님 말씀대로 그 여자도 태생부터가 장님은 아니었던가 봅디다."

"그래, 어떻게 되어서 눈을 잃게 되었다던가? 사연을 들은 것이 있었으면 들은 대로 얘기를 좀 털어놔 보게."

사내의 목소리는 억제할 수 없는 예감에 떨고 있었다. 그러자 여인은 처음 얼마간 겁을 먹은 듯한 표정으로 말끝을 자꾸 흐리려 하고 있었으나 이제는 사내의 기세가 그것을 용납하지 않았다.

"상세한 내력까지는 저도 잘 모르지만요……."

딸아이에게 눈을 잃게 한 것은 다름 아닌 그녀의 아비 바로 그 사람이었을 거라 말한 것이 여자가 사내에게 털어놓은 놀라운 비밀의 핵심이었다.

소리꾼의 계집 딸이 나이 아직 열 살도 채 못 되었을 때—어느 날 밤 그녀는 갑자기 견딜 수 없는 통증으로 그의 아비 곁에서 잠을 깨어 일어나게 되었고, 잠을 깨고 일어나 보니 그녀의 얼굴은 웬일로 숯불이라도 들어부은 듯 두 눈알이 모진 아픔으로 활활 타들어 오는 것 같았고, 그것으로 그녀는 영영 앞을 못 보는 장님 신세가 되어 버리고 만 것이라 했다. 여자의 아비가 잠든 계집자식 눈 속에다 청강수를 몰래 찍어 넣은 것이라 했다. 그런 얘기는 여인이 일찍이 읍내 대갓 댁 심부름꾼 시절서부터 이미 어른들에게서 들어 알고 있던 사실이었는데, 그렇게 하면 눈으로 뻗칠 사람의 영기가 귀와 목청 쪽으로 옮겨 가서 눈빛 대신 사람의 목청 소리를 비상하게 한다는 것이었다. 어렸을 적의 여인은 결코 그런 끔찍스런 얘기들을 믿으려 하지 않았었다. 하지만 어느 날 밤 사실이 못내 궁금해진 여인이 그 눈이 먼 여자 앞에 이야기를 모두 털어놓고 물었을 때 가엾은 그 계집 장님은 길고 긴 한숨으로 대답을 대신하여 믿을 수 없는 이야기를 믿어도 좋은 듯이 응대를 하고 말더라는 것이었다.

"한데 손님은 어째서 자꾸 그런 쓸데없는 얘기에까지 흥미가 그리 많으시오? 가만히 보니 아까부터 손님은 제 소리보다도 외려 그 여자 이야기 쪽에 정신이 더 팔리고 계신 듯해 보이시던데 손님한테도 무슨 그럴 만한 사연이 계신 게 아니시오?"

이야기를 대충 끝내고 난 여인이 짐짓 심을 부려 보고 싶은 어조로 묻고 있었다.

그러자 사내는 이제 그의 오랜 예감이 비로소 어떤 분명한 사실에 다다르고 있는 듯 얼굴빛이나 몸짓들이 부쩍 더 사나워지고 있었다. 사나워진 그의 얼굴 한구석엔 내력을 알 수 없는 어떤 기분 나쁜 살기의 빛깔마저 떠오르기 시작했다. 여인의 심통스런 추궁에도 그는 거의 발작이라도 일으킬 듯이 고갯짓을 거칠게 가로저어 대고 있었다.

하지만 여인은 미처 그런 눈치까지는 알아차리질 못하고 있었던 모양이었다.

"그렇담 손님은 제 얘길 너무 곧이곧대로 믿고 계신가 보구만요. 전 아직도 그걸 통 믿을 수가 없는데 말씀이오. 눈을 그렇게 상해 놓으면 목소리가 대신 좋아진다는 게, 아닌게아니라 그럴 수도 있는 일이겠소?"

무심결에 묻고 나서야 그녀는 그만 제풀에 문득 입을 다물어 버렸다. 이번에도 계속 고개만 가로저어 대고 있는 손님의 눈빛에서 그녀도 비로소 그 내력을 알 수 없는 살기 같은 것을 보았기 때문이었다.

하지만 여인은 아직도 무엇 때문에 갑자기 사내가 그런 눈이 되고 있으며, 무엇이 아니라고 그토록 고갯짓을 되풀이하고 있는지 까닭을 알 수가 없었다. 눈을 멀게 해도 소리가 고와질 수는 없다는 것인지, 아니면 좋은 목청을 길러 주기 위해 그 아비가 딸년의 눈을 멀게 했다는 소리꾼 부녀의 이야기 전부를 부인하고 싶은 것인지, 그녀로서는 도대체 손님의 고갯짓을 옳게 새겨 읽어 낼 재간이 없었다. 더더구나 그 여인으로서는 딸년의 소리를 위해서가 아니라 보다 더 분명하고 비정스런 소리꾼 아비의 동기를 점치고 있는 사내의 깊은 속마음은 상상조차도 못 했을 일이었다.

"어이 가리 어이 가리, 황성 먼길 어이 가리
오늘은 가다 어디서 자고, 내일은 가다 어디서 잘거나······."

한동안 무거운 침묵의 시간이 흐른 다음이었다.
여인이 이윽고 사내를 유인하듯 천천히 다시 노래를 시작했다. 공연히 거북해진 방 안 분위기를 소리로나 눅여 보고 싶은 여인의 심사인 듯했다.
'심청가' 중에 심봉사가 황성 길을 찾아가는 정경으로, 여인의 목소리는 어느 때보다도 유장하고 창연스런 진양조 가락을 뽑아 넘기고 있었다. 지그시 눈을 내리감은 사내의 장단 가락이 졸리운 듯 이따금씩 여인을 급하게 뒤쫓곤 했다.
사내는 이미 여인의 소리를 듣고 있지 않았다.
그는 또다시 그 어릴 적의 이글거리는 태양 볕을 머리 위에 뜨겁게 느끼고 있었다. 그리고 그 아비 아닌 아비가 되어 버린 옛날 사내의 소리를 듣고 있었다.
어미를 잃고 난 소년이 사내의 그 소리 구걸 길을 따라 나선 지도 어언 십여 년을 흐르고 있었다.
사내는 채 철도 들지 않은 계집아이와 소년을 앞세우고 고을고을 소리를 팔며 떠돌아 다니고 있었다.

그러면서 사내는 항상 그의 그 어린것에게도 소리를 시키는 게 소원이었다.

하지만 어린 녀석은 그저 마지못해 소리를 흉내 내는 시늉을 해보일 뿐, 정작으로 그것을 익히고 싶은 생각이 조금도 없었다.

사내는 마침내 녀석을 단념하고 이번에는 그보다도 더 나이가 어린 계집아이 쪽에 소리를 배워 주기 시작했다. 계집아이에겐 소리를 시키고 사내 녀석에겐 북장단을 치게 했다. 재간이 좀 뻗친 탓이었을까? 계집아이 쪽은 신통하게도 소리를 잘 흉내 내었고, 목청도 제법 들을 만했다. 사람들이 모인 데서 아비 대신 오누이가 소리를 놀아 보여서 치하를 듣는 일까지 생기기 시작했다.

사내는 끝내 나어린 오뉘 소리꾼을 만들기가 소원인 것 같았다. 하지만 그 어린 사내 녀석은 끝내 아비의 뜻을 따를 수가 없었다. 그는 오히려 사내와는 정반대의 생각을 품고 있었다. 언제부턴가 그는 자기의 손으로 그 나이 먹은 사내와 사내의 소리를 죽이고 말 은밀한 계획을 꾸미고 있었다. 어미를 죽인 것이 바로 사내의 소리였다. 언젠가는 또 사내가 자기를 죽이게 될지도 모른다는 두려움이 항상 녀석을 떨리게 했다. 소리를 하고 있을 때밖엔 좀처럼 입을 여는 일이 드문 버릇이나 사내의 그 말없는 눈길이 더욱더 녀석을 두렵게 했다. 어미의 원한을 풀어 주고 싶었다. 사내가 자기를 해치려 들기 전에 이쪽에서 먼저 사내를 없애 버려야만 했다. 사내를 두려워하면서도 그의 곁을 떠나지 못하고 있는 것은 마음속에 그런 음모가 꾸며지고 있었기 때문이었다. 사내가 두렵기 때문에 그가 시키는 대로 북채잡이 노릇까지는 터놓고 거역을 할 수가 없었다. 순종을 하는 체해 보이면서 때가 오기를 기다리고 있었다.

사내가 소리를 하고 있을 때, 그 하염없고 유장한 노랫가락 소리를 듣고 있노라면 녀석은 번번이 그 잊고 있던 살기가 불현듯 되살아 나오곤 했다. 그는 무엇보다도 그 사내의 소리를 견딜 수가 없었다. 그리고 그 소리를 타고 이글이글 떠오르는 뜨거운 햇덩이를 참을 수가 없었다.

그는 사내의 소리를 들을 때마다 문득문득 기회가 가까이 다가오고 있음을 느꼈다. 거기다가 사내는 또 듣는 사람도 없이 혼자서 자기 소리에 취해 들기 시작할 때가 종종 있었다. 산길을 지나다가 인적이 끊긴 고갯마루턱 같은 데에 이르면 통곡이라도 하듯 사지를 풀고 앉아 정신없이 자기 소리에 취해 들곤 하였다. 사내가 목청을 돋워 올리기 시작하면 무연한 산봉우리가 메아리를 울려오고, 골짜기의 산새들도 울음 소리를 잠시 그치는 듯했다. 녀석이 어느 때보다도 뜨겁게 불타고 있는 그의 햇덩이를 보는 것은 그런 때의 일이었다. 그런 때는 유독히도 더 사내에 대한 견딜 수 없는 살의가 치솟곤 했다.

사내의 소리는 또 한 가지 이상스런 마력을 가지고 있었다. 녀석에게 살의를 잔뜩 동해 올려놓고는 그에게서 다시 계략을 좇을 육신의 힘을 몽땅 다 뽑아가 버리는 것이었다. 녀석이 정작 그의 부푼 살의를 좇아 나서 볼 엄두라도 낼라치면, 사내의 소리는 마치 무슨 마비의 독물처럼 육신의 힘과 부풀어 오른 살의의 촉수를 이상스럽도록 무력하게 만들어 버리곤 하였다. 그것은 심신이 온통 나른하게 풀어져 버리는 일종의 몸살기와도 비슷한 증세였다.

한데 더욱더 알 수 없는 것은 그때마다 녀석을 대하는 사내의 태도였다. 확실한 것은 아니었지만 녀석은 그때 사내 쪽에서도 어느 만큼은 벌써 그의 마음속 비밀을 눈치채고 있으리라는 생각이 문득문득 머리로 들어오곤 하였다. 그것이 녀석으로 하여금 그를 더욱 두려워하게 한 이유의 하나가 되고 있었다. 사내를 해치려 하고 있는 터에, 그리고 그것을 그토록 오랫동안 망설이고 주저해 온 터에 사내라고 그에게서 전혀 수상한 낌새를 눈치 채지 못하고 있었을 리가 없었다. 한데도 사내는 전혀 수상한 낌새를 나타내지 않고 있었다. 그는 그저 아무것도 모른 체 무심스레 소리에만 열중하고 있기가 예사였다. 아니 어쩌면 그는 이미 모든 것을 다 꿰뚫어 알고 있으면서도(그가 소리를 할 때마다 녀석에게 이상한 살기가 부풀고 있다는 사실까지도!) 오히려 녀석을 기다리며 유인이라도 해대고 있는 듯이 끝없이 깊은 절망과 체념기가 깃든 모양새로 더욱더 극성스레 목청을 돋워 대고 있는 것이었다.

그러던 어느 가을날 오후였다.

녀석은 마침내 모든 것을 알게 되었다.

소리꾼 일행은 그날도 어느 낯선 고을의 산길을 지나가고 있었는데, 그날따라 사내는 또 길을 걸으면서까지 그 극성스런 소리를 쉬지 못하고 있었다. 쉬엄쉬엄 소리를 뿌리며 산길을 지나가던 일행이 이윽고 한 산마루의 고갯 길을 올라서자, 사내는 이제 거기다 아주 자리를 잡고 주저앉아서 새판잡이로 다시 목청을 놓기 시작하는 것이었다. 가을산은 붉게 불타고 골짜기는 뽀얗게 멀어져 있었다. 사내는 그 산과 골짜기에서도 깊은 한이 솟아오르는 듯 오래오래 소리를 계속하고 있었다. 그러나 그는 마침내 자기 소리에 힘이 지쳐난 듯 길가 가랑잎 위로 슬그머니 몸을 눕히더니 그 길로 그만 잠이 드는 듯 기척이 이내 조용해져 버렸다.

그런데 녀석은 또 그날따라 사내의 길고 오랜 소리로 하여 사지가 더욱 나른하게 힘이 빠져 있었다. 사내의 노랫가락이 너무도 망연하고 절망스러웠다. 몸이 잦아들 듯한 한숨으로 제풀에 공연히 몸이 떨려 올 지경이었다.

녀석은 이제 더 이상 견디고 있을 수가 없었다. 까닭 없이 가슴에 복받쳐 오르고 있는 그 기이한 서러움이 녀석에게 오히려 이상스런 힘을 주고 있었다.

그는 이윽고 슬그머니 자리를 털고 일어나 잠잠해진 사내의 주위를 조심조심 몇 차례나 맴돌았다.

하지만 사내는 그때 실상 잠이 들어 있었던 것이 아니었는지도 모른다. 녀석이 마침내 계집아이조차 모르게 커다란 돌멩이 하나를 가슴에 안고 가만가만 사내의 뒤쪽으로 다가서 갔을 때였다. 그리고는 제 겁에 제가 질려 어찌할 줄을 모르고 한참 동안이나 그냥 몸을 떨고 서 있을 때였다. 녀석은 그때 차라리 사내가 잠을 깨고 일어나서 그의 거동을 들켜 버리게라도 되었으면 싶던 참이었는데, 사내가 정말로 천천히 머리를 비틀어 뒤에 선 녀석을 돌아다보았던 것이다.

"왜 그러고 있는 거냐?"

그리고는 그는 무엇인가 기다리다 못한 사람처럼 조금은 짜증이 섞인 듯한 목소리로 녀석을 슬쩍 나무라는 것이었다. 한데도 그는 더 이상 녀석을 나무라지도 않았고 돌멩이의 사연을 물어 오지도 않았다. 그는 다만 그 조용한 한마디뿐 녀석의 심중을 유인하듯 다시 또 고개를 돌려 잠이 든 시늉이 되고 마는 것이었다.

정말로 알 수 없는 일이었다.

작자는 처음부터 녀석의 마음속을 알고 있었음에 틀림이 없어 보였다. 한데도 그는 무슨 생각으로 그토록 아무것도 모르는 체해 줄 수가 있었는지, 그 점은 이날 이때까지도 해답을 풀어 낼 수 없는 기이한 수수께끼였다.

하니까 녀석이 사내의 곁을 떠난 것은 그런 일이 생겼던 바로 그날의 오후의 일이었다. 사내는 끝내 녀석을 모른 체하고 있었고, 녀석은 더 이상 자신을 견디고 서 있을 수가 없었다. 그는 마침내 끌어안은 돌멩이를 버리고 나서 용변이라도 보러 가듯 스적스적 산길가 숲 속으로 들어가선 그 길로 영영 두 사람 앞에 모습을 감춰 버리고 만 것이었다. 숲 속을 멀리 빠져 나와 두 사람의 모습을 찾아볼 수가 없을 만큼 되었을 때, 그를 부르며 찾아 헤매는 듯한 사내의 소리가 골짜기를 아득히 메아리쳐 오고 있었지만, 녀석은 점점 소리가 멀어지는 반대쪽으로만 발길을 재촉해 버리고 만 것이었다.

그러나 녀석에겐 아직도 그 골짜기를 길게 메아리쳐 오던 사내의 마지막 소리를 피해 갈 곳은 아무 데도 없었다. 그날 이후로 그는 어느 때 어느 곳에서나 소리를 만나기만 하면 그때의 그 사내의 소리를 다시 듣곤 했다.

이날도 물론 마찬가지였다.

이날 밤도 그는 어느새 안타깝게 그를 찾아 헤매는 사내의 소리를 듣고 있었다. 그리고 그는 버릇처럼 어디론가 그것에서 멀어지려고 숨이 차도록 다급한 발길을 끝없이 재촉해 가고 있었다.

"이제 그만 하고 목을 좀 쉬게."

사내가 마침내 제풀에 힘이 파한 얼굴로 여인을 제지하고 나선 것은 그러니까 전혀 그녀를 위해서가 아니었던 셈이다.

사내는 이제 얼굴빛이 참혹할 만큼 힘이 빠져 있었다.

"그래 여자는 그럼 자기의 눈을 멀게 한 비정스런 아비를 어떻게 말하던가?"

몇 잔째 거푸 술잔을 비우고 난 사내가 이윽고 다시 조용한 목소리로 여인에게 물어 왔다.

"그 여잔 그런 말을 한 적이 없었답니다."

사내 앞에선 이제 더 이상 숨길 일이 없다는 듯 여인의 말투가 한결 고분고분해지고 있었다.

"여자가 말한 일이 없더라도 평소에 아비를 대하는 거동 같은 것을 보아 그 여자가 제 아비를 용서하고 있는지 못 하고 있는지는 맘속으로 짐작해 볼 수가 있었을 것 아닌가 말이네."

빈틈 없이 파고드는 사내의 추궁에 여인은 거의 억지 짐작을 꾸며 대고 있는 식이었다.

"행동거지로만 본다면야 말도 없고 원망도 없었으니 용서를 한 것같아 보였지요. 더구나 소리를 좀 안다 하는 사람들까지도 그걸 외려 당연하고 장한 일처럼 여기고들 있었으니께요."

"그 목청을 다스리기 위해 눈을 멀게 했을 거라는 얘기 말인가?"

"목청도 목청이지만, 좋은 소리를 가꾸자면 소리를 지니는 사람 가슴에다 말못할 한을 심어 줘야 한다던가요?"

"그래서 그 한을 심어 주려고 아비가 자식 눈을 빼앗았단 말인가?"

"사람들 얘기들이 그랬었다오."

"아니지…… 아닐 걸세."

사내가 다시 고개를 천천히 가로젓고 있었다.

"사람의 한이라는 것이 그렇게 심어 주려 해서 심어 줄 수 있는 것은 아닌 걸세. 사람의 한이라는 건 그런 식으로 누구한테 받아 지닐 수 있는 것이 아니라, 인생살이 한평생을 살아가면서 긴긴 세월 동안 먼지처럼 쌓여 생기는 것이라네. 어떤 사람들한텐 외려 사는 것이 바로 한을 쌓는 일이고 한을 쌓는 것이 바로 사는 것이 되듯이 말이네…… 그보다도 고인한테 좀 미안한 말이지만, 노인은 아마 그 여자의 소리보다 자식 년이 당신 곁을 떠나지 못하게 해두고 싶은 생각이 앞섰을는지도 모르는 일일 거네."

여인은 드디어 입을 다물어 버리고 말았다. 사내는 이제 그 여인이 알아듣거나 말거나 아직도 한참이나 깊은 상념 속을 헤매듯이 아득하고 몽롱한 목소리로 혼자말 처럼 중얼거리고 있었다.

"하지만 어쨌거나 그 여자가 제 아비를 용서한 것은 다행한 일이었을지 모르는 노릇이지. 아비를 위해서도 그렇고 그 여자 자신을 위해서도 그렇고…… 여자가 제 아비를 용서하지 못했다면 그건 바로 원한이지 소리를 위한 한은 될 수가 없었을 거 아닌가. 아비를 용서했길래 그 여자에겐 비로소 한이 더욱 깊었을 것이고……."

여인이 문득 다시 사내를 건너다보았다.

"손님께서도 아마 그렇게 믿어야 마음이 편해지시는가 보군요."

그리고 여인은 그제야 사내가 안심이 된다는 듯 모처럼만에 웃음을 한 차례 보이고 나더니 이번에는 별로 망설이는 기색도 없이 스스럼없이 물어 왔다.

"그래, 손님께선 이제 그 여자가 장님이 되어 버린 것을 아시고도 여전히 그 누이를 찾아 헤매 다니실 참인가요?"

여인의 그 갑작스런 발설에도 사내는 무얼 좀 새삼스럽게 놀라워하는 기색 같은 것이 전혀 안 보였다.

"그저 여망이 있다면 멀리서나마 그 여자 소리라도 한번 만나게 되었으면 싶네만, 글쎄 언제 그런 날이 있을는지……."

지나가는 소리처럼 힘들지 않은 목소리로 말하고 나서는, 그녀가 불쑥 자신의 맘속을 짚어 낸 것이 새삼스럽게 크게 궁금해지기라도 한 듯 비로소 조금 생기가 돌아 오른 눈길로 여인 쪽을 그윽이 건너다보았다.

하니까 이젠 여인 쪽에서도 벌써 사내의 그런 눈치를 알아차린 듯, 그러나 어딘가 지레 시치미를 떼고 있는 목소리로 엉뚱스레 의뭉을 떨어 대고 있었다.

"아마 그 여자 어렸을 때 소리 장단을 부축해 준 북채잡이 어린 오라비가 한 분 계셨더라는데, 제가 여태 그걸 말씀드리지 않고 있던 가요?"

한국 수필문학의 이해와 감상 　제 4 장

수필로 쓴 나의 고백적 수필론

김수봉

수필, 무엇을 쓸 것인가

나에게는 수필로 써보겠다고 메모해 둔 쪽지가 언제나 2백 개쯤은 있다. 이것은 문학으로서 수필 쓰는 일을 나의 본분이자 의무라고 작정한 때부터니까 20년도 넘는다. 물론 메모지들은 아무 종이에나 제목만 적어 놓은 것도 있고 아주 간단히 주제가 될 만한 어구나 문장 하나를 달랑 써놓은 것, 어떤 것은 소재의 한 가닥뿐인 것들이 대부분이다. 그래도 개요라고 할 만큼 짜임새를 갖춘 것은 몇 십 개에 불과하다.

남들이 보면 뜻도 모를 낙서 같은 이 메모, 그러나 이 쪽지들을 나는 보물처럼 간직한다. 이것들은 스쳐가고 날아가 버렸을 나의 중요한 수필 감들을 그때그때 붙들어 둔 것이기에.

원고 청탁을 받았거나 한 편의 수필을 생산해야겠다는 간절한 욕구가 치밀 때, 나는 메모 보퉁이를 들추어 이것저것 읽어 내린다. 그때 내 기억에서 이미 없어진 생각, 그 생각이 번개처럼 되살아나며 순간의 희열이 솟아난다. 생각의 실마리를 붙잡고 실타래를 풀어내는 기쁨, 그것을 메모하던 그 순간과 오늘의 시간이 일직선상에 놓이면서 새로운 의미로 떠오르고 다듬어져가는 것이다. '아, 나는 그때 이런 생각을 했었구나. 과연 거기에는 삶의 참 의미, 인생의 가치가 있어. 이런 일이 다시는 나에게 보이지도 들리지도 느껴지지도 않을는지 몰라. 어쩌면 영원히……'

생각이란 크게 말하면 사상일 것이요, 이치에 맞게 풀어가면 논리일 것이다. 생각하면서 말하고 행동하는 것은 판단이다.

세상에 존재하는 모든 사물은 사람이 그것을 대할 때 생각을 일게 한다. 그 생각들은 모두가 글감(수필감)이 될 수 있다. 그래서 수필의 소재는 무한하다고 한다. 한 사람의 수필가에게서 그 무한한 소재들이 모두 글로 완성될 수 있으리라는 기대는 무리다. 그것은 불가능하다. 능력과 시간의 한계 때문이다. 지식의 축적이 얄팍한 사람이 철학적이고 사상적인 중후한 수필을 쓰려고 할 때, 또는 체험이 모자란 사람이 상투적인 문장 표현의 나열만으로 수필을 쓰려고 했다간 실패한다. 지식과 체험의 축적이 풍부한 사람은 똑같은 사물을 보고도 생각의 방향과 깊이가 다르다. 깊은 생각, 그것을 쉬운 문장으로 쓰는 것이 수필이다.

수필은 무엇보다도 자기가 잘 아는 것, 자신 있는 것만을 써야 한다. 개념 파악 정도를 가지고서 섣불리 수필을 쓰려고 달려들어서는 안 된다. 몸소 피부로 느끼고 뼈에 사무치는 절실함이 있는 것, 다시 말하면 지식과 체험의 자기화가 이루어진 것의 바탕 위에서 시작되어야 한다.

시(詩)에서는 형상화와 시적 변용이 이루어져야 하는 것처럼 수필에서는 반드시 수필화가 이루어져야 한다.

수필화, 그것은 나만의 개성적인 체험과 생각을 가지되 마침내 우리 모두의 것이 되도록 써야 한다. 모든 사람이 공감하는 것—논자들은 이것

을 개성의 보편화라고도 말하고 개별적인 것들의 일반화라고도 한다—,
이것이야말로 수필문학의 진수일 것이다.

"아, 그렇구나. 그런 게 있었구나."라고 무언중 속으로 무릎을 탁—,
치게 되는 그런 생각의 표현, 독자인 그들에게도 이미 잠재되어 있었던
생각에 깨우침을 줄 수 있는 것이라야 하는 것이다. 새가 알을 품어주되
새끼 스스로가 알을 쪼고 나오게 하는 탄생의 기쁨을 맛보게 해주는 것
이 수필이다.

그러나 모든 생각, 그 무한한 소재가 다 좋은 수필로 될 수는 없다. 소
재는 좋은 것도 있고 나쁜 것도 있다. 불쾌감을 주는 것, 혐오스러운 것,
지나치게 외설스러운 것들은 아무리 미사여구의 기교를 부려놓아도 감동
을 주기 어렵다. 더구나 자신의 분풀이를 위해서 비판하고, 사회적 고발
이라는 이름에 편승해서 글을 쓰는 일은 수필도 비판도 아무 것도 되지
않는 저열함이다.

인생의 삶에 가치를 주는 것, 머리에 담아 두고 되씹을수록 개인의 정
신 성장에 유익한 것, 무엇보다도 실감나는 문장으로 잔잔한 감동을 일으
켜 줄 수 있는 것이면 더욱 좋다.

2백 가지가 넘는 나의 메모지가 모두 수필로 태어날 것인가는 스스로
도 의문이다. 어떤 것은 뒷날 무가치한 것이 되어버리고, 어떤 것은 메모
당시의 생각이 도저히 풀려나지 않아서 다시 뒷날로 뒷날로 미뤄두곤 하
기 때문이다. 그러면서도 나는 계속 메모지를 만들고 보관해 두고 또 꺼
내어서는 수필을 생산하는 일을 게을리 하지 않을 것이다.

그래서 내 메모지의 숫자는 좀 더 불어나기도 하고 줄어들기도 하리라.
빚쟁이에게 몰리는 사람처럼 나는 이 메모지들의 독촉과 성화에 쫓기는
삶을 살아간다. 아니 오히려 자칫 이완되기 쉬운 나의 삶을 적당히 긴장

시키면서 살아가게 하는 것이 이 메모지의 덕이기도 하다.

저축해 둔 통장의 돈처럼 필요할 때마다 척척 꺼내어 쓰지는 못할 것이지만, 내가 무엇을 쓸 것인가에 대해 진통하고 고뇌하며 깊은 밤 외롭게 몸부림칠 때, 활짝 가슴을 열어줄 생각의 실마리를 언젠가는 찾게 되리라는 신념을 갖고 있기 때문이다.

수필, 왜 쓰는가

수필을 왜 쓰는가. 이 자문에 대해 나는 오랫동안 궁리해 보았다. 그때마다 '그러면 무엇을 할 것인가'라는 또 다른 의문에 부딪곤 했다.

세상에는 할 일이 수없이 많다. 그 많은 일들 중에서 내가 할 일은 무엇인가. 내 능력이 해낼 수 있는 일은 무엇인가? 학문, 예술, 기술, 교육, 수도, 장사……, 그 어느 분야의 일각에서건 내 몫의 일은 있을 것이고 또 해야 되고 그래서 그 일은 손가락 한 마디 만큼일망정 보람과 가치가 있어야 한다. 나에 대해서나 세상에 대해서 보탬이 될 만한 어떤 일.

나는 지식의 바닷물을 다 마시고 싶었고, 예술의 하늘을 맘껏 날고 싶었다. 또 기술의 벌판을 모두 뛰어 보고도 싶었다. 그러나 나는 그것이 무모함임을 진작 알아차렸다. 바다에서는 허우적거렸고 하늘에서는 추락했고 벌판에서는 헤맬 뿐이었다.

그런데 왜 나는 수필을 쓰는가.

나는 낚시를 나갔다가 빈털터리로 돌아오는 일이 많다. 그런 낚시를 뭐하러 하는가. 나는 이 해답을 생각하다가 문득 나의 수필 쓰는 이유를 찾아본다.

낚시란 매우 비경제적인 놀이이다. 적어도 외양으로는 시간, 경비, 노력의 낭비일 뿐이다. 전문 어업으로 낚시를 하는 것이 아닌 바엔 아예 소득이란 생각밖이다.

흔히 낚시를 손맛 보는 재미라고 한다. 팔에 전해오는 짜릿함, 그 즐거움을 얻으려고 낚시를 던져 시간을 죽여가며 기다리는 것이다. 수필의 문장을 쓰려고 원고지 앞에 앉아 있는 것처럼 바로 그렇게.

수필 문장이 적절한 어휘로 짜임새 있게 조금씩 만들어져 갈 때의 재미, 하지만 문장과 구성에서 궁심멱득(窮心覓得)하는 일도 허다하다. 그러나 그 괴로움이 곧 즐거움으로 이어진다는 확신이 한 편의 수필로 완성되었을 때의 쾌감을 배가해 주기도 한다.

또 낚시를 다녀온 후 소득이라고 할 물고기를 좋아하는 이웃에게 주는 재미는 보통이 아니다.

문학에서도 수필 읽기를 좋아하는 사람은 생선을 좋아하는 사람만큼이나 많다. 내가 생각하고 내가 써낸 수필을 어떤 사람들이 좋아할 것을 내가 또 좋아하는 그것이 나로 하여금 수필을 쓰게 한다.

세상에는 남들이 만들어 낸 재미가 허다하다. 그런 재미에만 내가 끄달리다 보면 '나'는 없어진다. 나는 뭔가?

내 즐거움을 찾아 만들어가야 했다. 그래서 참 즐거움이 내 안에서 일어야 하고 남들과도 그 재미를 나눠야 한다. 내가 내 가슴에 손가락질을 해서라도 솔직한 나를 보는 것, 껍질 속에 감추어 두는 것보다는 백배 나은 일이라고 나는 생각했다. 화려하고 거창한 남의 것보다는 깨알만한 것이라도 나의 진실은 가치와 보람이 있다고 나는 믿었다.

소설가 B교수와는 20년 가까운 낚시 친구다. 어느 주말, 써내야 할 원고가 밀렸다며 낚시를 못 간다고 투정 묻은 전화가 왔다. 우리는 서로가 뻔히 아는 속이면서도 이런 때 비아냥투의 대화를 곧잘 허공에 날린다.

"그런 것(글쓰기) 안 하면 안 되는 거요?"

"아뇨. 안 해도 되죠."

"그런데 왜 그것 붙들고 고생을 사서 하는 거죠. 안 해도 교수 봉급 나오고, 가족과 오순도순 살며 잠 편히 자고, 술 마시고 싶을 때 마시고, 낚시 갈 때 가고, 남들처럼 텔레비전 보며 즐기면 될 걸, 뭣 하러 밤 잠 못 자고 끙끙대요? 뭐 위대한 일도 아닌 그것(글쓰기) 안 한다고 누가 성토라도 한대요?"

"결국 병이죠, 죽어야 없어지는 병."

B교수의 이 말을 나는 옳다고 생각한다.

글 쓰는 일이 즐겁다는 건 그 글이 써지고 나서의 일이지 써 가는 과정은 고통의 연속이다. 다만 글을 쓰는 사람들이 고통을 이겨내는 것은 더욱 큰 즐거움을 찾아가기 위함이다. 그들에겐 그것을 이기고 넘어가는 남다른 의지가 있다. 그들은 고통보다 성취감을 더 값지게 여긴다.

살고 있다는 것은 무언가를 해야 되고, 그것은 가치 있고 유익한 것이라야 한다는 것을 아는 사람들. 그것은 의미 있는 일이며 보람을 찾는 일인 것이다. 사회적인 지위도 존경도 결코 윗자리에 있지 못하는 일, 지난날 한때는 지성과 문화의 선두 주자가 문학가로 여겨진 적도 있었지만 오늘의 첨단 시대에서는 이미 뒷전으로 물러난 지 오래다.

그래도 글 쓰는 이들이 뜨거운 열탕 속으로 머리를 디미는 것 같은 집필 작업을 한사코 하고 있는 것은 분명 병이거나 운명이리라. 그들은 그 운명에 순명코자 쓰는 것이며 탄생과 생존을 베풀어 준 신의 축복에 대해 보답하는 정신으로 쓰고 있는 것이다.

왜 나는 군이 수필을 쓰는가. 소설이면 어떻고 시이면 어떨까마는 적어도 나는 문학의 여러 장르 가운데서 가장 솔직하고 문학 전체를 포괄·포용하는 것이 바로 수필이며, 내 능력으로 다뤄볼 만한 것이 수필이라고 믿고 있는 어리석음이 내게 있기 때문이다.

수필, 어떻게 써야 하나

어린 시절, 한 동네 이웃에 살던 총각머슴이 있었다. 그는 심한 말더듬이였다. 남 앞에서 얘기할 때는 제 가슴부터 쿵쿵 치기 일쑤였고, 밥상에서는 젓가락으로 상바닥을 수없이 찍어댔다. 지게를 지고 가다가 사람을 만나 할 말이 생기면 지게 작대기가 먼저 땅을 팠다.

일 잘하고 손재주도 남다르던 그가 입에서 말만은 잘 되어 나오지 않은 것이 얼마나 답답했던지 아예 긴 말은 피했다.

끼니때가 되었으니 밥을 달라는 말도 그저 '밥' 한마디였고, 논에 가서 쟁기질을 해야겠다는 말을 한참 더듬다가 '쟁기'라고만 말했다. 나에게 얘기할 적이면 혼자 끙끙 입을 씰룩거리다가 내가 알아차렸다 싶으면 '그자!' 해버리고는 벌쭉 웃곤 했다.

하고 싶은 말을 가슴에 담고 표현하지 못하는 답답함은 누구에게나 있다. 또 표현에 능하다는 사람도 언제나 만족스럽게 남들을 감동시킬 표현을 다 한다고 할 수는 없다. 총각머슴은 장애나 있어서였지만 나는 때때로 내 생각을 따라주지 못하는 말의 빈곤에 답답해야만 했다.

체험하고 느끼고 생각하고 깨우쳐지는 것들을 글이나 말로 잘 표현하고 싶은 욕망은 누구에게나 있다. 그 표현을 아름답고 감동적이게 표현해내는 것이 문학이다.

수필을 쓰고자 하는 사람들에게서 늘 듣는 말이 있다. 머릿속에 생각은 있는데 어떻게 표현할까에서 막혀버린다고. 그러니까 어떤 수학 공식처럼 척척 써내는 몇 가지의 방법을 알 수는 없는가고.

이런 생각은 나 스스로도 수없이 겪어 왔으며 지금도 겪고 있다.

'수필은 붓가는대로 쓰는 글'이란 말은 수필이 그만큼 자유롭다는 뜻이다. 그러므로 몇 개의 공식이나 방법이 있을 리 없다. 따라서 어떻게 쓸까에 대한 답변을 시원스레 해줄 수가 없다.

'문장 표현은 하나의 기술이다'라고 나는 생각해 왔다. 스포츠가 기술이고 애정표현도 기술이며 남에게 주는 충고 또한 기술이 있어야 하듯, 삶 자체가 기술인지도 모른다.

표현이 막힌다는 말은 문장 표현의 기술이 서툴다는 말이다.

문장의 수련은 무엇부터 시작일까. 그것은 어휘력이다. 생각은 있는데 그 생각에 걸맞는 어휘가 떠오르지 않으면 표현은 불가능하다. 필요할 때 생각났을 때, 은행에서 망설임없이 찾아 쓸 수 있는 예금처럼 어휘를 풍부히 저장해 두고 있다면 생각을 담아낼 적절한 어휘가 그 때마다 떠오를 것이다.

어휘의 저장은 어휘에 대한 관심에서 시작된다.

사람은 태어나 자라면서 사회 속에서 말을 배운다. 정상인이라면 특별히 노력하지 않고도 배워진다. 그런데 그 말들을 배우고 사용하다간 잊어버리기도 한다. 우리가 일상생활에서 쓰는 말에는 틀린 말, 오해할 말, 불확실한 말들도 많다. 그것을 그대로 저장하는 것은 위험천만한 일이다. 말로서는 통했던 것이 글에서는 안 통하기 때문이다.

가령 '보호'란 말을 쓸 자리와 '비호'란 말을 쓸 자리, '옹호'란 말을 쓸 자리는 문장의 어휘선택에서 정확히 구별되어야 하는 것이다. 또 듣고 배워서 써먹던 대로 '으시대다'란 단어를 그대로 써놓으면 틀린 말이 된다.

문학가는 언어의 마술사란 말이 있다. 언어의 마술을 잘 부리기 위해서는 어휘 저장을 위한 작업부터 해야 한다. 어휘 수집인 것이다. 넝마주이가 쓰레기를 뒤져서 쓸 만한 물건을 줍듯 끝없이 어휘밭을 뒤져야 한다. 책 속에서, 시장 안에서, 노인에게서, 어린이한테서 듣고 본 말을 검증해서 기억의 창고에 저장해야 한다. 그동안 내가 수집한 어휘노트, 문장노트 는 스무 권쯤이 된다. 이것은 내가 글을 써 가는 데 막중한 자본이 되곤 했다.

또, 문장 쓰기에서 중요한 것은 문장의 완결성이다. 단어(어휘)들의 배열이 하나의 문장을 만드는 것인데 어법에 맞는 배열이 이루어져야 한다. 어법(문법)이란 고정불변의 것은 아니지만 생각의 흐름이 자연스럽게 이어져야 한다.

다음으로 유의할 점은 이야기의 짜임새다. 우리가 어떤 내용을 남(독자)에게 알리고자 할 때에는 말에 조리가 있어야 한다. 소위 두서없이 하는 말이란 내 표현도 충분히 안 되지만 남들을 더욱 혼란스럽게 하고 재미없고 오해하게 한다. 입담 좋은 사람의 이야기는 들으면서부터 재미가 있다. 그는 말의 순서를 잘 짜서 하는 사람이다.

수필이야말로 사람 냄새가 가장 진하게 나는 문학이라고 한다. 앞에서 '문장은 기술'이라고 말했지만 지나친 기술은 수필의 진실성, 바로 사람 냄새를 잃게 한다. 기술을 부리되 부리지 않은 것 같은 기술이 또 필요하다. 자연스러움이다. 짧게, 쉽게, 간결하게 쓰는 것이 좋은 문장의 기본이라고 나는 생각한다.

어떤 수필가는 수필을 미인에 비유해서 이렇게 말했다.

'문장은 얼굴이고 구성은 몸매가 될 것이며 내용은 내면의 미에 해당될 듯하다. 이 미인적인 구비 요건이 삼위일체를 이룬 글이라야 비로소 문학성이 있는 작품으로 평가될 것이다.' 아무리 외모가 완벽해도 내면의 미가 없으면 진정한 미인이 아닐 것이다. 수필의 내면에는 글쓴이가 말하고자 하는 그 무엇, 곧 메시지가 담겨야 한다.

　수필에 따라서는 주제를 확실하고 뚜렷하게 드러낼 것도 있고, 비유나 암시로 은은히 느끼게 할 것도 있다.

　'글을 쓰기 위해서 어느 특정한 스타일의 습득이 중요한 것은 아니다. 꼭 하고픈 말이 있을 때, 그 내용이 스타일을 정한다'라는 크리슈나무르티의 이 말을 나는 오랫동안 음미해 왔다.

　수필가는 어느 문학가보다 삶에 대해 진실하고 문학에 대해 겸손해야 한다. 알몸으로 독자 앞에 서야 하는 것이 수필가이기 때문이다.

작품감상 7

사랑

Frnacis Bacon, 김길중 역

    사랑은 실제 생활에서보다 무대 위에서 더욱 큰 빛을 받는다. 연극 속에서는 사랑이 항상 희극의 내용이요, 비극이 되는 예가 드물지만 실제 생활에서 사랑은 때로 사이렌처럼 때로 퓨어리스처럼 커다란 화를 불러온다. 모든 위대하고 값진 인생을 산 사람들 중에서(옛사람이든, 요즘 사람이든, 우리의 기억에 남아 있는 사람이라면) 사랑에 미쳐버릴 정도로 정신을 빼앗긴 사람은 단 한 사람도 없는 것이다. 위대한 정신이나 위대한 사업은 이와 같은 나약한 감정을 물리치지 않고서는 이루어지지 않음을 보여주는 것이다. 다만 로마 제국의 절반에 군림한 마르쿠스 안토니우스와 집정관(執政官)이요 입법가(立法家)였던 아피우스 클라우디우스는 제외해야 한다. 안토니우스는 본래 방탕하고 무절제했다 하더라도 클라우디우스는 근엄하고 현명한 사람이었던 것이다. 그러므로 사랑은 열어 놓은 가슴속으로만 들어서는 것이 아니라(드문 일이긴 하지만) 감시가 허술하면 굳은 방책을 쌓은 가슴의 문도 열고 들어서는 것이다. "우리는 서로 상대방을 받아들일 만한 크기의 집이다."라고 한 에피쿠로스의 말은 적절하지 못했다. 인간이 하늘과 그 밖의 모든 고귀한 대상을 관조(觀照)하기 위해서 태어났음에도 불구하고, 자그마한 우상 앞에 무릎을 꿇고 스스로 노예가 되어서야 되는가? 비록(짐승들처럼) 입의 노예가 아니라 눈의 노예가 되는 것이라 하더라도, 실상 눈은 이보다 고귀한 목적에 쓰도록 인간에게 주어진 것이다. 이 감정이 지나치면 사물의 본 모습과 가치를 그르치게 되는데도 사랑의 말은 끝도 없이 과장하여 표현하여도 눈에 거슬리지 않음은 이상한 일이다. 이것은 단지 말에만 그치지 않는다. 모든 작은 아첨꾼들을 거느린 최대의 아첨꾼은 곧 자기 자신이라는 좋은 말이 있지만 사랑에 빠진 사람은 분명히 그 이상이다. 아무리 자기 자신을 대단하게 생각하는 자부심이 강한 사람도 사랑에 빠진 사람이 그의 애인을 생각하는 만큼 어처구니없이 몰입하지는 않는 것이다. 따라서 "사랑과 지혜를 한꺼번에 가지는 것은 불가능하다."는 말은 훌륭한 통찰이었다. 이 약점은 제삼자의 눈에만 보이는 것이 아니라 사랑을 받는 쪽에서도 볼 수 있다. 특히 사랑이 가기만 하고 돌아오지 않는 경우라면 사랑의 대상이 되는 측의 눈에 잘 뜨이는 것이다. 가는 사랑의 보상이 되돌아오는 사랑이 아니라면, 은근한 경멸을 불러오는 것이다. 그러므로 사랑의 대상만을 잃는 것이 아니고 그 밖의 다른 많은 것을 잃을 수 있는 이 감정에 대해 크게 경계하지 않을 수 없다. 이러한 손실에 대해서 옛이야기가 아주 훌륭하게 말해주고 있다. 즉 헬레나를 선택한 파리스는 주우노와 팔라스의 선물을 거절했던 것이다. 사랑의 감정을 지나치게 높이 여기는 사람은 부와 지혜를 다같이 버린다. 이 감정은 지나치게 번성하던가, 지나치게 곤경에 빠져 있을 때처럼 마음이 나약해지면 흘러넘치는 법이다. 곤경에 빠진 경우라면 사람들의 이목은 덜 끌지만, 어쨌든 이 양자의 경우는 모두 사랑의 감정에 불을 질러 더욱 뜨겁게 해준다. 사랑이라는 어리석음이 뿌린 씨앗임이 이렇게 하여 드러나는 것이다. 그러므로 최선의 길은, 비록 사랑을 인정하지 않을 수 없다 하더라도 그 감정을 적당한 울타리의 범위 내에 머물게 하는 한편, 생활을 다른 중대한 일이나 행위와 섞이지 않도록 완전히 떼어 놓는 것이다. 사랑이 삶의 과업을 방해하고 사람의 운명을 흐트려 놓는다면, 우리는 결단코 우리가 목표하는 바에 충실할 수 없기 때문이다. 그 까닭은 알 수 없지만 무인(武人)들은 사랑에 약하다. 그들이 술에 잘 빠지듯 사랑에 잘 빠지는 것은 아마 위험한 일은 대개의 경우 쾌락의 보상을 요청하기 때문인지도 모른다. 인간의 본성에는 타인을 사랑하려는 숨은 경향이 있다. 만일 이러한 욕망이 어느 한 사람이나 몇몇 사람에게 발산되지 않는다면, 으레 많은 사람들에 대한 관심을 쏠려 때로 수도사에게서 보는 바와 같은 인정과 자비를 베풀게 한다. 부부의 사랑이 인간을 만든다. 친구간의 사랑은 인간을 완성케 한다. 그러나 방탕한 사랑은 인간을 부패하게 하고 타락하게 한다.

— 베이컨의 수상록에서

결혼과 혈통

최신해

新春을 맞이하여 친지의 자녀들 결혼식이 많아진 모양인지, 결혼 청첩이 제법 오기 시작한다. 그런데, 그전하고는 달라져서 요새 결혼을 하는 남녀들은 대개 서로가 연애를 하여서 결혼에 고울인 하고들 있는 모양이다. 그 전같이 仲媒를 통하여 집안과 혈통을 주로 보고 결혼하는 풍습은 구식이라고 젊은이들에게 인기가 없어진 것 같아 보인다.

사람들끼리의 결혼에는 혈통을 무시하고들 있지만, 묘한 것이 하나 있다. 그것은 세퍼트나 포인트 같은 개를 살 때에는 으레 4대, 5대의 선조들까지 명시한 혈통서를 확인하여 받는 일이다. 사람은 혈통을 안 따지고 개는 혈통을 따지니 우습지 않은가.

결혼이란 인생에서 가장 중요한 행사 중 하나인 만큼 결혼함에 있어서 좀더 신중하게 서로의 家系를 생각해야 할 것이다.

여기에 경솔한 결혼으로 말미암아 자손 대대로 얼마나 불행의 씨를 물려 주고 있는가 그 대표적인 예를 하나 들어본다.

좋지 못한 유전 계통의 뚜렷한 예로는 닥데일이 1977년에 보고한 바 있는 미국 뉴욕 주의 아다 주크의 家系가 있다.

화란에서 미국으로 건너온 게으르고 방종한 어부가 있었는데, 그 후손들은 모조리 사회의 문제거리가 된 집안이어서 아다 주크의 가계라면 미국에서 유명한 악의 혈통이 되어버린 것이다.

얘기의 시작은, 어떤 형무소에 갇혀 있는 죄수 중에 똑같은 성을 가진 몇 사람을 죄수 명부에서 발견하였다. 미국서도 드문 성이기 때문에 호기심으로 그 죄수들의 호적 등본을 구해서 혈통을 더듬어 올라가면서 조사를 해보니, 6대 선조인 아다 주크가 화란에서 왔다는 불량한 어부였음을 밝혀낸 것이다. 다시 말하자면 아다 주크의 후손 1,200명을 찾아낸 것이다.

1,200명이나 되는 아다 주크의 후손들 중에서 경력을 확실히 알아낼 수 있는 사람은 540명이고, 어렴풋이 알 수 있는 사람이 500명이며, 어릴 때 죽은 사람이 300명, 병약자가 440명, 거지가 되어서 수용소 신세를 진 사람이 310명, 범죄자가 130명이나 되었고, 그 밖에 상습적인 도둑놈이 60명, 살인범이 7명이었고, 여자 가운데서는 약 반수는 매춘부였으며, 소학교를 제대로 마친 사람이 별로 없었다.

그동안 미국 정부가 이 일족을 위하여 쓴 돈이 75년 동안에 125만 달러나 되었음을 밝혀내었다.

이로부터 23년 뒤.

원시프라는 사람이 이 집안 혈통에 대하여 흥미를 가지고 다시 조사를 해 보았다. 닥데일이 발표한 것보다 23년이나 지났으니 악의 씨는 더욱 번식하고 있었다.

원시프는 그 혈통 중에서 경력을 확실히 알아낼 수 있는 것만 추려 보니 709명이나 되었는데, 이 709명 중에서 사생아가 106명이고, 매춘부가 181명이나 되고, 142명은 거지이고, 62명은 구호소에 수용되고, 76명은 범죄자인데 그 중에서 7명은 살인범이었다. 이 혈통 중에서 형무소 생활을 한 사람의 형을 받은 햇수를 합쳐보니 734년이나 된 것을 알아내었다.

그런데 15년 뒤인 1915년에 에스타부르크라는 사람이 다시 조사를 해 보았다.

아다 주크의 자손은 2,820명으로 늘었는데, 여자의 반수는 매춘부였고, 조사 당시에 600명이나 되는 정신박약자 즉 바보가 살아 있었고, 이 자손들을 위하여 그 해까지 국가에서 들인 돈이 250만 달러나 되었음을 알아내었다.

아다 주크라는 한 변질자의 자손이 이렇게 무섭게 늘어나면서 국가와 사회에 큰 화근을 뿌리고 있음을 알아낸 것이다. 이런 자손들은 우수한 집 자식보다 무서운 속도로 불어가고 있는 사회의 毒草 이외의 아무것도 아닌 것이다.

앞서 말한 가계와는 정반대로 좋은 소질을 가진 사람의 자식들은 어떻게 유전되어 퍼져나가는가를 한 번 훑어보는 것도 무의미한 노릇은 아닐 것 같다.

좋은 소질이 유전되었다는 유명한 가계로는 진화론의 다아윈 집안과 우생학의 학자 골톤 집안(이 두 사람은 4촌간), 또는 호오엔 즐레른 집안들이 잘 알려져 있지만 여기서는 미국의 프린스턴 대학 총장이던 조나산 에드워드(1703~1758) 집안의 가계를 예로 들어본다.

그의 자손을 1900년에 1,394명이나 더듬어 찾아내었는데, 그 중에서 295명은 대학 졸업자였고, 13명은 미국에서도 큰 대학의 학장들이었으며, 65명은 대학교수, 60명은 의사, 100명 이상의 목사와 전도사가 있었고, 75명은 육해공군의 장교들이었고, 60명은 유명한 저술가와 기자로서 이 사람들 손으로 135종의 유익한 책이 출판되었고, 또 18종의 유명한 잡지가 편집되고 있음도 알아내었다.

그리고 100명 이상은 법률가였는데, 그 중의 한 사람은 미국에서 일류 대학의 법학교수였으며, 재판장이 30명이나 되고, 공무원이 80명이었는데, 특히 그 중의 한 사람은 미국의 부통령이었다.

또 세 사람은 상원의원이었고, 이 밖에도 많은 州知事와 국회의원과 시장 또는 대사, 공사들이 있고, 또 철도, 기선, 은행, 보험회사 등의 상급에 속하는 실업가들도 부지기수였다 한다.

그러나 범죄자는 단 한 사람도 나오지 않았음을 알고 조사를 한 원시프도 스스로 놀랐다 한다.

이 밖에도 음악가 바하나 요한 시트라우스의 가계도 우수한 가계로 유명하다. 특히 바하의 가계를 보면 16세기부터 18세기 중간까지에 50명이 넘는 음악가를 낳았는데, 그 중에서 20명가량은 아주 특출한 음악가였다고 한다.

지금 말한 집안의 혈통을 들어보면, 사람이란 결혼할 때에 배후자를 선택함에 있어서 무엇보다도 상대방의 좋은 혈통을 생각하지 안을 수 없다.

좋은 혈통이란 반드시 집이 부자고, 벼슬이 높은 집을 뜻하는 것은 물론 아닌 것이며, 좋지 못한 유전이 없고 인간으로서 훌륭한 소질을 가진 집안을 말하는 것이다.

그러므로 배우자를 선택할 때에 상대방의 용모만을 중요시한다든지 또는 경제적 여유만을 중요시해서는 안 되겠다는 말이다.

결혼이란 살아가는 데 가장 근본이 되는 발판이 되는 것인 만큼, 결혼 시즌인 신춘을 맞이하여 한 번 생각해 봄으로써 더 밝은 미래의 세대를 만드는 것이 좋을 성싶다.

해질 무렵

송규호

　여태까지 살아온 무등산 기슭을 떠나 이곳 낙산으로 옮아온 지도 벌써 한 해가 지난다. 낙타등과 비슷하다 하여 붙여진 이름이건만 그 나불거진 낙타 등의 모습은 온데간데없고, 옛날의 나무숲 대신에 높이 솟아오른 아파트가 숲을 이루었다.

　난생 처음의 아파트 살이이기도 하지마는 아직도 여러모로 서먹서먹한 주위 환경이다. 그런데 알고 보니 예로부터 인연이 아주 없는 곳도 아니다. 동쪽 창문 너머로, 단종의 아내 송씨가 비단을 빨면 자줏물이 들었다는 슬픈 사연이 전해 내려온 자줏빛 샘터(紫芝洞泉)가 내려다보인다.

　오늘따라 봄기운이 더욱 완연한 저녁나절이다. 바람도 쐴 겸 모처럼 낙산의 산마루를 찾아나서는데 한 중년 여인이 어찌 된 영문인지 모르지만 힘겹게 아장거리고 있다. 마치 어린애가 걸음마를 배우듯이 떨리는 운동화 발을 조심스레 옮겨 딛곤 한다.

　그것도 혼자서가 아니라, 남자가 앞에서 뒷걸음질하며 고개를 끄덕이는 박자에 맞추어 이끌려가는 것이다. 그리하여 목발에 기대지 않고 끝내 땅을 밟으려는 간절한 소망이 굳게 다문 두 사람의 입가에 또렷이 나타나 보인다. 그런데 지나가는 사람마다 보기가 민망스러워선지 모르는 체,

진달래와 개나리가 한창 어우러진 꽃밭으로 눈길을 돌려버린다.

옛날, 나들이에서 돌아온 할머니는 아장아장 마중 나온 근호를 다급하게 얼싸안으려다 넘어지는 바람에 그만 발목을 삐었다. 그리하여 그 셋째 손자에 대한 지극한 사랑은 평생토록 절룩거림으로 이어 내렸다.

멀리 북한산을 곁눈질하며 올라온 낙산의 정수리는 한가롭기만 하다. 허술한 노인당에는 인기척 하나 없고 좁다란 운동장도 텅 비었다. 동대문에서 동소문으로 구불구불 이어뻗은 옛 산성에 저녁 빛이 뉘엿뉘엿 엷어지기 시작한다.

성터에서 능수버들 그늘에 놓인 벤치로 다시 돌아오자 뜻밖에도 중학생으로 보이는 한 소년이 구석진 농구대 앞에서 농구공을 던져 올리고 있다. 마침 전자오락실이 아니면 같은 또래들과 어울려서 학교 운동장을 휩쓸며 뛰어다닐 그런 시기다. 그런데 작달막한 키에 여윈 몸집으로 공을 다루는 솜씨가 아무리 보아도 불안스럽기만 하다.

백보드에도 미치지 못한 공이 그대로 굴러가 버린다. 조금도 모나지 않고 천성이 둥그런 공일지라도 서로 호흡이 맞지 아니하면 저토록 엉뚱한 쪽으로 흘러가는가 보다. 그런데 달아난 공을 잡으러 가는 걸음걸이가 몹시도 뒤뚱거린다. 다시 공을 던져보지마는 이번에도 허탕이다. 뒷판에 부딪혀서 튀어나온 공을 붙잡지 못하고 우두커니 지켜보다 또 뒤뚱뒤뚱 공을 쫓아간다.

사람이 그리 드나들지 않는 늦은 시간대를 기다렸다가 조용히 찾아온 절름발이 소년이다. 그리하여 오로지 자기 자신과 맞싸워야만 하는 혼자만의 시합인 것이다. 따라서 상대팀도 경기 규칙도 없는 마당에 심판의 호루라기가 무슨 소용이겠는가. 소년에게는 코치나 응원단 따위가 아예 없어서 다행이다.

소년은 또 절룩거리며 바스켓을 향해 공을 던지건만 주우러 가는 시간이 안타깝게 여겨지기만 하다. 높낮이를 자유롭게 조절할 수 있는 저 바스켓을 좀 더 낮추거나 골 가까이 다가섬직도 하다마는, 3점 슛만을 노리는 것도 아닐 텐데 고집스럽기도 하다.

예전에 소아마비를 앓은 Y군은 지금도 심한 절름발이다. 그러나 그는 어느쪽 다리가 더 길고 짧은지 모르지만 절룩절룩 율동적으로 잘도 걷는다. 그리하여 한결같은 마음의 리듬 속에 울퉁불퉁한 길도 고르게 밟아다니며 항상 웃는 얼굴이다.

소년은 지쳤는지 공을 깔고 앉아서 농구대를 쳐다보고 있다. 그런 정도로 운동을 마치고 잠시 쉬었다가 돌아가려나 보다. 공을 링 안에 넣어야만 운동이 되는 법도 아니니 말이다. 그런데 어찌 생각했는지 기우뚱 일어서면서 윗도리를 벗어던지다시피 한다.

공을 붙들고 바스켓을 원망스레 노려보는 손이 가볍게 떨려 보이는 것 같다. 또 어찌 되나 하여 지켜보는 마음이 지레 조마조마해지는 순간이다. 공과 호흡이 하나로 들어맞는 순간을 놓칠세라 슛! 공은 링 위를 위태롭게 돌다가 그물 안으로 빨려 들어간다.

골인! 드디어 성공이다.

침착하고 안정감 있는 다갈색의 큼직한 공이 그물바스켓을 빠져나온다. 그리하여 마치 수많은 구경꾼이 지켜보는 가운데 마지막을 승리로 이끈 선수의 맥박처럼 뛰고 있다. 소년은 이마의 땀을 닦아내면서 비로소 빙긋이 웃는다.

언제 왔는지 저만치 벤치에서 그 아장걸음의 여인이 이 마지막 한마당을 지켜보고 있다. 그녀로서는 여기까지 올라온 것만으로도 자랑스러운 것이다. 멀리 가까이 높고 낮은 집들이 하나같이 평면으로 보이는 해 어스름이다.

면앙정가

송 순

면앙정가 현대어 풀이

무등산 한 줄기 산이 동쪽으로 뻗어 있어, (무등산을) 멀리 떼어 버리고 나와 제월봉이 되었거늘, 끝없는 넓은 들에 무슨 생각을 하느라고, 일곱 굽이가 한데 움츠려 우뚝우뚝 벌여 놓은 듯, 그 가운데 굽이는 구멍에 든 늙은 용이 선잠을 막 깨어 머리를 얹혀 놓은 듯하며,

넓고 편편한 바위 위에 소나무와 대나무를 헤치고 정자를 앉혀 놓았으니, 마치 구름을 탄 푸른 학이 천 리를 가려고 두 날개를 벌린 듯하다.

옥천산, 용천산에서 내리는 물이 정자 앞 넓은 들에 끊임없이 (잇달아) 퍼져 있으니, 넓거든 길지나, 푸르거든 희지나 말거나(넓으면서도 길며 푸르면서도 희다는 뜻), 쌍룡이 몸을 뒤트는 듯, 긴 비단을 가득하게 펼쳐 놓은 듯, 어디를 가려고 무슨 일이 바빠서 달려가는 듯, 따라가는 듯 밤낮으로

흐르는 듯하다.

물 따라 벌여 있는 물가의 모래밭은 눈같이 하얗게 펴졌는데, 어지러운 기러기는 무엇을 통정(通情)하려고 앉았다가 내렸다가, 모였다 흩어졌다 하며 갈대꽃을 사이에 두고 울면서 서로 따라 다니는고?

넓은 길 밖, 긴 하늘 아래 두르고 꽂은 것은 산인가, 병풍인가, 그림인가, 아닌가. 높은 듯 낮은 듯, 끊어지는 듯 잇는 듯, 숨기도 하고 보이기도 하며, 가기도 하고 머물기도 하며, 어지러운 가운데 유명한 체하여 하늘도 두려워하지 않고 우뚝 선 것이 추월산 머리 삼고, 용구산, 몽선산, 불대산, 어등산, 용진산, 금성산이 허공에 벌어져 있는데, 멀리 가까이 푸른 언덕에 머문 것(펼쳐진 모양)도 많기도 많구나.

흰 구름과 뿌연 안개와 놀, 푸른 것은 산 아지랑이다. 수많은 바위와 골짜기를 제 집을 삼아 두고. 나며 들며 아양도 떠는구나. 오르기도 하며 내리기도 하며 넓고 먼 하늘에 떠나기도 하고 넓은 들판으로 건너가기도 하여, 푸르락 붉으락, 옅으락 짙으락 석양에 지는 해와 섞이어 보슬비마저 뿌리는구나.

뚜껑 없는 가마를 재촉해 타고 소나무 아래 굽은 길로 오며 가며 하는 때에, 푸른 들에서 지저귀는 꾀꼬리는 흥에 겨워 아양을 떠는구나. 나무 사이가 가득하여(우거져) 녹음이 엉긴 때에 긴 난간에서 긴 졸음을 내어 펴니, 물 위의 서늘한 바람이아 그칠 줄 모르는구나.

된서리 걷힌 후에 산빛이 수놓은 비단 물결 같구나. 누렇게 익은 곡식은 또 어찌 넓은 들에 퍼져 있는고? 고기잡이를 하며 부는 피리도 흥을 이기지 못하여 달을 따라 부는 것인가?

초목이 다 떨어진 후에 강과 산이 묻혀 있거늘 조물주가 야단스러워 얼음과 눈으로 자연을 꾸며 내니, 경궁요대와 옥해 은산 같은 눈에 덮인 아름다운 대자연이 눈 아래 펼쳐 있구나. 자연도 풍성하구나. 가는 곳마다 아름다운 경치로다.

인간 세상을 떠나와도 내 몸이 한가로울 겨를이 없다. 이것도 보려 하고, 저것도 들으려 하고, 바람도 쏘이려 하고, 달도 맞으려고 하니, 밤은 언제 줍고 고기는 언제 낚으며, 사립문은 누가 닫으며 떨어진 꽃은 누가 쓸 것인가? 아침나절 시간이 부족한데 (자연을 완상하느라고) 저녁이라고 싫을 소냐? (자연이 아름답지 아니하랴.) 오늘도 (완상할) 시간이 부족한데 내일이라고 넉넉하랴? 이 산에 앉아 보고 저 산에 걸어 보니 번거로운 마음이면서도 아름다운 자연은 버릴 것이 전혀 없다. 쉴 사이가 없는데 (이 아름다운 자연을 구경하러 올) 길이나마 전할 틈이 있으랴. 다만 하나의 푸른 명아주 지팡이가 다 못 쓰게 되어 가는구나.

술이 익었거니 벗이 없을 것인가. 노래를 부르게 하며, 악기를 타게 하며, 악기를 끌어당기게 하며, 흔들며 온갖 아름다운 소리로 취흥을 재촉하니, 근심이라 있으며 시름이라 붙었으랴. 누웠다가 앉았다가 구부렸다 젖혔다가, 시를 읊었다가 휘파람을 불었다가 하며 마음 놓고 노니, 천지도 넓고 넓으며 세월도 한가하다. 복희씨의 태평성대를 모르고 지내더니

이 때야 말로 그것이로구나. 신선이 어떠하던가, 이 몸이야말로 그것이로구나.

강산풍월(江山 風月) 거느리고 (속에 묻혀) 내 평생을 다 누리면 악양루 위에 이백이 살아온다 한들 넓고 끝없는 정다운 회포야말로 이보다 더할 것인가.

이 몸이 이렇게 지내는 것도 역시 임금의 은혜이시로다!

성산별곡

정 철

공산(空山)에 쌓인 잎을 삭풍이 거둬 불어

떼구름 거느리고 눈조차 몰아오니

천공(天公)이 호사로워 옥으로 꽃을 지어

만수천림(萬樹千林)을 꾸며도 내는구나.

앞 여울 가려져 얼어 외나무다리 비꼈는데

막대 멘 늙은 중이 어느 절로 간단 말인고?

산옹의 이 부귀를 남에게 자랑 마오.

경요굴(瓊瑤屈) 은세계(隱世界)를 찾을 이 있을세라.

산중에 벗이 없어 서책을 쌓아 두고

만고의 인물들을 거슬러 헤아려 보니,

성현도 많거니와 호걸도 많고 많다.

하늘이 만물을 지으실 때

어찌 아무 의도가 없었을까마는,

어찌된 시운이 흥했다 망했다를 반복하였는가?

모를 일도 많거니와 애달픔도 끝이 없다.

기산의 늙은 고불(古佛) 귀는 어찌 씻었던가?

표주박 하나도 귀찮다는 핑계로
세상을 버린 허유의 행실이 가장 현명하구나.
인심이 얼굴 같아서 볼수록 새롭거늘
세상사 구름같아 험하기도 험하구나.
엊그제 빚은 술이 얼마나 익었는가.
술잔을 잡거니 밀거니 실컷 기울이니
마음에 맺힌 시름 조금이나마 덜어지는구나,
거문고 줄을 얹어 풍입송을 타자꾸나.

엮은이 박배식

세종대학교 대학원(문학박사, 평론가)
(현) 동신대학교 한국어교원학과 교수
동북아시아 문화학회 평생 이사
구보학회 이사
주요 저서 『언어발달과 지도』, 『한국 문학의 이해와 감상』, 『현대인의 스피치』 등

문학의 이해

초판 인쇄 2014년 2월 13일
초판 발행 2014년 2월 20일

엮은이 박배식
펴낸이 이대현
편 집 권분옥

펴낸곳 도서출판 역락
주 소 서울시 서초구 동광로 46길 6-6 문창빌딩 2층
전 화 02-3409-2060(편집), 02-3409-2058(마케팅)
팩 스 02-3409-2059
등 록 1999년 4월 19일 제303-2002-000014호
이메일 youkrack@hanmail.net

정 가 13,000원
ISBN 979-11-85530-79-6 03810